Susanne Alberti

Fausts Gretchen

EUROPA
VERLAG

SUSANNE ALBERTI

Fausts Gretchen

Roman einer Verführung

Europa Verlag
Hamburg · Wien

Erstausgabe

Umschlaggestaltung: Kathrin Steigerwald, Hamburg
Satz: Pinkuin Satz und Datentechnik, Berlin
Druck und Bindung: GGP Media, Pößneck
ISBN 3-203-75006-6

Inhalt

Das Licht der Welt 7

Vater unser 17

Der aufrechte Gang 29

Schweinebraten und Sauerkraut 41

Bengalisches Feuer 51

Die große Teuerung 67

Die Geheimnisse der Frauen 85

Frühling eines Gelehrten 101

Der Verbündete, das Lamm und der Luchs 113

Schmutzige Wäsche fremder Leute 135

Menuett der Verführung 155

Das Skapuliermedaillon 175

Der tiefe Schlaf 195

Blut im Schnee 213

Die Magd des Tuchwebers 237

Frei wie ein Vogel 255

Randnotizen zu Goethes Margarete,
ihrem Leben, ihrer Zeit 263

Einige Quellen 271

I

Das Licht der Welt

Lange vor Sonnenaufgang hatte Agathe die ersten Wehen gespürt. Sie hatte vor dem Kruzifix an der Wand gebetet, und jetzt bereitete sie in der Wohnküche für ihren Mann das Frühstück, goß siedendes Wasser über Schlehenblätter, die sie im Spätherbst an der nahen Stadtmauer gesammelt und getrocknet hatte, erhitzte Milch für den Getreidebrei und bestrich drei dicke Scheiben dunkelbraunes Brot mit Butter. In den Tee rührte sie einen Löffel Honig.

Dabei kämpfte sie einen aussichtslosen Kampf gegen unzählige Fliegen, denen der Komposthaufen hinter dem Haus eigentlich hätte genügend Nahrung bieten müssen, die jedoch um die Speisekammer schwärmten, in der Agathe jene Lebensmittel aufbewahrte, die im Speicher nicht besser aufgehoben waren.

Der Juli neigte sich seinem Ende zu, und schon am frühen Morgen lastete eine unerträgliche Hitze über der Stadt. Die zweiundzwanzigjährige Agathe blieb dennoch möglichst in der Nähe des Herdes, dessen Wärme ihr guttat.

Sie setzte sich nicht wie sonst an den runden Eßtisch, als Georg, bereits in Kniehose und einem weißen Barchenthemd, aus der geräumigen Schlafkammer trat, in der die Eheleute zur warmen Jahreszeit die Nächte in ihrem Himmelbett verbrachten. Dessen Himmel, ein an den kunstvoll gedrechselten Bettpfosten befestigtes Stück grobes Leinengewebe, sollte die

Schlafenden vor Kakerlaken oder gar Wanzen schützen, die nachts auf Wanderschaft gingen und dabei häufig von der sorgfältig geweißten Stubendecke fielen. Valentin, der vier Jahre alte Sohn der Eheleute, mußte ohne einen solchen Himmel auskommen. Er lag noch in seinem schmalen Bett, das Georg in der Schlafkammer an eine der Wände geschoben hatte. Nahe genug ans Ehebett, damit die Mutter das Kind trösten konnte, wenn es schreiend aus einem Alptraum hochschreckte – und gleichzeitig so weit davon entfernt, daß Valentin nicht bemerken konnte, was im Bett seiner Eltern vorging.

Georg rückte sich einen der drei roh gezimmerten Stühle am Tisch zurecht. Seine Frau stellte ihm das Frühstück hin, ging zurück zum Herd und beobachtete ihren Mann. Wie er mit schmaler, schlanker Hand nach der Teetasse griff. Wie er sie langsam zum Munde führte. Wie er kräftig in ein Butterbrot biß. Der Glückliche! Er besaß noch fast alle Zähne, obgleich er vor zwei Monaten seinen sechsunddreißigsten Geburtstag gefeiert hatte.

Ja, dachte sie. Auch wenn er als kleiner Beamter des Hofs, als Copist, nur wenig verdient – Georg geht liebevoll mit uns um. Er schlägt weder unser Kind noch mich. Wir haben alles, was wir zum Leben brauchen. Einen besseren Mann hätte ich kaum wählen können.

Ob sie sich nicht noch ein wenig zu ihm an den Tisch setzen wolle, fragte er, während sie wieder eine Wehe spürte, die diesmal schon wesentlich kräftiger durch ihren unförmigen, von der dritten Schwangerschaft aufgetriebenen Körper ging.

Heute nicht, antwortete sie. Er solle ihr nicht böse sein, wenn sie beim Herd bleibe. Doch wenn ihm dafür noch Zeit bliebe, möge er auf dem Weg zur Kanzlei die Hebamme bitten, zu ihr zu kommen.

Er stand auf, strich über ihr Haar, durch das sich schon einige feine graue Strähnen zogen.

Er würde ihr gern beistehen an diesem Tage, sagte er leise. Aber wenn er bei der Verteilung der *Copalien* nicht anwesend wäre ... Bereits in der vergangenen Woche habe man ihn um seinen gerechten Anteil an den Schreibgebühren betrogen.

Sie spürte, wie ihr Bauch hart wurde. Ein Schmerz ließ ihren Unterleib erbeben. Sie verzog das Gesicht und hielt sich unwillkürlich am Herd fest.

Er solle sich keine Sorgen machen, preßte sie zwischen zusammengebissenen Zähnen hervor. Gebären sei nun einmal Weibersache. Sie blickte ihm nach, als er aus dem Zimmer ging, und sah noch, daß er sich in der Diele die Jacke anzog, seine Stirn mit Weihwasser aus dem kleinen Kupferkessel neben der Tür bekreuzigte und seinen Dreispitz aufsetzte. Dann knarrte die Haustür und fiel hinter ihm ins Schloß.

Sie ging langsam zum Tisch, trank eine Tasse Tee und trat in die Schlafkammer. Valentin schlief noch, und als sie die verschlissene Wolldecke aus dem Fenster hängen wollte, unter der die Eheleute zur Sommerszeit schliefen, erinnerte sie sich plötzlich an die Wiege, in der Christine zwei Monate gelegen hatte, bevor sie eines Morgens nicht mehr aufgewacht war.

Agathe preßte damals schreiend das kleine, leblose Bündel Mensch an sich, küßte es und herzte es, als könne sie es auf diese Weise wieder lebendig machen.

Laut klagend klammerte sie sich daran, bis es Georg endlich gelang, ihr das tote Kind abzunehmen und sie sich weinend auf das Bett warf, wo sie ihre Zähne in das Kopfkissen schlug. Wo sie eine Woche lag und keinen Bissen aß, bis es die Stimme des Mannes endlich vermochte, durch die schwarze Mauer ihres Kummers zu dringen.

Die Seele der lieben kleinen Christine sei beim Herrn gewiß gut aufgehoben, sagte er leise. »Aber ich brauche dich, wie Valentin seine Mutter braucht.«

»Was soll aus dem Jungen denn ohne dich werden?« flüsterte er, und das hatte sie aus ihrem Schmerz gerissen.

Sie goß Wasser aus dem großen Krug in die Waschschüssel, wusch und kämmte sich. Sie zog ihren bauschigen Rock über den Unterrock. Sie schlüpfte in ihre kurze Jacke. Sie band ihre beste Schürze um, stülpte sich die Tageshaube aus weißem Leinen über den Kopf. Schob sie sich so tief wie möglich über das Gesicht und ging zum Bäcker, wo sie Brot kaufte. Sie eilte zum Markt, feilschte um Milch und um Flocken für Valentins Haferbrei, und als sie wieder ins Haus kam, hatte Christines Wiege nicht mehr in der Schlafkammer neben dem Ehebett gestanden.

Seither hatte Agathe diese Wiege nicht mehr gesehen, doch verkauft oder gar verschenkt hatte Georg das kleine buntbemalte Möbelstück gewiß nicht.

Sie trank noch einen kleinen Schluck Schlehentee. Sie wartete ruhig, bis eine weitere Wehe verebbt war. Danach trat sie aus dem Haus. Inzwischen stand die Sonne höher am wolkenlosen Himmel. Die Malvenblüten im Garten leuchteten in einem fast unerträglich kräftigen Rot. Es kam Agathe vor, als ob in jeder Blüte ein winziges Feuer brennen würde.

Sie fütterte die Hühner im Gehege aus Weidenruten. Sie prüfte, ob die Ziegen noch genug Wasser und Heu hatten. Seit Gottfried, der Sohn ihrer Nachbarin Marthe, zur Lateinschule ging, trieb er die Tiere erst am späten Vormittag auf die Weide außerhalb der Stadtmauern.

Agathe ging am Komposthaufen vorbei zum Schuppen, der klein und schief unter dem Apfelbaum in der Nähe des Zauns stand. Sie öffnete die Tür, schob sich am Stall vorbei in den Speicher dahinter. Einen dunklen, engen Raum, wo sie zuerst kaum etwas sehen konnte.

Sie roch frisches Heu. Nahm den scharfen Geruch von Gurken wahr, die sie im Herbst in Salzlauge eingelegt hatte. Eine

Wehe breitete sich wieder in ihr aus. Agathe atmete tief ein und langsam wieder aus, räumte dann einen Sack Getreide aus dem Weg. Sie trat auf den Rechen, dessen Stiel ihr fast vor den Kopf schlug. Sie räumte Bretter zur Seite, stieg über Stroh und Brennholz, bis sie, versteckt hinter der Apfelreuse und mit einem Stück altem Segeltuch zugedeckt, endlich die Wiege fand.

Etwa zur selben Zeit freute sich Herzog Ludwig Karl aus dem ehrwürdigen Haus der Wittlinger, zu dessen Untertanen Agathe und Georg gehörten, auf eines seiner drei Lieblingsvergnügen.

Er ritt auf einem seiner zwölf Zelter mit einem großen, noch verkappten Gerfalken auf dem Handschuh, begleitet von einer Kompanie Falkeniere sowie drei Settern, vom Hof eines seiner Jagdschlösser. Der Himmel war hellblau, wolkenlos, die *Bellen*, kleine Glocken am Geschüh des edlen Vogels, klingelten leise, und die Jagdhunde, die um die Pferde herumsprangen, kläfften aufgeregt.

Wenn jedoch etwas des Herzogs gute Laune trübte, dann die Perücke, unter der sein Kopf so heiß wurde, daß ihm der Schweiß über das gepuderte Gesicht lief. Über Flöhe, die das Blaue Blut des Adels nicht weniger schätzten als das gewöhnliche rote der Soldaten, hatte er sich nie sonderlich geärgert. Derlei war lästig, mehr nicht.

Die meisten deutschen Könige und Fürsten übten die Beiz längst nicht mehr aus. Seit es Feuerwaffen gab, war es möglich, gefiedertes Wild mit der Flinte vom Himmel zu holen. Die Einquartierungen und Plünderungen während des Siebenjährigen Kriegs hatten das Volk ärmer gemacht. Zudem schwappten aus Frankreich gefährliche Gedanken über die Grenzen. Unter solchen Umständen erschien es vielen Fürsten unklug, den aufrührerischen Untertanen durch aufwendige Vergnügungen zu beweisen, daß auch ein aufgeklärter absolutistischer Herrscher noch immer – ja, ein absolutistischer Herrscher war.

Herzog Ludwig Karl hielt nicht viel von solchen feigen Rücksichten.

»*Das vielfache Räsonieren der Untertanen wird hiermit bei halbjähriger Zuchthausstrafe verboten und haben die Beamten solches anzuzeigen*«, hatte er kürzlich angeordnet. »*Maßen das Regiment von uns abhängt und nicht den Bauern und wir keine Räsoneurs zu Untertanen haben wollen.*«

Mittlerweile lag das Jagdschloß weit hinter dem Herzog und seinen Falkenieren. Sie waren durch den Gürtel menschlichen Elends geritten, der alle Städte außerhalb der Mauer umgab; wie eine Haut jener Kartoffeln, die auch der hungrigste Tagelöhner nicht aß. Sie galten als für den Menschen ungenießbar und wurden nur ans Vieh verfüttert.

Der Herzog und seine Falkeniere waren durch Nadelholzwälder galoppiert, durch Mischwald und durch dichte Laubwälder. Schließlich durch niedriges Gesträuch und Gebüsch, bis sie endlich erreichten, was der *Hohe Flug* erforderte: weites, feies Land!

Der Herzog und seine Falkeniere durchsteiften die Felder; sie ritten über Wirsing und Spinat; ihre Pferde traten Bohnenstauden in die Äcker und Rettiche; sie zermalmten Zwiebeln mit ihren Hufen und Sellerie; sie zerquetschten Feldkohl, braunen, blauen und roten Kohl, Grünkohl und Rosenkohl; sie stampften Gurken ins Erdreich und wohlriechende würzige Petersilie.

Sie vernichteten, was fleißige Bauern und Gärtner gesät, gepflanzt und monatelang umsichtig gehegt und gepflegt hatten, doch der Herzog hatte ein Problem. Es gab kein Wild!

Da konnten die Setter so laut bellen, wie sie wollten, konnten sie über die Felder hetzen, so schnell sie vermochten, da konnte der Pikeur mit halb zugekniffenen Augen noch so angestrengt in den Himmel starren.

Niemand sah eine Krähe oder eine Drossel, die ein Setter hätte hochmachen können. Keine Amsel oder Taube, an die der Herzog hätte seinen Falken werfen können. Von einem Fasan ganz zu schweigen. Kein einziges Stück Wild!

Es sei wohl zu heiß für die Beiz, wagte ein Pikeur endlich seinem Fürsten zuzurufen, doch er erntete dafür nur einen tadelnden Blick.

»Sei Er nicht so ungeduldig«, wies ihn der Herzog mit näselnder Stimme zurecht. Man müsse lediglich noch eine Weile warten.

Inzwischen stand die Säuglingswiege, abgestaubt und mit harter Bürste gescheuert, unbeachtet in einer Ecke der Wohnküche. Auf dem Herd begann in zwei großen Töpfen das Wasser zu sieden. Die beiden Topfdeckel klapperten erst leise, dann immer lauter, doch obwohl die Tür zwischen Wohnküche und Schlafkammer weit offenstand, kümmerte sich niemand darum.

Vor einer Stunde war die Hebamme gekommen und hatte als erstes Valentin aus dem Haus gewiesen, der jetzt mit anderen Kindern auf der Straße spielte. Wenig später hatte sich die Bäckersfrau eingefunden. Danach Marthe, die Frau des Kaufmanns Konrad Schwerdtlein, der in seinem kleinen Laden in der Nähe des Doms mit Kaffee, Tee und Schokolade, mit Tabak und Kurzwaren handelte.

Marthe, Agathes Nachbarin, tauchte stets auf, wo sich in Wahlburg etwas Wichtiges ereignete, und sie ließ sich keine Niederkunft entgehen. Von deren glücklichem oder weniger glücklichem Verlauf konnte sie anderen Frauen auf dem Markt und am Brunnen noch Wochen später eindrucksvoll und höchst dramatisch berichten.

Wie ein Kalb kniete Agathe im Vierfüßlerstand, auf Knie und Ellenbogen gestützt, auf dem Fußboden in der Schlafkammer. Immer schmerzhafter folgte Wehe auf Wehe. Mit weitgeöffnetem Mund schrie sie, obwohl ihr die Frau des Bäkkers den Rücken so kräftig massierte, als gelte es, zu hart gewordenen Sauerteig zu kneten.

Agathe schwitzte aus sämtlichen Poren. Der Schweiß lief ihr wie Wasser über die Haut, und ihr strähniges Haar war inzwischen so fettig, als hätte sie es mit Butter eingeschmiert. Nachbarin Marthe fuchtelte ständig mit einem großen Aufwischlappen in der stickigen Luft über der Gebärenden herum, doch auch ihr gelang es nicht, die Fliegen zu verscheuchen.

»O Mutter des Heiligsten der Heiligen«, betete Agathe, wenn sie nicht gerade schrie. »Erbarme dich meiner«, flehte sie. »Ich kann ohne deinen Beistand nicht länger durchhalten.«

Der Herzog entschloß sich, den scharfen Augen seines Falken mehr zu vertrauen als der Nase seiner Hunde. Er nahm dem großen Vogel die Kappe ab. Er warf ihn in die Luft, wo er sich, von der Thermik des heißen Tages getragen, elegant zum Himmel schraubte und immer größer werdende Kreise zog.

Als die erste Preßwehe durch ihren Leib ging, hatte Agathe zu beten aufgehört. Sie schrie nur noch. Sie schrie so laut, daß die spielenden Kinder auf der Straße erschraken. Sie brüllte so laut, daß die Hebamme vorsorglich die Wendeschlinge sowie das Mutterrohr aus ihrem Tragekorb holte, doch dann war ihr, als ob ihr die Preßwehen eine Pause gönnen wollten, und sie schluchzte eine Weile nur noch leise.

Jetzt flog der anwartende Falke so große Ringe, daß ihn der Herzog im grellen Licht der Mittagssonne kaum noch im Auge behalten konnte. Er flog hoch am Himmel. Er rüttelte, während er Beute suchte. Er segelte über die Stadtmauer, an deren vier Toren Soldaten jeden Karren durchsuchten, damit dem Herzog keine Steuern und Abgaben entgingen. Er kreiste um die Kuppel des Doms, wo er schon zweimal eine Taube geschlagen hatte, doch diesmal flog und rüttelte, diesmal segelte und kreiste er vergebens. Es gab kein Wild!

Gerade als Agathe schluchzend und erschöpft vom Fußboden aufgestanden war, damit die Hebamme sie besser untersuchen konnte, setzten die Preßwehen wieder ein.

»Mitpressen!« befahl die Hebamme schroff. Jetzt müsse Agathe mitpressen. Sie solle tief einatmen und die Luft anhalten. Mund und Augen schließen und dann mit aller Kraft nach unten drücken.

»Mitpressen!« rief die Hebamme wieder. »Tief einatmen!« empfahl Nachbarin Marthe. »Und jetzt fest drücken!« riet des Bäckers Frau.

Agathe atmete ein und hielt an. Sie atmete aus, schrie vor Schmerz und drückte. Agathe atmete und drückte und preßte, und dann, als der Schmerz sie zu zerreißen schien, schob sich erst der Kopf, dann der winzige Körper des Säuglings naß und schleimig aus ihrem Unterleib und öffnete seinen winzigen Mund zu einem ersten Schrei.

»Es ist ein Mädel«, flüsterte die Hebamme wenig später andächtig, während sie mit ihrem schartigen Messer die Nabelschnur durchschnitt.

Hoch oben am Himmel zog der Gerfalke enger werdende Kreise über den Falkenieren, die ihrem Fürsten mit Fächern frische Luft zuwedelten. Als der Falke schließlich erschöpft auf der Faust des Herzogs landete, hatte der Pikeur schon ein Stück Hühnerfleisch aus einem Korb geholt, um das Tier zu atzen, doch der Herzog schüttelte verärgert sein Haupt.

»Dreh Er ihm den Hals um«, gebot er. »Dieser Vogel taugt nicht mehr zur Beiz.«

2

Vater unser

Mitte September war die Luft im Fachwerkhaus der Eheleute Schramm längst nicht mehr so heiß, als käme sie aus dem Backofen. Auf den Hügeln, die Wahlburg umgaben, mischte sich schon ein erstes zartes Gelb in das satte Grün der Laubbäume.

Georg stand in der Schlafkammer und begann, sich besonders sorgfältig anzukleiden. Endlich war der Tag gekommen, an dem seine Tochter getauft werden sollte. Er hatte es länger hinausgezögert als üblich.

Die Seele ihres Kindes solle nicht unerlöst im Zwischenreich von Himmel und Hölle leiden müssen, hatte Agathe ihn immer wieder beschworen, falls der Herr ihnen das Neugeborene plötzlich aus dem Leben reißen sollte.

Die erste Woche nach der Geburt hatte die Mutter tagsüber kaum geruht. Nachts schreckte sie immer wieder aus dem Schlaf, lauschte ängstlich den Atemzügen des Kindes, bis Müdigkeit und Erschöpfung für ein oder zwei Stunden über ihre Furcht siegten.

Doch Georg hatte seine Frau immer wieder vertröstet und beruhigt, wenn sie ihn bat, das Kind so schnell wie möglich taufen zu lassen, obwohl sie – wie jede Mutter nach der Niederkunft – noch als unrein galt und nicht in die Kirche durfte.

Jetzt stieg er in seine beste Kniehose, die er wie die kostbaren Seidenstrümpfe nur zu wichtigen Anlässen aus der Truhe holte. Diesmal ging es nicht nur darum, den Pfarrer und die Taufpaten durch besonders standesgemäße Kleidung zu beeindrucken, sondern vor allem seine Schwiegereltern.

Sie waren gestern aus dem zwanzig Kilometer südlich von Wahlburg gelegenen Feldbrünn angereist. Sie ließen sich drei Stunden in der Postkutsche auf den schlechten Wegen des Herzogtums durchrütteln – und er konnte ihnen nur zwei Zimmer im Gasthof *Zum Blauen Schwan* bieten, die er für sie hatte reservieren lassen. Sein Haus war viel zu klein, um Gäste zu bewirten oder gar zu beherbergen.

Und selbst dieses Haus hätte ich nicht kaufen können, dachte er mißmutig, wenn Agathes Eltern die Mitgift nicht so üppig bemessen hätten.

Doch als er in das nach frischem Heu duftende Hemd schlüpfte, dessen Spitzen Agathe noch am Vortag mit dem heißen Eisen geplättet hatte, hellte sich seine Stimmung auf.

Ich liebe meine Frau und meine Kinder, dachte er. Mehr als alles andere auf der Welt. Und wenn ich die Taufe so lange hinausgezögert habe, dann doch nur, damit Agathe heute bei diesem Ehrentag dabeisein kann.

Auf ihren dringenden Wunsch hin war Georg schließlich zum Pfarrer gegangen, um Wasser aus dem Taufbecken zu erbitten. Er hatte ihr versprochen, das Kind notfalls selber zu taufen, falls es plötzlich erkranken sollte. – War das nicht Liebe?

Inzwischen stillte Agathe ihre Tochter schon fast zwei Monate. Während der Aussegnung, einer Reinigungszeremonie in der Kirche, mit der sie vierzig Tage nach der Niederkunft wieder in die Gemeinschaft der gläubigen Christen aufgenommen wurde, hatte sie der Jungfrau Maria gedankt. Auf Knien erflehte sie vor der großen Statue der Heiligen Schutz. Georg hatte einen Taler, mehr als einen Monatslohn, in den Opferstock gesteckt. Seither fürchtete Agathe von Tag zu Tag weniger um ihr Kind, und bald hätschelte sie ihre zweite Tochter so unbekümmert, wie sie ihre erste gehätschelt hatte.

Wenn Georg sah, wie seine Frau das Kind an die Brust legte, wenn er beobachtete, wie sorgfältig sie es auf dem großen Tisch neben dem Herd wickelte, so eng, daß es sich kaum bewegen konnte, wenn er hörte, wie sie es mit leiser Stimme in den Schlaf sang, fühlte er sich so glücklich, daß es ihm Tränen in die Augen trieb.

Ja, dachte er, als er sich jetzt vor dem kleinen Spiegel in der Schlafkammer die Perücke überstülpte und nach der Puderquaste griff, der Herr hat uns ein Kind genommen, doch er hat uns ein neues geschenkt. Gottes Wege sind unergründlich.

Er zog sich die Schuhe an, warf einen letzten prüfenden Blick in den Spiegel und empfand – nein, keinen überschwenglichen Jubel, aber die verläßlichen Gefühle der Zufriedenheit und Dankbarkeit.

Zwar hatte sich Valentin noch immer nicht daran gewöhnt, die Liebe und Aufmerksamkeit seiner Eltern plötzlich mit seiner kleinen Schwester teilen zu müssen, doch damit würde er sich bald abfinden.

Jedesmal, wenn Georg in die Augen der kleinen Margarete blickte – er hatte sich mit seiner Frau erst vorgestern geeinigt, das Kind auf die Namen Margarete und Maria taufen zu lassen –, jedesmal, wenn er in Margaretes große Augen schaute, die ihn hellwach und gleichzeitig so ernst ansahen, als wisse sie schon alles über das Leben, hätte er mit keinem anderen Vater auf der Welt tauschen mögen. Nicht einmal mit dem Herzog, dessen Mätressen ihm einen Wechselbalg nach dem anderen auf den Schoß setzten.

Georg nahm seinen besten Gehrock aus der Kleidertruhe und trat aus der Schlafkammer in die geräumige Wohnstube, wo Agathe, im gelben Sonntagskleid, ihr weißes Spitzentuch über den Schultern, sich bemühte, Valentin eine enge Leinenhose anzuziehen.

»Ich will die Hose nicht«, schimpfte der Junge. »Die kratzt wie der Teufel. Und die engen Schuhe will ich auch nicht.«

»Du möchtest doch mal ein richtiger Mann werden«, wies Georg ihn zurecht. »Was sollen denn Großvater und Großmutter denken, wenn du in deinem Alter noch im Hemd herumläufst und barfuß wie ein Bauernjunge?«

Valentin wollte etwas entgegnen, doch Georg beachtete ihn schon nicht mehr. Er beugte sich über den kleinen, aus Weidenzweigen geflochtenen Korb, in dem Margarete zwischen Resten des Frühstücks auf dem runden Tisch lag und ihn mit ihren blauen Augen lächelnd anblickte. Agathe hatte ihr ein rosa Kittelchen angezogen, an das sie ein buntbesticktes Stofftäschchen mit dem Taufpfennig genäht hatte. Es sollte ihrer Tochter später nie an Geld mangeln.

»Die Schwerdtleins sind hoffentlich nicht gekränkt, daß wir sie nicht in der Kutsche mitnehmen können«, sagte Georg zu seiner Frau, während er mit dem Zeigefinger behutsam Margaretes Näschen streichelte. Agathe schüttelte den Kopf.

»Sei unbesorgt!« sagte sie. »Ich habe mit Marthe ausführlich darüber gesprochen. Die Schwerdtleins werden wie jeden Sonntag den Besuch des Gottesdienstes mit einem Spaziergang verbinden. Sie wollen vor der Kirche auf uns warten.«

Daß die Nachbarin bei dieser Gelegenheit dringend davon abgeraten hatte, mit der kleinen Margarete in der Kutsche zur Kirche zu fahren, wagte Agathe ihrem Mann nicht zu berichten. Er hielt derlei für gefährlichen Aberglauben, denn davon stand – das hatte ihm Pfarrer Hager mehrfach versichert – kein Wort in der Heiligen Schrift.

Doch Agathe machte sich Sorgen, als sie mit Margarete auf dem Arm wenig später in die Kutsche stieg, die Georg vor drei Tagen bestellt hatte. Es ziehe großes Unglück nach sich, hatte

Marthe gesagt, wenn man ein Taufkind nicht zu Fuß zur Kirche trug, sondern wie eine Leiche in einem Fuhrwerk dorthin brachte.

Die drei großen Glocken des Wahlburger Doms dröhnten. Sie übertönten das Läuten von den Türmen der vielen Kirchen in der Stadt, zu denen die St.-Jakobs-Pfarrkirche gehörte, der sich die offene, von zwei kräftigen Pferden gezogene, mit Astern und Sonnenblumen geschmückte Kutsche jetzt langsam näherte.

Auf einer der beiden harten Holzbänke hielt Agathe Margarete auf dem Arm, die trotz des Lärms und des Rüttelns der Kutsche friedlich schlief. Neben ihr quengelte Valentin auf Georgs Schoß. Beiden gegenüber saßen Agathes Eltern, die vor dem *Blauen Schwan* gewartet hatten.

Georg war längst daran gewöhnt, daß seine Schwiegermutter pausenlos mit seiner Frau plapperte, doch als er den Schwiegervater vom Gasthof zur Kutsche geleitet hatte, war es ihm schwergefallen, sein Erschrecken zu verbergen.

Schwach und hinfällig war der Kaufmann Hermann Riemer geworden, seit Georg ihn vor vier Jahren, bei Valentins Taufe, zuletzt gesehen hatte. Er trug noch immer seine aufwendig mit Gold und Silber verbrämte Weste, seine silberne Taschenuhr hing nach wie vor an einer dicken, langen Kette über der Samthose, aber aller Wohlstand, den deutlich zur Schau zu stellen ihm die Kleiderordnung erlaubte, vermochte nicht davon abzulenken, daß ihm die Gebresten des Alters – er hatte schon den dreiundfünfzigsten Geburtstag gefeiert – erheblich zu schaffen machten.

Von der Gicht gebeugt, mit kleinen, unsicheren Schritten hatte er mühevoll, ächzend und stöhnend, auf Georg und den Gehstock gestützt, den kurzen Weg vom *Blauen Schwan* zur Kutsche bewältigt. Noch jetzt ging ihm der Atem so schwer, als laste ein Gebirge auf seiner schmalen Brust.

Die Kutsche erreichte die Kirche. Georgs Schwiegervater atmete gerade erleichtert auf, als er wieder festen Boden unter den Füßen hatte, da kamen die Eheleute Schwerdtlein mit dem Gerichtsschreiber Kurt Scholz an ihre Kutsche, der sich wie Marthe sofort bereit erklärt hatte, die Patenschaft für die kleine Margarete zu übernehmen.

Ein Jammer, daß meine Eltern diesen Tag nicht mehr erleben können, dachte Georg, als die kleine Gruppe langsam zur Kirche ging. Wie so viele waren seine Eltern von der Pest dahingerafft worden. Doch dann verbot er sich solche düsteren Gedanken. Schließlich war dieser Tag ein Freudentag.

Noch immer läuteten die Kirchenglocken so laut, daß die Fensterscheiben in ihrer Umgebung erzitterten. Bettler belagerten die Türen der Pfarrkirche. Georg sparte nicht an Almosen, und auch die Taufpaten verteilten ihre milden Gaben. Sogar Valentin schenkte schmutzigen, hungrigen, in Lumpen gekleideten Kindern Pfennige, die ihm sein Vater eigens für sie gegeben hatte.

Es dauerte eine Weile, bis die Bettler den Weg freigaben und die Taufgemeinde in die vollbesetzte Kirche ließen, durch deren bunte Fenster so wenig Licht fiel, daß die vielen Kerzen vor dem Altar noch heller zu strahlen schienen.

Der Diakon am Portal hatte kaum nach dem Namen des Kindes gefragt und die Taufbitte entgegengenommen, als plötzlich Orgelmusik einsetzte. Große und kleine Choralstimmen jubilierten, wurden zu feinen Harfenstimmen, denen kräftige Posaunentöne und Trompetenstöße folgten, die von der Macht des HERRN noch lauter kündeten.

Die kleine Gruppe ging langsam durch den Mittelgang nach vorn, wo sie auf einer besonderen Bank Platz nehmen durfte, nahe am Hochaltar und vor den Kirchenstühlen und Betbänken, auf denen links die Frauen und rechts die Männer saßen. Die Eigentumsrechte am Gestühl waren fein geordnet.

Je höher der Stand eines gläubigen Christen, desto näher durfte er am Altar sitzen, einem mächtigen Säulenaufbau, der von dem Gnadenbild einer thronenden Mutter Gottes bekrönt wurde.

Margarete schlief noch immer im Steckkissen auf Agathes Schoß. Sogar die laute Orgel hatte sie nicht aufwecken können. Georg vermutete, daß sie vor der Fahrt zur Kirche an dem kleinen Stoffsäckchen mit Mohnsaat genuckelt hatte, das Agathe ihr manchmal hinhielt, wenn kein Schlaflied das kleine Mädchen zu beruhigen vermochte.

Er überlegte noch, ob es gesund sein konnte, Kinder auf diese Weise einschlafen zu lassen, als Pfarrer Hager, den weißen Chorrock über der Soutane, begleitet von den Ministranten und eingehüllt in eine Weihrauchwolke, aus der Sakristei kam und – die Gemeinde hatte zu singen angefangen – segnend zum Hochaltar schritt. Er sang Lateinisch, betete Lateinisch – und Georg verstand, wie die meisten in der Kirche, von all dem kaum ein Wort.

Aber die Rituale der heiligen Messe waren ihm längst in Fleisch und Blut übergegangen.

Er kniete nieder, wie die anderen auf ihre Knie fielen. Er bekreuzigte sich, wenn sie das Kreuzzeichen schlugen. Er faltete die Hände wie sie zum Gebet. Er sagte Halleluja und Kyrie eleison wie sie.

Dann begann der kleine, rundliche Pfarrer zu predigen, dessen gerötete Wangen verrieten, daß er den Wein als besonders großes Geschenk des Herrn zu schätzen wußte.

Er pries Gottes Herrlichkeit, beschrieb die Freuden des Himmels und die Qualen der Hölle so genau, als ginge er dort ständig ein und aus. Er beschwor die schrecklichen Folgen jeder Sünde, und als er zur Treue zum Herzog ermahnte, dem alle ihr Glück verdankten, streute ein Ministrant besonders viel Weihrauch auf das Becken voll glühender Kohlen.

Margarete schlief noch immer in ihrem Kissen, doch Agathe rutschte unruhig auf der harten Bank hin und her, bis Pfarrer Hager endlich die Gemeinde segnete und danach von einer Taufe sprach, zu der er die Angehörigen und Paten an das Taufbecken bat.

Während der Organist wieder alle elf Register der Orgel zog, bei deren Klängen sich die Kirche langsam leerte, ging die Familie Schramm mit den Paten zum Taufbecken. Es dauerte nicht lange, bis sich der Pfarrer zu ihnen gesellte, begleitet vom Diakon und fünf Ministranten, die brennende Kerzen trugen.

Er fragte Georg nach dem Namen des Kindes. Er ließ sich von den Taufpaten bestätigen, daß sie zu ihrem wichtigen Amt bereit seien. Er forderte Eltern und Paten auf, dem Kind ein Kreuz auf die Stirn zu zeichnen. Dann rief er Gottes Segen auf das Wasser herab.

Nachdem die Eltern und Paten erneut ihren Glauben bekannt und dem Bösen widersagt hatten, hob Agathe die kleine Margarete über das Taufbecken.

Ein Ministrant reichte dem Pfarrer das Kännchen mit Taufwasser, und dieser goß, während er wieder auf latein sang, ein wenig davon über Margaretes Kopf. Sie schlief noch immer.

Doch dann, als der Pfarrer Margarete die Stirn mit Chrisam salbte, riß sie plötzlich die Augen weit auf, öffnete den winzigen Mund – und stieß einen Schrei aus, so laut, gellend und schrill, daß die Taufgemeinde zusammenzuckte und sich der Priester erschrocken bekreuzigte. Die Kerzen in den Händen der Ministranten flackerten. Als sie erloschen, ohne daß ein Luftzug zu spüren gewesen wäre, begann Valentin leise zu weinen.

Georgs Hände zitterten, und es bereitete ihm Mühe, Margaretes Taufkerze an der Osterkerze zu entzünden. Pfarrer Hager gewann als erster seine Fassung zurück.

»Mit einer so kräftigen Stimme wird das kleine Gretchen in einigen Jahren gewiß besonders schön zum Lobe des Herrn singen können«, sagte er, während der Diakon Agathe das Taufkleid überreichte. An den Kirchenchor dachte er dabei nicht. Der bestand ausschließlich aus jungen Männern.

Georgs Jahreseinkommen war nicht schlecht für einen einfachen Beamten, der den ganzen Tag nur damit beschäftigt war, abzuschreiben, was die Geheimen Räte, was Richter und höhere Beamte verfügten. Doch der größte Teil seines Gehalts wurde in Sachleistungen gewährt. Er bekam Getreide aus den Speichern des Hofes. Er konnte genau bemessene Mengen an Fleisch, Butter und Bier beanspruchen, über die peinlich Buch geführt wurde. Bares Geld war in der Kasse des Herzogs knapp. Seine Schlösser und Vergnügungen verschlangen ungeheure Summen.

Wenn Georg es sich überhaupt erlaubte, in einen Gasthof einzuladen, dann nur zu einem Anlaß wie Magaretes Taufe. Und schon während des Festmahls bangte ihm vor der Zeche, zu deren Höhe der Pfarrer am meisten beitrug. Mit seinem ständig aufs neue gefüllten Glas in der Hand brachte er einen Trinkspruch nach dem anderen auf Margarete, ihre Familie und, vor allem, den Herzog aus.

So klein der Körper des Geistlichen war, in ihm hatte ein Meer von Wein Platz, obwohl er schon bei den Speisen – besonders beim Hirschbraten mit Preiselbeeren – zugelangt hatte, als wäre er dem Hungertode nahe.

Noch in der Kutsche hatte Agathe Gretchen gestillt und ihr das weiße Taufkleid angezogen. Jetzt schlief das Mädchen wieder friedlich in seinem Steckkissen auf ihrem Schoß.

Die Taufkerze beleuchtete in dem kleinen Gesellschaftszimmer neben der großen Wirtsstube des Gasthofs *Zum Blauen Schwan*, auf einem Beistelltisch neben der mit Blumen geschmückten Tafel, die Geschenke der Paten. Marthe Schwerdtlein hatte das Datum der Taufe in einen goldenen Ring gravieren lassen, Gerichtsschreiber Scholz in einen kleinen Silberlöffel. Am großzügigsten erwiesen sich wie so oft Agathes Eltern. Sie schenkten Margarete schon jetzt den größten Teil ihrer Aussteuer. So viele Hemden, Jacken und Tücher, vor allem so reichlich Bett-, Tisch- und Leibwäsche, daß sie das ganze Leben damit auskommen konnte.

Das Wohl seiner Enkel, sagte der Kaufmann, als die Teller abgetragen wurden, liege ihm mehr als alles andere am Herzen. Er wolle nach Kräften zu Gretchens späterer Ehe beitragen, damit es ihr dann an nichts fehle.

War das eine Anspielung auf Georgs Stand und sein geringes Einkommen?

Bislang habe er für seine Familie hinreichend sorgen können, antwortete er ruhig. Er schreibe zudem in der Kanzlei auch nicht die Urkunden, Beglaubigungen und Prozeßakten nur gedankenlos ab, sondern erwerbe dabei immer mehr juristische Kenntnisse.

Er halte es noch immer für richtig, daß er das Jus-Studium nach drei Semestern abgebrochen habe. Sein Wunsch, Agathe zum Traualtar führen zu können, sei nun einmal stärker als alles andere gewesen.

Agathe errötete, doch ihr Mann redete weiter. Davon einmal ganz abgesehen – für den Beruf des Notars werde kein abgeschlossenes Studium gefordert. Gute Kenntnisse der Jurisprudenz und gute Beziehungen seien viel wichtiger. Beides könne er als *Copist* am besten erlangen.

Es wurde für einen Augenblick so still, daß man aus der Wirtsstube das Grölen der Soldaten hören konnte, die dort beim Bier saßen. Georg atmete erleichtert auf, als sich Konrad Schwerdtlein seinem Schwiegervater zuwandte.

Sein einziger Sohn feiere in zwei Jahren seinen dreizehnten

Geburtstag, sagte Konrad. Und er kümmere sich schon jetzt um eine Arbeit für den Jungen. Ob er im Geschäft des Kaufmanns etwas lernen könne? Er, Schwerdtlein, sei selbstverständlich gewillt, dafür zu zahlen, denn schenken lassen wolle er sich nichts. Er lege jedoch größten Wert darauf, sein Kind in den besten Händen zu wissen.

Darüber lasse sich zu gegebener Zeit reden, antwortete Georgs Schwiegervater geschmeichelt. Für einen willigen, anstelligen und vor allem fleißigen Jungen gebe es in seinem Geschäft mehr als genug zu tun.

So unterhielt sich die Taufgemeinde, bis der Kellner den Kaffee brachte und, in einer kleinen Silberschale, ein wenig Zucker. Richtigen weißen Zucker, der so teuer war, daß man sogar bei Hofe sparsam damit umging. Als die Tassen geleert waren und der Wirt Georg die Rechnung zugesteckt hatte, folgte er ihm aus dem Zimmer.

Den größten Teil der Zeche könne er sofort begleichen, sagte er leise. Doch acht Groschen müsse er leider anschreiben lassen. Der Wirt nickte schweigend. Er hatte kaum etwas anderes erwartet; die Offiziere und Beamten des Herzogs zahlten für gewöhnlich säumig, doch letztlich beglichen sie ihre Schulden immer. Das war eine Frage der Ehre.

3

Der aufrechte Gang

So eng es für das kleine, auf die Namen Margarete und Maria getaufte Bündel Mensch gewesen war, als es noch namenlos unter dem Herzen der Mutter schwamm – dort hatte es sich wenigstens ein bißchen bewegen können. Mit der Geburt hörte diese kleine Freiheit auf.

Die meiste Zeit lag Gretchen, wie sie von allen genannt wurde, vom Hals bis zu den Zehen bandagiert in der Wiege, die Arme eng an den Leib gebunden, die Beine von Tüchern und Bändern zusammengehalten.

Agathe wickelte ihren Säugling so fest, damit sich seine noch dünnen, schwachen Glieder nicht verbogen. Nicht einmal am Daumen lutschen konnte das Kind.

Im Herzogtum starb jedes vierte Kind schon bei der Geburt – nicht selten mit seiner Mutter – oder im ersten Lebensjahr. Die Hälfte aller Kinder erlebte den zehnten Geburtstag nicht. Da Herzog Ludwig Karl nicht wünschte, daß seine Untertanen ständig in Schwarz herumliefen, verbot die Friedhofsordnung, nach dem Tode eines noch nicht zwölf Jahre alten Kindes Trauerkleidung anzulegen.

Als Gretchen älter war und nicht mehr gewickelt wurde, setzte Agathe sie nach dem Gebet in den Kinderstuhl, wo sie mit ihrem kleinen Holzlöffel den warmen Brei aus Obst und fein geschrotetem, gekochtem Getreide aß, der nach und nach die Muttermilch ersetzte. Gestillt wurde sie noch immer. Wie die meisten Frauen nahm auch ihre Mutter an, daß sie nicht erneut schwanger werden konnte, solange sie ihr Kind an der Brust nährte.

Der weiße Kittel aus Baumwolle blieb lange Gretchens einziges Kleidungsstück. Sie hatte diesen Kittel an, als Agathe sie eines Tages zum erstenmal in die Gehschule setzte, einen hölzernen Gitterkasten auf Rädern, in dem auch Valentin laufen gelernt hatte. Die kleine Christine hatte der Herr zu sich genommen, bevor sie das Krabbelalter erreichte. Sie war unschuldig gestorben und deshalb, daran glaubte Agathe, sofort nach dem Tode zum Engel geworden.

In der Gehschule – Valentin bekam einmal von der Mutter eine kräftige Ohrfeige, als er sie Gretchens Käfig nannte – rutschte sie zuerst nur auf den Knien herum, krabbelte dann rückwärts, bald auch vorwärts.

Wochen später klammerte sie sich an die hölzernen Gitterstäbe und zog sich daran hoch.

Sie lachte, sobald sie das erste Mal aufrecht stand, und nach sechs Wochen noch glücklicher, als sie, wenn auch noch unsicher, langsam und sich an den Streben der Gehschule festhaltend, ihre ersten drei Schritte seitwärts ging.

Erwartungsvoll blickte sie ihre Mutter an, hoffte auf ein Lob, doch Agathe stülpte ihr nur den Fallhut über den Kopf, den sie seinerzeit für Valentin genäht hatte: eine Haube mit dickgepolstertem Wulst, die unter dem Kinn fest zugebunden wurde. Der Fallhut sollte den Kopf schützen, falls das Kind stürzte.

Nur mit diesem Fallhut durfte Gretchen laufen, entweder an Agathes Hand oder, etwas später, am Gängelband.

Am wohlsten fühlte sich Gretchen immer noch, wenn ihre Mutter sie stillte oder auf den Schoß nahm und sie von Flöhen, Wanzen und Läusen befreite.

Weniger glücklich war sie in der Wiege, die Georg, als der

Winter einbrach, ebenso wie das Himmelbett der Eltern und das Bett ihres Bruders aus der eiskalten Schlafkammer in die Wohnküche gestellt hatte.

Auf dem weichen Schafsfell spielte sie mit Holzklötzchen, Kiefernzapfen, Kastanien und einer Schweinsblase, plapperte vor sich hin, scheinbar ganz auf ihr Spiel konzentriert, doch sie beobachtete genau, was um sie herum vorging.

Nach draußen ging Agathe mit dem Kind jetzt nicht mehr. Dafür war ihre Furcht zu groß, Gretchen könnte sich wie Christine erkälten und vor der Zeit sterben.

Den Weg zum Brunnen konnte die Mutter sich im Winter ersparen. Seit eine dicke Schneedecke über dem Land lag, holte sie aus dem Garten Eimer um Eimer. In der Nähe des Herdes schmolz der Schnee schnell.

Wenn sie alle drei Tage einkaufen ging und auf dem Weg zum Markt den Teig für das Brot zum Bäcker brachte, bat sie die Nachbarin ins Haus. Auch am Sonntag kümmerte sich Marthe um Gretchen, wenn die Eltern mit Valentin zur Kirche gingen.

Der Kirchgang war im Herzogtum an Sonn- und Feiertagen die Pflicht eines jeden Christen. Pfarrer Hager wachte darüber, daß keiner dem Gottesdienst fernblieb. Wer es wagte, mußte eine Geldbuße zahlen.

Jetzt wehte, sobald die Mutter, der Vater oder Valentin aus dem Haus gingen, ein kalter Lufthauch in die Wohnküche, der manchmal winzige Eiskristalle mitbrachte.

Die Fensterscheibe, durch die Gretchen bislang neugierig das Haus gegenüber beobachtet hatte, war mit einem hauchdünnen Geflecht aus Eis überzogen.

Bereits am frühen Morgen, wenn alles finster war und Gretchen noch in der Wiege lag, hörte sie Geräusche: wie Agathe aufstand, zum Herd ging und dessen eiserne Tür öffnete. Im schwachen Licht des Herdfeuers sah sie, wie ihre

Mutter, die dicke Strickjacke über dem Nachthemd, einen dünnen Holzspan ins Feuer hielt, der schnell entflammte.

Mit dem brennenden Span zündete sie dann das blaßgelbe Talglicht auf dem großen runden Tisch an, kniete eine Weile vor dem Kruzifix und betete.

Sie holte Brot aus dem Schrank und aus der Speisekammer Milch, die sie in einem eisernen Topf auf den Herd stellte. Dann goß sie Wasser aus der großen Kanne neben der Tür in den Teekessel, stellte ihn neben den Milchtopf, und sobald der Kessel laut pfiff, stieg der Vater aus dem Himmelbett.

Er schüttete heißes Wasser in einen kleinen Napf, in den er einen Pinsel tauchte, mit dem er so lange über ein Stück Kernseife strich, bis er mit weißem Seifenschaum gesättigt war. Diesen Schaum verteilte er im Gesicht, um ihn danach vor dem Spiegel sofort mit dem Messer wieder abzuschaben. Gretchen ließ ihn dabei nicht aus den Augen, denn ihre Mutter und Valentin machten das nie.

Sobald Vater sich den Schaum aus dem Gesicht geschabt und sich gewaschen hatte, zog er sich an. Er bekreuzigte sich, setzte sich an den Tisch, wo die Mutter zwei Teller mit heißer Milch füllte und Brot darin aufweichte. Ein Butterbrot aß er nur selten. Nachdem die Mutter das Wasser aus dem Kessel in zwei Tassen gegossen hatte, in denen jetzt kleine grüne Teeblätter schwammen, setzte sie sich neben den Vater, und beide redeten leise miteinander, während sie aßen und tranken, bis Vater das Haus verließ.

Sobald Gretchen morgens wach wurde und Agathe sie aus der Wiege hob, die ihr von Tag zu Tag enger vorkam, achtete sie auf jede Bewegung und jeden Schritt ihrer Eltern und ihres Bruders. Wenn sie mit ihnen betete, faltete sie die Hände. Sobald ihre Mutter die Schüssel mit dem warmen Brei hinstellte, griff sie nach dem Holzlöffel, doch manchmal wollte sie nicht allein essen und genoß es, wenn Agathe sie geduldig fütterte.

Und auch wenn sie danach in der Gehschule saß, von der aus sie alles gut beobachten konnte, entging ihren großen blauen Augen nichts. Sie hörte aufmerksam zu, wenn sich die anderen unterhielten. Sie wußte schon, daß sie nicht alles tun durfte, was sie wollte, denn gelegentlich riefen Vater oder Mutter laut nein, schlugen sie manchmal sogar auf den Hintern, wenn sie etwas gemacht hatte, was die Eltern nicht wollten. Die meisten Wörter verstand sie jedoch nicht.

Sie merkte sie sich manchmal, plapperte sie leise vor sich hin, während sie in der Gehschule spielte, wo sie eines Tages entdeckte, daß auch sie sich nicht alles gefallen lassen mußte.

»Nein!« rief sie Valentin entgegen, als er ihr eine Puppe wegnahm, die Agathe für sie genäht und mit Lumpen ausgestopft hatte. »Nein!« brüllte sie so laut, daß Mutter vom Herd zur Gehschule gerannt kam, dem Jungen die Puppe aus der Hand riß und ihr zurückgab.

Eines Tages hatte Agathe gerade das Mittagessen auf den Tisch gestellt, und Gretchen freute sich auf die warme Suppe, als ihr Vater schon nach Hause kam, obwohl es draußen noch hell war. Er brachte große grüne Zweige mit. Valentin legte den Löffel auf den Tisch, sprang auf, lief ihm jubelnd entgegen und bemühte sich, ihn zu umarmen. Dann blickte er Gretchen triumphierend an.

Sie glaube ihm ja nicht, daß im Winter das Christkind käme und braven Kindern etwas schenke, aber heute sei es endlich soweit.

Gretchen wußte nicht, was sie darauf antworten sollte. Zwar redete auch Mama oft vom kleinen Jesuskind, dessen Eltern so arm waren, daß sie kein Haus hatten und Jesus in einem Stall schlafen mußte. Sie erzählte ihr von drei Heiligen Königen aus dem Morgenland, die ihm Geschenke brachten, aber Gretchen verstand von alledem nichts.

Sie ahnte weder, was das Wort Krippe bedeutete, noch konnte sie sich unter einem König etwas vorstellen, von einem Heiligen aus dem Morgenland ganz zu schweigen.

Wie schön es war, wenn ihr Mama, Papa und manchmal sogar Valentin etwas schenkten, wußte sie aber schon. So ließ sie sich von Valentins Vorfreude anstecken und erzählte ihrer Puppe sofort, daß heute das Christkind komme.

Als die Mutter sie nach dem Mittagsschlaf aus der Wiege holte und ihr dicke Strümpfe und ein langes braunes Kleid anzog, fragte Gretchen überrascht, ob das die Geschenke vom Christkind seien.

»Das Christkind kommt erst nach der Christmette«, antwortete Valentin, und danach staunte Gretchen noch mehr. Ihre Mutter ließ sie in richtige Stiefel aus hartem Leder steigen, die ihr viel zu groß und Valentin inzwischen viel zu klein waren. Sie legte ihr einen schweren Umhang über die Schultern, und als sie ihr auch noch Fäustlinge über die Hände und eine dicke Mütze auf den Kopf stülpte, bekam Gretchen Angst und weinte.

Sollte sie etwa mit nach draußen, wo es so kalt war, daß ihr Vater sich jedesmal zuerst an den Herd setzte, sobald er abends von draußen zurückkam?

Am liebsten wäre Gretchen nach ein paar Schritten wieder umgekehrt. Ihre Eltern hielten sie zwar an der Hand, doch der Schnee, der im Licht des vollen Mondes glitzerte, reichte ihr fast bis zu den Knien.

Valentin schien das nicht zu stören. Er lief ihnen voraus, bückte sich und knetete Schnee zu einem kleinen Ball, den er übermütig gegen ein Fenster im Haus der Nachbarin warf. »Hör sofort damit auf!« schrie Georg ihn an, und als Gretchen wieder zu weinen anfing, sagte er ärgerlich zu Agathe, er habe gewußt, daß seine Tochter noch zu klein für die Christmette sei. Da weinte das Kind noch lauter.

Die Schwerdtleins hätten ihren Jungen schon in die Kirche mitgenommen, als er noch viel jünger gewesen sei, verteidigte sich Agathe, doch Georg schüttelte den Kopf.

Das hätten sie bestimmt nur gemacht, um allen zu zeigen, wie fromm die Familie sei. Bei einem frommen Krämer kauften manche Leute nun einmal besonders gern ein.

Er drückte Agathe seine Laterne in die Hand, die er vorsichtshalber mitgenommen, aber noch nicht angezündet hatte, hob Gretchen hoch und trug sie auf dem Arm.

Zuerst ging die Familie an der Stadtmauer entlang, wo sich die Zweige von Tannen und Fichten unter der Last des Schnees bogen.

Als die Glocken zu läuten anfingen, stapfte Georg mit seiner Frau und den beiden Kindern noch durch enge Gassen. Sobald sie breitere Straßen erreicht hatten, preßte Gretchen ihr Gesicht nicht mehr ängstlich an Vaters Schulter, sondern blickte neugierig nach vorn.

Die Häuser, aus deren Schornsteinen dunkler Rauch in die kalte Luft stieg, kamen ihr riesengroß vor. An den meisten Haustüren hingen Tannenzweige. In manchen Gärten standen große Schneemänner, vor denen sie sich fürchtete, bis sie bemerkte, daß sich diese weißen Gestalten nicht bewegten.

Hunde spielten laut kläffend miteinander im Schnee. Durch die Straßen zogen Pferde große Schlitten, denen alle Fußgänger schnell auswichen. Überhaupt, die Fußgänger! Gretchen hatte nicht gewußt, daß es so viele Menschen gab. Sie sah Männer, die wie ihr Vater im langen Mantel, in hohen Lederstiefeln und einem Hut auf dem Kopf zur Messe gingen, an ihrer Seite Frauen, manche sogar im Pelzmantel. Viele Soldaten patrouillierten durch die Stadt, denn in der Heiligen Nacht wurde besonders viel aus den Häusern gestohlen.

Die meisten Leute aber waren nur mit dünnen, verschlissenen Kitteln notdürftig bekleidet. Einige standen mit nackten

Füßen in Holzschuhen im Schnee, streckten den Passanten bittend die Hand entgegen.

Alles war in Bewegung, es gab nie gehörte Geräusche und ungeahnte Gerüche und vor dem Dom sogar drei hohe Laternen, in deren Nähe es nach Fischtran roch. In ihrem schwachen Licht erblickte sie die geschnitzte Figur des kleinen Jesus, der auf Stroh lag in einer Kiste, die Gretchen an ihre Wiege erinnerte. Daneben sah sie Maria und Josef, viele Tiere und die drei Heiligen Könige.

Plötzlich verstummten die Glocken. Georg trug seine kleine Tochter in die große Kirche, auf deren Altären und vor Bildern und Statuen der Heiligen Mutter unzählige Kerzen brannten. Er setzte Gretchen neben Agathe auf eine Holzbank und ging dann zur Männerseite hinüber.

Anfangs freute sich Gretchen noch über die vielen bunten Bilder. Als aber dröhnend die Orgel zu spielen begann, hielt sie sich erschrocken die Ohren zu. Der Domherr verkündete psalmodierend die Weihnachtsbotschaft im Sprechgesang auf latein, von dem Agathe – die nicht einmal zu schreiben und lesen gelernt hatte – wie immer kein Wort verstand.

Und als sie, wie alle Frauen und Männer in der Kirche, auf die Knie fiel und auch ihre Tochter nach unten drückte, wehrte sich Gretchen. Wie lange hatte es gedauert, bis sie endlich aufrecht zu stehen gelernt hatte und danach zu laufen, ohne Fallhut und ohne Gängelband. Alles in ihr begehrte dagegen auf, auch nur für die Dauer eines Gebets auf diese kostbare Errungenschaft zu verzichten. Lange brauchte sie jedoch nicht in der unwürdigen Haltung zu verharren. Als sie wieder auf der harten Bank sitzen durfte, gähnte sie verstohlen – und schlief ein.

Sie schlief noch, als Georg sie nach Hause trug, doch als sich Valentin lauthals über seine Geschenke freute, wachte sie auf. Das Christkind hatte ihm einen Malblock, einen Pinsel und Wasserfarben gebracht. Gretchen bekam eine zweite Stoffpuppe, die in einer richtigen kleinen Wiege lag. Agathe dankte Georg für einen Muff, in dem sie draußen in der Kälte ihre Hände wärmen konnte, und für alle gab es Lebkuchen, süße Mandeln, Nüsse und Zimtsterne.

Es kam Gretchen so vor, als ob der Winter nie aufhören würde, aber eines Morgens waren die Fenster nicht mehr zugefroren. Der Schnee schmolz, und bald war es schon so warm, daß Vater das Himmelbett, Valentins schmales Lager und die Wiege aus der Wohnküche zurück in die Schlafkammer stellen konnte.

Die Gehschule verstaubte seit jenem Tag im Speicher, an dem Agathe ihrer Tochter das Gängelband vom Kittel geschnitten und den Fallhut zurück in die Kleidertruhe gelegt hatte.

Das Laufen fiel Gretchen nicht mehr schwer. Aber konnte man das überhaupt noch Laufen nennen? Sobald ihr Vater nach dem Frühstück das Haus verlassen hatte, rannte sie ihrer Mutter mit kleinen, flinken Schritten hinterher. Sie raste hinter ihr her von der Speisekammer zum Herd. Sie eilte ihr nach, wenn sie Möhren oder Gurken aus dem Schuppen holte, und sah ihr zu, wenn sie Gemüse säuberte und in den Suppentopf schnitt.

Sie flitzte am Waschtag wie Agathe zwischen Herd und Waschzuber hin und her und bettelte so lange, bis sie auch das Kleid ihrer Puppe in einem Topf naß machen durfte.

Als die Primeln und Narzissen blühten, wußte sie längst, daß Hühner Eier legen. Sie beobachtete Agathe, wenn sie die Ziegen fütterte und melkte. Um die Ziegen ging es auch, als sie den ersten Streit zwischen ihren Eltern erlebte.

»Wer soll sich denn jetzt um die Geißen kümmern?« fragte Agathe eines Abends während des Essens ihren Mann. Marthes Sohn Gottfried, der die Tiere im Sommer auf der

Weide gehütet habe, sei jetzt in der Lehre. Im Garten fänden drei Ziegen nicht mehr genug Nahrung, sie müsse schon dauernd zufüttern.

»Kann sich nicht Valentin darum kümmern?« fragte sie. »Alt genug dafür ist er. Andere Kinder machen das schon mit fünf Jahren.«

Agathe hatte das kaum gesagt, da schlug ihr Mann so laut auf den Tisch, daß Gretchen zusammenzuckte.

»Andere Kinder?« schrie er. »Bauernkinder vielleicht! Aber Valentin ist kein Hirtenbub. Mein Sohn geht ab nächstes Jahr in die Lateinschule und danach zur Universität.«

Und überhaupt, mit dem Haushalt und den Tieren solle sie ihn gefälligst nicht behelligen. Das sei ihre Sache, wie es die seine sei, in der Kanzlei des Herzogs zu arbeiten.

Gretchen wurde traurig, als sie sah, daß ihre Mutter weinte. »Verzeih mir«, sagte Agathe leise zu Georg. Sie werde sich in der Nachbarschaft umhören und gewiß einen Jungen finden, der froh wäre, sich ein paar Pfennige verdienen zu können.

»Recht gesprochen, Weib!« sagte Georg versöhnlich, stand vom Tisch auf, holte eine Flasche aus der Speisekammer und goß in zwei Trinkbecher Rotwein, den – das wußte Gretchen längst – nur Erwachsene hin und wieder trinken durften.

Nach diesem Streit dauerte es lange, bis sie in ihrer Wiege einschlief, obwohl sie dort die Beine nicht mehr lang ausstrekken konnte, und als leise Geräusche sie aus dem Schlaf rissen, war es noch stockfinster. Sie merkte, daß das Himmelbett ihrer Eltern wackelte. Sie hörte sie miteinander flüstern, hörte ihren Vater schnell atmen, ihre Mutter stöhnen und dann laut schreien. Gretchen bekam Angst, stand leise auf und tastete sich durch die Schlafkammer zum Himmelbett.

Am liebsten hätte sie dessen Vorhang zur Seite geschoben, aber das wagte sie nicht. Sie kroch zu Valentin unter die Bettdecke, schlang die Arme fest um ihn und wollte mit ihm reden, doch ihr Bruder schlief so tief, daß sie ihn nicht wecken konnte. So schlief sie schließlich wieder ein.

4

Schweinebraten und Sauerkraut

Je länger Gretchens strohblonde Haare wurden, desto mehr kam ihr das Leben wie ein Rosenkranz vor. Die Tage folgten einander so gleichförmig wie die kleinen Holzkugeln, die sie gelernt hatte eine nach der anderen zum Gebet durch die Hand gleiten zu lassen.

An den Werktagen ging sie der Mutter zur Hand. Sie half im Haushalt, fütterte die Tiere und jätete im Gemüsegarten das Beet, in das sie die Radieschen selbst gesät hatte.

Sie eilte mit der Mutter zum Markt vor dem Dom und durfte sie durch die schmutzigen Gassen der Stadt zum Brunnen begleiten, vor dem sich junge Hausmägde, während sie warteten, kichernd über ihre Herrschaft unterhielten. Manchmal erzählten sie sich, was sie am Sonntag mit einem *Schatz* erlebt hatten.

Sie merkte sich jedes neue Wort. Auf dem Heimweg fragte sie Mutter, was diese Wörter bedeuteten, und Agathe gab ihr Auskunft, so gut sie konnte. Nur was ein Schatz war, hatte sie ihr immer noch nicht verraten.

»Das braucht eine tugendsame Jungfer nicht zu wissen«, antwortete sie bloß. Sie solle sich keine Gedanken darüber machen. Was ein Schatz sei, werde sie früh genug erfahren.

»Gretchen will einen Schatz«, rief Valentin laut, als sie ihn eines Sonntags nach der Messe danach fragte, und rannte lachend durch die Wohnküche. »Gretchen will einen

Schatz, Gretchen will einen Schatz«, schrie er so lange, bis Vater, der in seinem Almanach las, ihm eine Ohrfeige verpaßte.

»Laß deine Schwester in Ruhe und kümmere dich lieber um die Schule«, sagte er, während er das Buch aus der Hand legte.

»Bring mir sofort die Lateinfibel, und stell dich gefälligst zu mir an den Tisch.«

»Du sollst den Feiertag heiligen«, mischte sich Agathe ein, die, ihre Küchenschürze über den Rock gebunden, am Herd den Sonntagsbraten zubereitete.

»Aber nicht, wenn man die ganze Woche faul war!« sagte Georg und befahl seinem Sohn, den Tatzenstock gleich mitzubringen. Valentin schlich in die Schlafkammer, wo er den Lederriemen lockerte, der seine beiden Schulbücher und den Katechismus zusammenhielt. Er griff nach dem *Cursus Continuus*, nahm den Rohrstock von der Kleidertruhe und ging dann zurück in die Wohnküche. Er übergab beides seinem Vater und stellte sich vor ihn.

»Sieh da!« las Georg aus der Fibel vor. »Das Volk ruft.«

»Ecce, via lata! Populus clamat«, übersetzte Valentin.

»Richtig!« lobte ihn sein Vater. »Da kommt der berühmte Senator und freut sich.«

»Senator clarus ibi venit … venit … venit …«, stotterte Valentin, und als Georg nach dem Stock griff, hielt er ihm unaufgefordert die linke Hand hin.

»Senator clarus ibi venit et gaudet!« las Georg laut und schlug seinem Sohn bei jedem Wort mit dem Rohrstock auf die Finger.

Ihr Bruder hatte Gretchen zwar offenbart, daß Georg nicht halb so fest zuschlug wie die Schulmeister, doch sie zuckte bei jedem Schlag ängstlich zusammen. Wenn der Vater Valentin in Latein prüfte, war sie froh, daß Mädchen im Herzogtum nicht zur Schule gehen mußten. Nur daß sie nicht schreiben und lesen lernen sollte, gefiel ihr nicht.

Zumindest in dem dicken Buch, aus dem Vater Valentin und ihr manchmal eine Geschichte vorlas, bevor sie einschliefen, wollte sie allein lesen können. Sie hatte lange betteln müssen, bis Mutter ihr ein kleines Schulheft kaufte, und seitdem sah sie ihrem Bruder oft bei den Hausaufgaben zu. Wenn er das Schönschreiben übte, eiferte sie ihm nach. Sie tauchte wie er eine angespitzte Gänsefeder ins Tintenfaß. Sie versuchte wie er, jeden Buchstaben schön zu malen, und weil er stolz war, alles viel besser zu können als sie, half er ihr oft. Jedenfalls, wenn der Vater nicht zu Hause war.

»Weshalb spielt Gretchen nicht wie andere Kinder bei dem schönen Wetter draußen?« hatte er einmal seine Frau gefragt, als Gretchen wieder mit ihrem Heft neben ihrem Bruder saß. »Statt dessen hält sie Valentin von der Arbeit ab.«

»Solange sie still ist, stört sie ihn nicht!« antwortete Agathe. Es schade gewiß nicht, wenn sie die Gebete und Psalmen nicht nur wie alle Kinder in der Bibelstunde auswendig lerne. Vielleicht könne sie später sogar selber im Katechismus ein wenig lesen, was gewiß dem Herrn wohlgefalle.

»Schnickschnack«, hatte Georg geantwortet, doch hatte er nichts dagegen unternommen. Agathe behielt das letzte Wort in der Familie, wann immer sie sich auf Gott oder den Pfarrer berufen konnte.

»Seid gegrüßt, Freunde«, las Vater jetzt laut aus der Lateinfibel vor. »Warum spielt ihr nicht? Was habt ihr im Sinn?«

Gretchen nestelte nervös an ihrem Zopf, aber diesmal blieb die Rute auf dem Tisch liegen.

»Salvete, amici!« übersetzte Valentin schnell und richtig. »Cur non luditis? Quid in animo habetis?«

Bei schönem Wetter liebte es Georg, mit seiner Familie am Sonntag nachmittag durch die Stadt zu spazieren. Wenn die Uhr der St.-Jakobs-Kirche zur vierten Stunde schlug, waren alle bereits fertig angezogen. Mutter trug an warmen Sommertagen einen weiten Baumwollrock im gleichen lichten Gelb wie ihr Mieder und ihre Haube. Gretchen behielt das hellbraune Kleid an, in dem sie schon in der Messe gebetet hatte. Es war mit seinen langen Ärmeln züchtig genug für die Kirche, und das Brusttuch legte sie wie ihre Mutter auch an sehr heißen Tagen nie ab. Ebensowenig wie Georg auf die Perücke verzichtete, die er als Zeichen seines Standes schätzte. Valentin trug wie sein Vater eine leichte Kniehose zum weißen Hemd. Den Gehrock hatten beide diesmal zu Hause gelassen.

Zuerst gingen sie ein Stück an der Stadtmauer entlang, wo sie, kurz vor dem Südtor, in die schmale Getreidegasse abbogen, in der viele Spielleute zur Miete wohnten. An Werktagen hörte Gretchen hier oft die Pfeifer, Trommler, Fiedler und Hornisten üben, doch am Sonntag spielten sie in den Schlössern und Gärten des Herzogs, den Häusern des Adels sowie zur Unterhaltung der reichen Bürger zum Kaffee oder Tee.

Die Getreidegasse führte zu einer Straße mit höheren Häusern. Sie gehörten Hofbeamten oder Kaufleuten wie dem Weber Hinterhuber. Er war reich geworden, indem er Wolle so billig wie möglich kaufte und in Heimarbeit, für die er nur Pfennige zahlte, zu Garn spinnen ließ, das auf seinen vier Webstühlen zu teuren Wollstoffen verarbeitet wurde.

Sogar der eine oder andere Handwerksmeister, der bei der Heirat eine große Mitgift von den Eltern seiner Frau vereinnahmt hatte, konnte sich in dieser Straße ein Haus leisten.

Vor den Häusern flossen auf beiden Seiten der Straße die Abwässer in die tiefe Gosse. Auch die Küchenabfälle wurden in diese Gosse geworfen. Es war in der Stadt erlaubt, Tiere zu halten. Nahezu jeder, der ein Stück Land besaß, fütterte ein paar Hühner oder Ziegen, und mancher Hofschreiber mästete hinter seinem Fachwerkhaus sogar ein Schwein.

In den Straßen nahe des Doms lagen hinter den kleinen Fenstern der Töpfer buntbemalte Teller, Tassen, Suppenschalen und Blumenvasen in allen Größen. Zwei Putzmacherinnen stellten Damenhüte aus, die mit Kunstblumen und feinen Schleiern verziert waren. Am besten gefielen Gretchen die Juwelen hinter dem eisernen Gitter vor dem Fenster eines Goldschmieds. Da gab es Ringe, Armreife und Halsketten aus Silber oder Gold, an denen im Licht des Nachmittags die Edelsteine funkelten, als wären es Sterne. Hier blieb Gretchen oft so lange stehen, bis Agathe sie an die Hand nahm und wegzog.

Tand sei nur für sehr reiche Leute, hatte ihre Mutter sie mehr als einmal getadelt. Solcher Glitzerkram tauge zu nichts. Für eine tugendsame Frau sei ihr schmaler Ehering das schönste Schmuckstück auf der Welt.

Inzwischen konnte Gretchen an der Kleidung und am Schmuck jedes Spaziergängers genau erkennen, zu welchem Stand er gehörte.

Adelige, Ratsherren, Juristen und Doktoren durften mehrfarbige Stoffe tragen, auch Seide, sowie soviel Schmuck, wie sie sich leisten konnten. Wer – wie Gretchens Vater – zum dritten Stand gehörte, mußte sich auf Kleidung beschränken, die durchgängig in einer Farbe gehalten war, wobei Rot gänzlich verboten war. Angehörigen des vierten und fünften Standes war es nicht erlaubt, eine Perücke zu tragen.

In hellblauen oder hellgrünen Kleidern, Jacken und Hosen durften sie sich ebensowenig unter die Leute wagen wie mit Schmuck aus Gold oder Silber.

Langweilig wurde es Gretchen am Sonntag in der kleinen Stadt nie. Und seit ihr Vater zehn Groschen mehr Lohn bekam, konnte er es sich hin und wieder sogar leisten, Agathe zu einer Tasse Kaffee und die Kinder zu einem Glas Limonade einzuladen. Dann saßen sie an einem der Tische im Garten des Gasthofs *Zum Blauen Schwan* unter großen Kastanienbäumen. Hier träumte Gretchen oft, ihr Vater wäre ein Graf und ihm würde eine der bunten Kutschen gehören, aus denen vornehme Herren mit ihren Damen stiegen, um im Festsaal zu speisen, wo die riesengroßen Spiegel an den Wänden mit Gold verziert waren und zwischen den weißgedeckten Tischen sogar ein kleiner Springbrunnen plätscherte.

Als Gretchen bald zehn Jahre alt war, brachte Agathe eines Frühlingstags wiederum das Ziegenhüten zur Sprache. Und diesmal hatte Georg ein Einsehen. Zusammen mit Bärbel und Liesbeth, deren Eltern gleichfalls Ziegen hielten, durfte Gretchen mit den Tieren nach dem Frühstück die Stadt verlassen. Zuerst hatte sie sich mit ihren beiden Freundinnen am Südtor getroffen, um die Tiere nahe der Stadtmauer grasen zu lassen. Inzwischen war dort alles kahlgefressen, und sie ließen sie an den Feldrainen weiden oder abwechselnd auf den Wiesen der drei Familien. Am liebsten war es den Mädchen, wenn alle zehn Ziegen auf Bärbels Wiese angebunden waren. Sie lag auf dem höchsten der Hügel, die Wahlburg vor den Herbststürmen schützten, und auf ihr fanden die Tiere das beste Futter. Hier wuchsen Weidelgras und Wiesenrispe, konnten die Ziegen Knaulgras und sogar Weißklee und Rotklee fressen, so viel sie wollten.

Von hier oben aus konnte man auf die Stadt hinunterblikken, auf die vielen kleinen und großen Häuser, auf den Dom und das Dach der Hofkanzlei, in der Gretchens Vater von morgens bis abends Urkunden abschrieb.

Zuerst hatte Gretchen noch ihr Schreibheft und Buntstifte auf die Weide mitgenommen, doch das machte sie längst nicht mehr. Die Mädchen hatten einander genug zu erzählen, und seit Matthias, der Sohn des Schusters Firle, auf der Nachbarwiese Kühe hütete, setzte er sich oft zu ihnen. Er berichtete immer stolz, welchen vornehmen Herrschaften sein Vater die Füße vermaß und welche Schuhe und Stiefel sie bei ihm bestellten.

»Ich werde später auch Schuhmacher«, hatte er zu Gretchen einmal gesagt. »Und sobald ich Meister bin, heirate ich dich!«

Gretchen bekam einen roten Kopf, als er sie danach mit einem Grashalm kitzelte, und am Abend erzählte sie alles haarklein ihrer Mutter. Agathe lachte nur.

»Matthias ist noch keine elf Jahre alt«, sagte sie. »Bis der in die Lehre kommt und dann auf Wanderschaft geht, fließt noch viel Wasser ins Meer.«

Um so besser, dachte Gretchen. Matthias hatte rotes Haar und so viele Sommersprossen, daß man sie nicht zählen konnte. Seine Haut wurde auch im Sommer nie richtig braun. Davon einmal ganz abgesehen – sie war sich mit ihren Freundinnen längst einig geworden, daß alle drei einen Grafen heiraten würden.

Nur Bärbel gab zu, daß sie zur Not auch bereit wäre, mit einem feschen Offizier vor den Traualtar zu treten. Die Leutnants trügen von allen Soldaten die schönste Uniform. Es schien Gretchen, als ob der Sommer kein Ende fände. Als sich das Laub dann doch allmählich verfärbte, gingen Georg und Valentin – für ihn hatte der Vater eine zweite Sense gekauft – alle drei Wochen zur Wiese, wo sie soviel Gras wie möglich mähten. Sobald es trocken war, schoben Agathe und Gretchen das Heu mit dem Rechen zusammen, luden es auf den Handkarren und fuhren es zum Schuppen hinter dem Haus. Es dauerte nicht lange, bis er so gut gefüllt war, daß Agathe Heu im Haar hatte, wenn sie die Tür auch nur eine Handbreit öffnete.

Und als der erste Schnee fiel, hatte Georg längst genügend Brennholz neben der Haustür gestapelt, denn im Winter wurde es von Woche zu Woche teurer.

Die Schneedecke über dem Land wurde immer dicker. Die drei Betten standen wieder in der Wohnküche, und das Talglicht mußte immer früher am Abend angezündet werden. Seit Georg mehr Lohn bekam, gab es hin und wieder auch an Werktagen abends Wurst zum Brot.

Es war jetzt zwar noch enger in der Wohnküche, aber wenn Gretchen vor dem Schlafengehen mit am Tisch sitzen durfte und sich im schwachen Licht der Kerze bemühte, eine Geschichte zu lesen, während Agathe strickte und Valentin seine lateinischen Vokabeln lernte, war sie mit der Welt und sich rundum zufrieden.

»Wäre es nicht an der Zeit, wieder einmal zu meiner Mutter zu reisen?« fragte Agathe vorsichtig, als Georg eines Abends mit ihr beim Wein saß, den es nach wie vor nur selten gab. Die alte Frau leide zwar keine Not, da sie ihr Vermögen noch nicht gänzlich aufgebraucht habe, doch abgesehen von einer treuen alten Zugehfrau gebe es in Feldbrünn niemanden mehr, mit dem sie ein offenes Wort reden könne.

»Die vielen Freunde von früher kümmern sich nicht mehr um sie«, sagte Agathe. »Seit Vater tot ist, ist für sie dort nichts mehr zu holen.«

Georg griff nach dem Weinbecher. »So ist nun einmal der Lauf der Welt! Ich vergesse nie, wieviel wir deiner Mutter verdanken. Wenn sie nicht gewesen wäre … Dein Vater hätte dir kaum erlaubt, mich zu heiraten.«

»Da hatte ich wohl auch ein Wörtchen mitzureden«, sagte Agathe und lächelte. So redeten Gretchens Eltern eine Weile, bis ihr Vater schließlich einwilligte, die Reise zu Agathes Mutter anzutreten.

Schon am nächsten Sonntag saß Gretchen, dick eingemummt, zwischen ihrer Mutter und Valentin auf Georgs Schoß im Postschlitten nach Feldbrünn. Es war so kalt, daß die Pferde aus dem Maul dampften. Das Geläut auf ihrem Rücken klingelte immer schneller, während sie den Schlitten über die verschneite Landstraße zogen. Gretchen hatte sich die Mütze über beide Ohren gezogen, ihre Hände steckten in warmen Handschuhen aus Wolle und ihre Füße in einem warmen Fellsack. Wenn von der Straße dann und wann Krähen oder Elstern aufflogen und zum blauen Himmel aufstiegen, blickte sie ihnen nach, bis sie die Vögel nicht mehr sehen konnte. Und als der Vater dann auch noch beide Arme um sie legte, fühlte sie sich so geborgen, daß sie mit keinem Kind auf der Welt hätte tauschen mögen. Nicht einmal mit der Tochter eines Grafen.

5

Bengalisches Feuer

Vor der Erstkommunion hatte sie zum erstenmal beichten müssen. Dank der Hilfe ihrer Freundinnen war Gretchen dies sogar halbwegs überzeugend gelungen. Bärbel und Lieschen hatten ihr geraten, sich einige läßliche Sünden auszudenken, die ihr der Pfarrer von St. Jakob vergeben konnte. Danach hatte er ihr andächtig das Allerheiligste Altarsakrament gespendet.

Agathe schenkte ihr zur Feier dieser Erstkommunion nicht nur das *Handbuch für christliche Jungfrauen aller Stände*, sondern auch ein Meßbuch, in das sie einen Beichtspiegel – das Geschenk ihrer Patin Marthe – klebte, in dem alle Sünden sorgfältig aufgelistet waren. So konnte sie bei ihrer zweiten Beichte gestehen, daß sie bei der ersten gesündigt hatte; sie hatte gelogen.

Wenn Gretchen so tat, als ob sie in beiden Büchern lese, dann nur, weil sie von den Eltern geliebt werden wollte. Das Lesen fiel ihr immer noch sehr schwer.

Der Nachlaß der Großmutter, die der Herr inzwischen in sein himmliches Reich geholt hatte, war wesentlich geringer ausgefallen, als Georg erwartet hatte. Weil Agathe ein Viertel der Erbschaft im Opferstock der St.-Jakobs-Kirche versenkte, reichte der Rest nur für die Erweiterung des Hauses um eine enge Kammer. Sie bot gerade Platz für Valentins Bett und einen winzigen Tisch, aber seit der Lateinschüler dort ungestört lernen konnte, gab es nur noch sehr selten einen Grund, ihn den Tatzenstock fühlen zu lassen.

Wenn Georg Valentin noch immer von Zeit zu Zeit schlug, dann nicht mehr zur Strafe, sondern um ihn in jener Furcht zu halten, ohne die sich der Vater ein gottgefälliges Leben nicht vorstellen konnte; er schlug seinen Sohn nur noch aus Liebe.

O mein Herr und mein Gott«, betete Agathe, »dessen heiligste Gegenwart ich glaube und in aller Unterwürfigkeit demütigst anbete. Ich danke dir für die vielen Gnaden und Wohltaten, die ich, so lang ich lebe und besonders an diesem Tage, von dir empfangen habe. Sei gelobt und gebenedeiet in Ewigkeit. Amen.«

Gretchen, die neben ihrer Mutter in der Kirche kniete, fühlte sich unwohl, sobald die Orgel ertönte. Das anfängliche Säuseln wurde zum Sausen und Brausen und zu einem donnernden Getöse; so laut, als müsse der Kantor die Gemeinde schon jetzt auf das Heulen und Zähneklappern beim Jüngsten Gericht vorbereiten. Die Chorknaben sangen zum Lobe Gottes, die Ministranten schwangen die Weihrauchkessel, und als Pfarrer Hager in seiner Predigt wie üblich die Güte und den Großmut des Herzogs pries, dem jeder im Lande sein Glück und seinen Wohlstand verdanke, ermahnte er diesmal nicht ohne Grund besonders eindringlich zu Gehorsam und Treue gegenüber dem irdischen Herrn: Vor genau zehn Jahren hatte die Herzogin Elisabeth Theresia die Regierungsgeschäfte ihrem kurz zuvor vom Kaiser als volljährig erklärten Sohn Ludwig Karl übergeben, und dieses Jubiläum wurde heute im ganzen Herzogtum gebührend gefeiert.

Seine Durchlaucht schlief in der Nacht vor dem Festtag nur wenige Stunden. Obwohl die Kammerjäger sämtliche Schlafgemächer eine Woche lang ausgeräuchert hatten, überfielen den Herzog nicht nur mehrere Wanzen, sondern sogar Mäuse und eine ausgehungerte Ratte hatten vor ihm so wenig Respekt, daß sie unter seine Bettdecke krochen, sobald ihm die Augen zufielen.

Als ihn zehn Salutschüsse bei Tagesanbruch aus dem Schlaf rissen, sprang er übermüdet und schlecht gelaunt aus dem Bett. Der Chor weißgekleideter Ehrenjungfrauen, der unter dem Fenster seines Schlafgemachs ein Lied nach dem anderen für ihn sang, verdüsterte seine Stimmung noch mehr.

Nicht einmal seine Kammerdiener, drei verarmte Grafen, die ihn festlich ankleideten, vermochten es, seine Durchlaucht zu erheitern. Sie garnierten zwar jedes Kleidungsstück, das sie dem Herzog anlegten, mit einer deftigen Zote oder zumindest einer anzüglichen Bemerkung, aber der Fürst war und blieb schlecht gelaunt. Nicht ohne Grund.

Ludwig Karl hatte das alte Residenzschloß seiner Mutter am Rande Wahlburgs schon als Kind nicht gemocht. Schloß Ludwigslust, seine neue Residenz in der Nähe der Stadt Feldbrünn, war aber leider – einer der Konstruktionsfehler – nur für die Jagd und intime Feiern mit nicht mehr als fünfzig Gästen geeignet.

So war seine Durchlaucht, auf Empfehlung seines Hofmarschalls, notgedrungen mit dem ganzen Hofstaat für drei Tage nach Wahlburg übergesiedelt. Für einen Staatsakt mit einem feierlichen Festzug zum Dom, einen großen Hofball und ein Bankett mit mehr als zweihundert Gästen war die ehemalige Residenz seiner Mutter zwar wie geschaffen, den Bedürfnissen des Herzogs entsprach sie jedoch wenig.

Abgesehen davon, daß Ludwig Karl in diesem weiträumigen Schloß zum erstenmal seit fünf Jahren unter demselben Dach – wenngleich nicht im selben Zimmer – schlafen mußte wie seine Gemahlin, aus Gründen der Staatsraison hatte er seine derzeitige Mätresse, die Gattin seines Ersten Kammerdieners, in Feldbrünn zurücklassen müssen, und ohne sie – das war die Hauptursache seiner Verstimmung – fühlte er sich nachts von aller Welt verlassen.

»Gott ist Eurer Durchlaucht wohlgesonnen«, sagte jetzt besagter Erster Kammerdiener, stülpte die Allongeperücke auf das fürstliche Haupt und hielt dem Herzog einen großen silbernen Trichter vor das Gesicht, um es vor Puder und Parfüm zu schützen, während er ihm die Perücke bestäubte und besprühte. »An Eurem Festtag scheint die Sonne, während es am Geburtstag der Kaiserlichen Hoheit Hunde und Katzen geregnet hat.« Da hellte sich Ludwig Karls Miene ein wenig auf. Das sei wohl das mindeste, was er erwarten könne, sagte er und befahl, ihm unverzüglich eine Tasse heiße Schokolade sowie drei Croissants zu servieren. Seit Marie-Antoinette das fettige Schmalzgebäck in Versailles eingeführt hatte, mochte auch er nicht mehr darauf verzichten.

Bereits nachts hatten sich diejenigen Untertanen seiner Durchlaucht, die am Festzug teilnehmen durften, in der weiträumigen Parkanlage der Alten Residenz eingefunden. Seither feierten sie im Licht von Laternen und Pechfackeln. Die Soldaten der Palastgarde hatten nichts dagegen, daß auf das Wohl des Herzogs getrunken wurde. Sie sorgten aber unerbittlich dafür, daß jedes Lagerfeuer sofort ausgelöscht wurde, obwohl viele ein gerupftes Huhn, andere ein Stück Kalbfleisch und manche sogar ein Ferkel mitgebracht hatten, um es zu braten und sich für den Festzug zu kräftigen. Es bedurfte einer Kompanie Stadtsoldaten – im Herzogtum fünfzig Männer –, um das Chaos im Park halbwegs zu ordnen.

Die Rangfolge und die Etikette waren auch bei einem Festzug zu wahren.

Unstrittig war nur, daß der Herzog und seine Gemahlin, eskortiert von fünfzehn Kavalleristen und der Palastgarde, den Festzug zum Dom anführen sollten. In welcher Reihenfolge ihnen die Vertreter des Adels und der Bürgerschaften folgen durften, war so schwierig zu entscheiden, daß sich das Geheime Konzil – der Ministerrat des Herzogs – einen ganzen Monat nur damit beschäftigte.

Ob die Schneiderzunft mit ihrem Schutzheiligen und ihren Fahnen vor den Schuhmachern marschierte oder hinter ihnen, hatten die beiden Zünfte zum erstenmal ganz eigenständig unter sich geklärt: Bei einer Schlägerei zwischen ihnen hatten die Schuster gesiegt.

Nachdem die Stadtsoldaten den Festzug endlich dergestalt in Reih und Glied gebracht hatten, daß er den Schloßpark verlassen konnte, traten der Herzog und seine Gemahlin aus der Residenz. Als sie zu ihrer Kutsche schritten – bei feierlichen Anlässen fuhren Fürsten gern sechsspännig –, ertönten Fanfaren, und aus mehr als tausend Kehlen brach lauter Jubel aus. Es jubelten die Vertreter des Adels, der Bürgerschaften und der Landstände. Es jubelten die höchsten Repräsentanten des Klerus und der Zünfte. Es jubelten die Angehörigen der Palastgarde und zweihundert Stadtsoldaten – aber noch jubelte nicht eine Frau. Die Herzogin hatte das Jubeln schon in der Hochzeitsnacht verlernt, und andere Frauen nahmen am Festzug nicht teil. Die Gattinnen der Fürsten, Adeligen, der Minister und hochgestellten Beamten, die zu den Feierlichkeiten eingeladen waren, hatten im großen Festsaal nach der Frühmesse hastig gefrühstückt. Danach hatten die Kammerzofen sofort angefangen, sie für den Abend herauszuputzen.

Es dauerte Stunden, ihre Haare zu kunstvollen Gebilden hochzutürmen und mit dem Brenneisen zu fixieren. Das Gerüst aus Fischbein, über dem sich der Reifrock bauschte, ließ sich jede adelige Dame allerdings erst kurz vor Beginn des Hofballs um die Hüften schnallen; diese Reifröcke waren noch unbequemer als die hochhackigen Stöckelschuhe. Die Länge der Schleppe, die eine Dame in Festtagsrobe hinter sich herzog, hing vom Rang ihres Ehemannes am Hofe ab. Die Schleppe der Herzogin war so lang, daß sie ihr von drei Zofen hinterhergetragen wurde.

Welchen Weg der Festzug nehmen würde, war in Wahlburg seit Wochen bekannt. Der allergnädigste, ja, sogar allerwerteste Fürst wollte von so vielen seiner Untertanen wie möglich gehuldigt werden. Von der Residenz direkt zum Dom zu fahren, zu marschieren, zu schreiten, zu wandern oder – nach zu vielen Trinksprüchen auf das Wohl seiner Durchlaucht – zu torkeln, verbot sich. Ludwig Karl wünschte, daß sich der Festzug vom Osttor – auch die Sonne ging im Osten auf – zuerst zum Westtor bewegte, dort Wahlburg verließ, außerhalb der Stadtmauer zum Nordtor gelangte und von dort aus erneut in die Stadt einzog. Danach wollten seine Durchlaucht erst zum Dankgottesdienst im Dom fahren, nachdem man ihm am Südtor zugejubelt hatte. Auf diese Weise, so empfand es jedenfalls Ludwig Karl, glich sogar der Weg seines Festzugs einem Kreuz. Wenn manche seiner Untertanen ein Vierteljahr später hinter vorgehaltener Hand immer häufiger flüsterten, es sei schon ein Kreuz mit ihrem Herzog, gab es dafür aber andere Gründe.

Seit Tagen waren die Gebäude im Herzogtum mit Blumen geschmückt. Vor den Kirchen und Rathäusern, aus den Fenstern der mehrstöckigen Häuser reicher Kaufleute und Handwerker hingen große Fahnen mit dem Wappen Ludwig Karls. Bei Hofe war man zwar der Ansicht, es seien drei Lilien, die – den Bourbonen nachempfunden – die Insignien des Herzogs umrahmten, doch das Volk wußte es besser. Es waren die Stengel von Küchenzwiebeln!

Die ganze Stadt war auf den Beinen. Seit Stunden warteten auf allen Straßen, durch die der Festzug seinen Weg nehmen sollten, unzählige, teils festlich, meist jedoch wie immer in Lumpen gekleidete Untertanen seiner Durchlaucht. Auch der niedere Hofschreiber Georg Schramm hatte sich mit seiner Familie nach der Frühmesse im Sonntagsstaat vor dem Hause des Webers Hinterhuber eingefunden und eine günstige Position bezogen, aus der er sich von niemandem verdrängen ließ. Es beruhigte ihn, daß in der Nähe drei Stadtsoldaten mit aufgepflanztem Bajonett für Ordnung sorgten. Sämtliche Fenster in Hinterhubers Haus waren besetzt. Sogar aus den winzigen Löchern der engen Kammern unter den Dächern reckten die Mägde und streckten die Knechte den Kopf heraus.

Das Volk wartete stundenlang, doch dann begannen sämtliche Kirchenglocken zu läuten. Der Festzug hatte durch das Osttor die Stadt erreicht.

Zuerst sahen die Schaulustigen vier Offiziere im blauen Rock der Kavallerie. Sie ritten in der Mitte der Straße auf geschmückten Rappen, auf gut ausgebildeten Pferden, die den Kutschen den Weg freiräumten.

Sie schoben mit ihren gewaltigen Hinterbacken jeden zur Seite, der ihnen nicht schnell genug auswich, drängten die Menschen rücksichtslos zum Straßenrand. Einige nahmen dabei ein unfreiwilliges Bad in der Gosse, zur Erheiterung der Umstehenden.

Der Kavallerie folgte die rot uniformierte berittene Palastwache mit ihren Fahnen. Der erste Spielmannszug marschierte mit Pauken, Trommeln, mit Hörnern und Trompeten vorbei, und das Volk fing an zu jubeln.

Gretchen war inzwischen so groß, daß sie der Vater kaum mehr tragen konnte. Doch als die vergoldete Kutsche nahte, in der Ludwig Karl sowie seine Gattin saßen, nahm Georg hastig den Hut ab und hob seine Tochter so hoch wie möglich.

Obwohl der Hauptmann der Palastgarde aus Gründen der Sicherheit davor gewarnt hatte, war das Verdeck der Kutsche wegen der hochsommerlichen Temperaturen zurückgeschlagen, und wie die meisten seiner Untertanen sah auch Gretchen ihrem Fürsten zum erstenmal ins Angesicht. Er grüßte die Menge mit erhobener Hand, und der Jubel steigerte sich zu einer Lautstärke, die Gretchen angst machte.

Das Volk jubelte so laut, daß die Vivat- und Hochrufe die Kirchenglocken übertönten, doch Gretchen jubelte nicht. Sie hatte auf den ersten Blick erkannt, daß auch der Herzog nur ein Mensch war, der unter seiner Perücke schwitzte wie sie in ihrem Sonntagskleid.

Der Jubel verebbte, als die Landadeligen in ihren Kutschen vorbeirollten, gefolgt von den Ministern, höheren Richtern und Bürgermeistern, die nur zu Fuß daherschreiten durften.

Doch sobald die Standarten und Fahnen, die Wimpel und Banner der Zünfte über dem Festzug wehten, schwoll der Jubel wieder an. Da marschierten die Maurer und die Zimmerer hinter den Drechslern, Schreinern und Glasern. Die Goldschmiede zeigten ebenso ihre Banner, Flaggen und Standarten wie die Hufschmiede, Eisenschmiede und Kupferschmiede. Und als der Altmeister der Schusterzunft – sie marschierte weit vor den Schneidern – ihr Gewerbezeichen an den Schaulustigen vorbeitrug, jubelten sie noch lauter als zuvor beim Anblick ihres Herzogs. Die Schuhmacher hatten ihnen bewiesen, daß man die eigenen Interessen auch ohne den Fürsten und seine Beamten durchsetzen konnte.

Als der Zug vorübergezogen war, eilten viele Bürger quer durch die kleine Stadt über den Domplatz zum Nordtor, um ihn dort zum zweitenmal zu bewundern. Andere gingen nach Hause oder feierten in den Wirtshäusern und Schänken weiter. Die Wirte hatten zwar, gleichfalls zu Ehren des Herzogs, die Preise für Bier und Wein um zwanzig Prozent erhöht. Doch dafür gab es heute überall Musik.

Auch im Gasthof *Zum Blauen Schwan* sprang junges Volk – Handwerksgesellen und Hausmägde – vergnügt zu den Tönen der Trommeln, Fiedeln und Flöten auf dem Tanzboden herum. Als Gretchen mit ihren Eltern und ihrem Bruder in die Wirtsstube trat, wäre sie am liebsten sofort umgekehrt, doch ihre Mutter hielt sie zurück.

Der Lärm des Pöbels sei auch ihr unerträglich, sagte Agathe, doch die kleineren Räume im Obergeschoß, wo man die besseren Leute bewirtete, seien nun einmal nur durch den Schankraum zu erreichen.

Gretchen hob überrascht den Kopf. Daß sie zu den besseren Leuten gehörte, hatte ihr bisher noch keiner gesagt. Sie folgte mit Valentin den Eltern eine schmale Treppe hinauf, von der aus ein Kellner in schwarzem Frack die Familie in das Speisezimmer geleitete, über dessen mit weißem Damast eingedeckten Eßtisch in zwei Kronleuchtern mehr als zwanzig Kerzen brannten.

Gretchen hätte fast die zwei bereits Anwesenden im Raum nicht erkannt. Erst als Agathe ihr das Gastgeschenk überreichte, sah Gretchen, daß die Frau Marthe, ihre Taufpatin, war und der Mann Marthes Ehemann – der Kaufmann Konrad Schwerdtlein. Beide waren so festlich gekleidet, wie Gretchen die Nachbarn noch nie gesehen hatte. Marthe betrachtete das Geschenk: ein kleines, vom Bischof geweihtes Skapuliermedaillon mit dem Bildnis der Heiligen Jungfrau.

»Das wäre wirklich nicht nötig gewesen«, sagte der Kaufmann. Während Marthe noch das Medaillon bewunderte, trugen zwei Kellner schon den ersten Gang auf, eine Hühnersuppe mit Steinpilzen.

»Aber ich bitte Euch«, erwiderte Gretchens Vater ein wenig gekränkt. Er wisse schließlich, was sich gehöre. Und davon einmal ganz abgesehen – wer für den Staat tätig sei, der könne zwar keine Reichtümer erwerben, doch auch er genösse einige kleine Privilegien.

Im Schloßpark der Alten Residenz werde heute nacht zu Ehren des Herzogs ein großes Feuerwerk veranstaltet, zu dem er die Schwerdtleins ganz herzlich einlade. Im Schloßgarten, von dem aus man das Spektakel am besten sehen könne, dürften sich zwar nur die Gäste des Herzogs aufhalten. An einige zuverlässige Beamte der Kanzlei seien jedoch Passierscheine für sie und ihre Angehörigen ausgegeben worden, die zum Eintritt in den Schloßpark berechtigten.

Georg zog seine Brieftasche aus dem Rock, und als er dem Kaufmann ein Papier überreichte, klang seine Stimme nahezu feierlich.

Dank seiner guten Beziehungen habe er auch für Schwerdtlein und dessen Frau einen solchen Passierschein besorgen können, und es wäre ihm ein Vergnügen, zusammen mit ihnen die Kunst der Feuerwerker zu bewundern.

»Prima!« rief Valentin. »Davon werde ich morgen allen in der Schule erzählen.«

»Unterbrich mich nicht«, sagte der Vater zu ihm und versetzte ihm unter dem Tisch einen kräftigen Fußtritt.

Als die Suppenschüsseln abgetragen waren, wurde der zweite Gang serviert, Zungenragout und Wildbretpastetchen. Danach gab es Fasanenbraten, gedünsteten Fisch, gebratene Schnepfen, Lerchen sowie Gartenammern, auf die Obst sowie Käse folgten, bis schließlich die Mahlzeit mit dem achten Gang – Konfekt, kandierte Früchte und Marzipan – ein süßes Ende fand.

Gretchen war viel zu aufgeregt, um zu essen. Daß sie zu den besseren Leuten gehören sollte, beeindruckte sie fast noch mehr als das vornehme Silberbesteck und die Serviettenringe, die im Licht der Kronleuchter und der Kerzen auf dem Tisch matt glänzten.

Sie nahm nur den Eltern zuliebe ein wenig vom Fisch und ein kleines Stück Konfekt, doch die anderen hatten fürstlich gespeist. Fürstlicher als sie ahnten, im übrigen. Denn auch der Wirt des Gasthofs *Zum Blauen Schwan* genoß gewisse Privilegien! Bei ihm lieferten Küchenjungen zweimal in der Woche nachts heimlich alle Reste ab, die auf der Hoftafel des Herzogs und in den Speisesälen der Kanzlei nach den Mahlzeiten übrigblieben. In den Futtertrögen der Schweine, für deren Mast die Abfälle bestimmt waren, landete aus den Küchen des Hofes und der Staatskanzlei nur wenig.

Inzwischen brannten im Schloßgarten der Alten Residenz unzählige Pechfackeln. Ludwig Karl saß unter zwei Orangenbäumen, die Gärtner aus dem Botanischen Garten in Miesbach umgepflanzt hatten, in seinem vergoldeten Fauteuil und fühlte sich erschöpft wie seit langem nicht mehr. Im Dankgottestdienst im Dom war er zweimal eingeschlafen.

Danach hatte er im Festsaal mit der Herzogin den Hofball eröffnet, bei dem er sie mit spitzen Fingern an der Hand angefaßt hatte, die ihm so kalt vorkam wie das Sorbet beim Festessen.

Vor dem großen Essen war er immerhin noch zum Tanzen fähig gewesen, jetzt, nach dem Essen, fiel dem Herzog sogar das Sitzen schwer.

Er stand auf, wagte mit vollem Bauch einen kurzen Spaziergang durch den Schloßgarten, doch schon nach zwanzig Schritten ließ er sich wieder in seinem Sessel nieder, den ihm vier Diener hinterhertrugen. Dort saß er, schwer atmend, von sechs Fackeln beleuchtet, ohne jede Bewegung, fast so, als wäre er ausgestopft oder eine Wachsfigur; doch dann hob er endlich langsam die rechte Hand. Das Jubiläumsfeuerwerk begann.

Es begann mit Georg Friedrich Händels *Feuerwerksmusik*,

die der Hofkapellmeister für sein kleines Orchester bearbeitet hatte.

Der Erste Feuerwerker schritt feierlich mit der Lunte zu dem hohen Holzgerüst, das im Schloßgarten errichtet worden war, und zu den Klängen der Musik raste eine eiserne Taube funkensprühend an einem Drahtseil über die Köpfe der Gäste hinweg. Gleichzeitig flammten am Gerüst zehn Feuertöpfe auf, die – abwechselnd in den Farben – jeweils ein Jahr der Regentschaft Ludwig Karls symbolisieren sollten; eine eindrucksvolle Leistung der Alchimisten der Universität Miesbach, die monatelang Schwefel, Holzkohle und Kaliumchlorat gemischt hatten, bis sie schließlich entdeckten, daß Bariumnitrat in hellem Grün abbrannte, Strontiumnitrat dagegen in einer grellroten Flamme.

Die Feuertöpfe brannten noch, da flammten schon Sprühkegel auf, brannten prasselnd und zischend, als die ersten Kanonenschläge knallten und Raketen aus dem fernen China strahlend zum dunklen Nachthimmel schossen, wo sie zu sprühenden Feuerrädern zerplatzten. Und als schließlich am Himmel das Wappen des Herzogs kurz aufleuchtete, brach im Schloßgarten wieder Jubel aus, wie zuvor nur, als der Herzog sich am Tag dem Volk gezeigt hatte.

Obwohl die Palastgarde jeden Passierschein im Licht der Pechfackel so gründlich geprüft hatte, daß einige Passierscheine dabei in Flammen aufgingen, hatte sich im Schloßpark eine große Menschenmenge versammelt. Alles starrte zum Himmel, jede Rakete und jeder Böllerknall wurde von Ahs und Ohs und Jubelrufen begleitet, doch Gretchen, die sich dicht an ihren Vater gedrängt hatte, zuckte bei jedem Donnerschlag ängstlich zusammen. Sie mochte Lärm nicht, doch er ließ sich wohl kaum vermeiden, wenn man zu den besseren Leuten gehörte.

Da habe man wenigstens auch mal etwas von den Steuern und Abgaben, die man zahle, sagte Konrad Schwerdtlein gerade zu Marthe, als Gretchen zur Kanzlei hinüberblickte. Sollte es auch zum Feuerwerk gehören, daß aus zwei Fenstern der Kanzlei dunkler Rauch zum Himmel stieg?

Sie griff nach der Hand ihres Vaters, wollte ihn auf den Rauch aufmerksam machen, doch er beachtete sie nicht. Er starrte wie Agathe, Valentin und die Schwerdtleins weiter zum Himmel, als plötzlich alle Glocken läuteten.

»Das verstehe ich nicht«, sagte Agathe zu ihrem Mann. »Die letzte Messe muß doch längst zu Ende sein.«

Das Läuten verstummte so plötzlich, wie es begonnen hatte, und jetzt hörte man nicht mehr nur die Donnerschläge und das Pfeifen und Zischen der Raketen, sondern auch, wie aus großer Entfernung, den Ton der Feuerhörner von den Kirchtürmen.

»Feuer!« gellte es entsetzt in der Menge, als das Dach der Kanzlei in hellen Flammen stand, und jeder versuchte, den Schloßpark so schnell wie möglich zu verlassen.

Zwar gab es noch die vier Spritzenwagen, für deren Anschaffung vor zwölf Jahren Herzogin Elisabeth Theresia gesorgt hatte, doch seither hatte sich niemand um die Spritzen und Schläuche gekümmert. Wenn in der Stadt ein Feuer ausbrach, mußte das Wasser von den Brunnen in Holz- und Ledereimern zum Brandherd geschafft werden, und wenn das Feuerhorn nachts gellte, trat jeder Wahlburger nur vor die Haustür, um sich zu vergewissern, daß es nicht sein Haus oder ein Haus in der Nähe war, das brannte. Dann legt man sich wieder ins Bett.

Ein Rennen und ein Schreien hob an. Die Männer fluchten. Die Frauen jammerten. Die Kinder weinten. Keiner, der nicht so schnell wie möglich nach Hause wollte, um das eigene Hab und Gut zu retten. Die Familien Schramm und Schwerdtlein rannten, bis sie eines der großen Tore aus kunstvoll geschmiedetem Eisen erreichten. Weit und breit war kein Soldat der Palastgarde zu sehen. Das Tor stand offen, und davor war ein Gedränge, ein Geschiebe und Gestoße. Gretchen klammerte sich an die Hand ihres Vaters, der mit der anderen Hand den Arm seiner Frau ergriffen hatte, und da Valentin inzwischen so kräftig war, daß er auch drängeln, schieben, stoßen und notfalls zuschlagen konnte, gelangte die Familie schnell auf die Straße, wo der Vater erst einmal stehenblieb.

»Unsere Urkunden!« sagte er erschrocken und riß sich von seiner Frau und Gretchen los. »Ich muß sofort in die Kanzlei. Wir müssen retten, was zu retten ist. Die wichtigsten Urkunden sind in den Brandschränken sicher verwahrt.«

Konrad Schwerdtlein war so entsetzt, daß er alle Höflichkeit vergaß. »Du bist verrückt, Georg!« rief er ihm nach. »Dort gibt es nichts mehr zu retten.«

Noch immer lag Brandgeruch über der Stadt. Noch immer läutete von Zeit zu Zeit die Sterbeglocke einer der vielen Kirchen, und jeder, der sie hörte, betete still ein Vaterunser oder ein Ave Maria. Die Alte Residenz, mehrere Nebengebäude und fast zwanzig Häuser in der Nähe des Osttors waren ein Raub der Flammen geworden. Die heiße Asche der Kanzlei, in der Stadtsoldaten herumstocherten, dampfte noch.

In der Schlafkammer der Eheleute Schramm war der Spiegel mit einem schwarzen Tuch verhängt. Georg lag im weißen Totenhemd aufgebahrt in Valentins Bett, seine Taufkerze in den erstarrten Händen. Über das Bett hatte Agathe das Kruzifix aus der Wohnküche gehängt. Auf dem kleinen Tisch, an dem Valentin sonst seine Schularbeiten machte, brannten vier Kerzen, und an das Fußende des Bettes hatte Agathe ein Gefäß mit Weihwasser gestellt, aus dem Besucher den Toten besprengten. Doch es kamen nicht viele, um von ihm Abschied zu nehmen.

Zwei Nächte lang hatten Agathe, Valentin, Marthe und Konrad Schwerdtlein abwechselnd bei dem Toten gewacht, den Rosenkranz für Georgs Seele gebetet und die Fliegen von seiner sterblichen Hülle ferngehalten. Gretchen war nicht dazu fähig. Sie lag in ihrem Bett, und wenn die Mutter in die Kammer trat, dann nur, um sich zu vergewissern, daß ihre Tochter nicht am Kummer gestorben war.

Sie hatte nach dem Feuerwerk mit Agathe und Valentin die ganze Nacht auf den Vater gewartet, und als ihn kurz vor Sonnenaufgang zwei Stadtsoldaten ins Haus trugen, läutete bereits die Sterbeglocke für ihn, obwohl er noch lebte und vor Schmerzen schrie.

Er schrie, als ihm Agathe vom Kopf nahm, was von seiner Perücke noch übrig war. Er schrie, als sie ihm die Fetzen seines Hemdes und der Kniehose auszuziehen versuchte, die an seinem verbrannten Körper festklebten.

Georg schrie so laut, daß Gretchen es hörte, obwohl sie sich in ihrem Bett die Decke über den Kopf gezogen hatte und mit beiden Händen ihre Ohren zuhielt.

Georg schrie als Pfarrer Hager ihm die Sterbesakramente spendete und der Ministrant den Weihrauchkessel schwang. Er schrie, als der Priester ihm die Generalbeichte abnehmen und ihm die Kommunion spenden wollte, und er schrie noch bei der letzten Ölung. Danach schrie er nicht mehr, sondern stöhnte nur noch leise, bis ihn der Herr vom Leben erlöste.

Als Gretchen nichts mehr hörte, hoffte sie einen Augenblick, alles wäre nur ein böser Traum gewesen. Sie stand auf und zog sich weinend den Rock an. Sie streifte sich gerade die Socken über die Füße, als sie die Stimmen fremder Männer vor dem Haus hörte. Sie trugen die Totentruhe – einen Sarg aus einfachem Fichtenholz – in die Wohnküche. Gretchen hörte die Männer laut beten. Sie roch den beißenden Rauch aus dem Weihrauchkessel. Sie rieb sich die rotgeweinten Augen und fing an zu husten, als immer mehr Weihrauch in die Schlafkammer zog.

Nach einer Weile dröhnten plötzlich laute Hammerschläge im Haus, und als Gretchen begriff, daß der Sarg ihres Vaters zugenagelt wurde, schrie sie und sank neben das Himmelbett, lag dort in sich zusammengekrümmt schluchzend auf dem Fußboden, bis ihre Mutter in die Schlafkammer kam. Im selben Augenblick begannen vor dem Haus einige Waisenkinder zu singen, die sich damit ein paar Pfennige verdienten.

»Du mußt dich jetzt ankleiden«, sagte Agathe leise. »Wir wollen Vater die letzte Ehre erweisen.«

Da stand Gretchen langsam auf, zog den Rock aus und ihr verschwitztes Sonntagskleid an, schlüpfte in ihre Holzpantinen und folgte ihrer Mutter aus dem Haus, vor dem die Sargträger – Konrad Schwerdtlein, der Gerichtsschreiber Kurt Scholz, der Bäcker Horst Kindhofer sowie der Schuster Peter Firle – sich die Totentruhe bereits auf die Schulter geladen hatten. Es dauerte nicht lange, bis der Leichenzug seine Ordnung gefunden hatte.

Drei Meßdiener – der erste trug ein großes Kruzifix – führten ihn an. Hinter ihnen schritt Pfarrer Hager im Chorhemd vor den Sargträgern, denen die Witwe mit ihren beiden Kindern und Marthe folgten. Gretchen weinte wieder, aber der Weg an der Stadtmauer entlang zum Südtor und von dort aus zur Kirche war ihr so vertraut, daß sie ihn sogar mit verbundenen Augen gefunden hätte. Die Waisenkinder sangen noch immer, und als Pfarrer Hager an Georgs Grab predigte, gelang ihm, was ihm noch nie gelungen war: Er erwähnte den Herzog mit keinem einzigen Wort.

6

Die große Teuerung

Die Mutter sagte jeden Morgen, die Seele des Vaters sei jetzt beim Herrn, wo er nach einem gottgefälligen Leben gewiß nicht leiden müsse, aber sobald Gretchen sich nach dem Morgengebet ihr schwarzes Kleid anzog, fing sie an zu weinen.

Sie weinte stundenlang, und wenn sie nicht weinte, saß sie starr in der Wohnküche und betete mit dem Rosenkranz in der Hand ein Vaterunser nach dem anderen. Sie nahm kaum wahr, was um sie herum vorging, und sie aß nur, wenn die Mutter oder ihr Bruder drängten, sie könne verhungern und käme dann nach dem Tode in die Hölle.

Im Herzogtum redete man über nichts anderes als über das große Feuer. Wenn die Spritzenwagen nicht so verrottet gewesen wären, so hieß es, wäre der Brand schnell zu löschen gewesen. Einige meinten, auch das hätte nichts an der Katastrophe ändern können, denn die Feuerwehrleute hätten nach dem Festzug sturzbetrunken im Bett gelegen.

Daß bei dem Brand auch zwei Schreiber und ein Copist ums Leben gekommen waren, sprach sich in Wahlburg erst allmählich herum, und danach fanden sich immer mehr Fremde im Haus der Familie Schramm ein, um der Witwe ihr Beileid auszusprechen.

Der Wirt des *Blauen Schwans* kam, und die Maurer, die Valentins Kammer gebaut hatten, kamen. Es kam der Buchhändler, bei dem Georg die Schulbücher für Valentin gekauft hatte, und auch der Schreiner, der Gretchens Bett angefertigt hatte.

Agathe wisse ja, daß ihnen ihr verstorbener Gatte noch Geld schulde, sagten sie und drückten ihr die Rechnung in die Hand. Das große Feuer, sagten sie, hätte auch ihnen schweren Schaden zugefügt, und sie brauchten das Geld dringend. Doch der Gastwirt bekam ebensowenig Geld wie die Maurer und der Schreiner, denn der Pfarrer war schneller gewesen. Die Kirche gewährte niemals Kredit.

Noch bevor der Priester Georg die letzte Ölung spendete, hatte der Küster vereinnahmt, was der St.-Jakobs-Kirche für die Bestattung der Leiche eines Bediensteten des Herzogs zustand, und das war nicht wenig. Das Läuten der Kirchenglokken kostete zwölf Groschen, die Predigt am Grabe einen Taler. Die Dienste des Küsters wurden, wie die Kunst des Organisten sowie die dadurch entstehende Abnutzung seines Instruments, jeweils mit fünf Groschen berechnet.

Im Hinblick auf die geringen Preise der Grundstücke im Herzogtum betrug die Gebühr für die Grabstätte auf dem Friedhof nur zwölf Taler. Nicht einmal diese hätte Agathe bezahlen können, hätte nicht der Gerichtsschreiber Kurt Scholz – Gretchens Taufpate – Valentin einen Beutel mit zwanzig Talern sowie einen Brief an ihn übergeben; Georg hatte ihm beides vorsorglich, für den Fall eines Unglücks, anvertraut.

Mit diesem Geld ging Gretchens Bruder so sparsam um, wie es sein Vater angeordnet hatte. Die Handwerker, so hatte der Vater geschrieben, solle Valentin warten lassen, bis die Kanzlei die Gnadenrente bewilligt hätte.

Die Ersparnisse seien nur für die Familie bestimmt, und er müsse dafür sorgen, daß Agathe sie nicht dem Pfarrer überlasse. Er sei jetzt für seine Mutter und Gretchen verantwortlich und müsse sie schützen. Wenn er dabei Hilfe benötige, solle er sich an Scholz wenden.

So hatte der Sohn seiner Mutter das Geld für den Sargtischler gegeben und die Trauerkleidung für Gretchen und sich bezahlt. Er hatte seinen schwarzen Gehrock, schwarze Strümpfe und seine schwarze Kniehose zur Beerdigung angezogen und danach sofort ausgebürstet in die Kleidertruhe gelegt.

In die Lateinschule wollte er erst wieder gehen, wenn er dafür das Schulgeld nicht mehr bezahlen mußte.

Der Gerichtsschreiber Scholz half ihm, als er am großen, runden Tisch in der Wohnküche das Gnadengesuch an Herzog Ludwig Karl verfaßte, mit dem die Witwe – Agathe konnte es nur mit drei Kreuzen unterzeichnen – untertänigst für sich und ihre beiden Kinder um Gnadenrenten ersuchte. Valentin bat darum, ihm das Schulgeld für das letzte halbe Jahr der Lateinschule zu erlassen.

Kurt Scholz half ihm auch, sich um eine Freistelle an der Universität Miesbach zu bewerben, doch Valentin wußte nur zu gut, wie man im Herzogtum mit solchen Gnadengesuchen und Anträgen verfuhr: Wenn sie nicht unbearbeitet zu den Akten genommen wurden, dauerte es Monate, bis man sie beantwortete. Die meisten Ersuchen wurden – jedenfalls wenn der Antragsteller nicht über gute Beziehungen verfügte – abschlägig beschieden.

Jetzt trieb Valentin morgens die Ziegen auf die Weide und hütete sie dort, während Agathe einmal in der Woche auf den Knien die Kirchentreppe hochrutschte. Jeden Tag betete sie mehrere Stunden, zuerst in der Kirche und dann noch vor dem einfachen Holzkreuz auf dem Grabe ihres Mannes.

Sie zog nur noch schwarze Kleidung an, die sie vor der Beerdigung ihrer Eltern hatte anfertigen lassen. Ihren Witwenschleier legte sie sogar manchmal im Haus nicht ab.

Und Gretchen weinte fast zu jeder Gelegenheit. Valentin

war ihr schon dankbar, wenn sie wenigstens die Ziegen melkte und den Teig für das Brot knetete, denn beides hatte er nie lernen wollen; es waren Arbeiten für Frauen.

Doch alles, was sein Vater bis zu seinem Tode getan hatte, übernahm er jetzt willig, ohne auch nur ein Wort darüber zu verlieren. Er mähte das Gras und hielt im Lagerschuppen Ordnung. Er reparierte das Gehege der Hühner und deckte das Dach des Hauses neu mit Stroh, nachdem eines Nachts, während eines Sommergewitters, in der Schlafkammer das Wasser einen Zoll hoch gestanden hatte.

Im Garten pflanzte er – zum Gedächtnis an seinen Vater, sagte Valentin – einen Birnbaum.

Valentin gab seiner Mutter Geld, wenn sie Salz, Mehl oder Butter auf dem Markt kaufen wollte. Er überließ ihr auch notgedrungen am Sonntag einen Groschen für den Opferstock, doch er ließ den Geldbeutel nicht aus den Augen. Er nahm ihn mit auf die Weide, er behielt ihn in der Tasche, wenn er etwas reparierte, und legte ihn sogar in seiner Kammer unter das Kopfkissen, sobald es dunkel wurde und alle schlafen gingen. Für Talglichter gab er jedenfalls keinen Pfennig aus.

Valentin war nicht einmal sechzehn Jahre alt, und doch gelang es dem Sohn, wie selbstverständlich in die Rolle des Vaters hineinzuschlüpfen.

Sechs Wochen nach der Beerdigung waren im Garten die Äpfel am Baum neben dem Speicher reif. Valentin stand auf der höchsten Sprosse der Leiter. Er hatte bereits die meisten Äpfel geerntet, als er Pfarrer Hager in seiner schwarzen Soutane auf das Haus der Familie zueilen sah. Valentin pflückte noch einen Apfel, stieg mit dem Korb von der Leiter herunter, trug Korb und Leiter in den Speicher und ging dann langsam durch den Garten ins Haus.

Er sei nur gekommen, um den Hinterbliebenen Trost zu

spenden, sagte der Priester zu Agathe. In der schweren Zeit nach dem Tode eines nahen Angehörigen sei es besonders wichtig, nicht zu verzweifeln oder gar kleingläubig zu werden.

Valentin sah, daß seine Mutter und Gretchen die Hände falteten, und er faltete sie auch.

»Der Herr ist die Auferstehung und das Leben«, fing der Pfarrer an zu beten. »Wer an ihn glaubt, wird leben, auch wenn er gestorben ist.« Pfarrer Hager betete und betete, und nachdem er endlich zum erlösenden Amen gelangt war, kam er auf den eigentlichen Anlaß seines Besuchs zu sprechen. Georg habe ihn vor der Letzten Ölung inständig gebeten, für sein Seelenheil noch fünfzig Messen lesen zu lassen.

Diesem letzten Wunsch eines gläubigen Christen dürften sich seine Familienangehörigen nicht verweigern. Das wäre eine schwere Sünde, die nicht nur für die Seele des Verstorbenen unsägliches Leid nach sich zöge, sondern auch für den Sünder, der dafür in den unerträglichen Qualen des Fegefeuers büßen müsse.

Das wisse sie, versicherte Agathe dem Priester. Sie werde für die Seele ihres Mannes tun, was sie könne. Da mischte sich Valentin in das Gespräch ein.

Das Angedenken seines Vaters sei auch ihm wichtig, sagte er ruhig. Doch fünfzig Messen kosteten sicher mehr Geld, als die Familie besitze.

»Das Seelenheil eines geliebten Angehörigen muß jedem Christen mehr bedeuten als alle Schätze der Welt«, erwiderte Pfarrer Hager gereizt. Und in der St.-Jakobs-Kirche koste eine Fürbitte nur zwölf Groschen. Die meisten Klöster verlangten wesentlich mehr. Einige sogar mehr als das Doppelte.

»So viel Geld besitzen wir leider nicht«, sagte Valentin. »Mein Vater, der Herr hab' ihn selig, hat kein sehr hohes Einkommen gehabt, wie Ihr wissen dürftet.«

»Aber ihr seid vermögend! Ihr habt das Haus und das Weideland vor der Stadt. Wenn ihr es verkauft oder es beleihen laßt ... Ich möchte so schnell wie möglich den letzten Wunsch eures Vaters erfüllen.«

Valentin vermied es, seine Mutter anzublicken, und es verlangte ihm sehr viel Mut ab, einem Priester zu widersprechen. Seine Stimme zitterte, als er ihm zu antworten begann, doch dann war ihm, als spräche er für seinen toten Vater, und das Reden fiel ihm von Satz zu Satz leichter.

Das Seelenheil seines Vaters und dessen Angedenken sei ihm heilig, sagte er nochmals, doch als Vermögen könne man das kleine Haus und die Wiese der Familie kaum bezeichnen. Abgesehen davon, im Testament, das Georg beim Notar hinterlegt habe, sei lediglich von zwei Fürbitten die Rede, die er selbstverständlich bezahlen werde. An den Verkauf des Wiedelandes oder des Hauses sei überhaupt nicht zu denken.

»Dann werde ich es beleihen lassen«, sagte die Mutter, und jetzt forderte es Valentin den Rest seiner Kraft ab, ihr zu entgegnen. »Das steht dir nicht zu, Mutter!« Der Vater habe in seinem Testament bestimmt, daß er, Valentin, den gesamten Besitz erben und seine Mutter im Hause wohnen solle, so lange sie lebe. Gretchen dürfe auch bleiben, bis sie verheiratet wäre.

»So hat es unser Vater verfügt, und so ist es hierzulande Brauch.«

Er griff nach dem Geldbeutel, zählte dem Priester vierundzwanzig Groschen in die Hand und sagte, sie seien für die beiden Messen bestimmt, die sein Vater im Testament erbeten habe.

Sofern der Herzog seiner Mutter eine Gnadenrente gewähre, könne sie so viele Messen lesen lassen, wie sie wolle. Aus dem kleinen Eigentum werde er sie jedoch nicht bezahlen.

Dem Geistlichen stieg die Zornesröte ins Gesicht. »Ihr müßt es ja wissen, was Euch euer Vater wert ist«, sagte er, während er das Geld einsteckte. Er schlug mit spitzem Zeigefinger das Kreuzzeichen und sprach hastig seinen Segen.

Am Tage nach dem großen Feuer hatte Herzog Ludwig Karl angeordnet, daß die Alte Residenz unverzüglich wieder aufgebaut werden müsse. Graf Mergenthaler, den seine Durchlaucht zum Kammerpräsidenten berufen hatte, war entsetzt.

Bereits vor dem Jubiläum sei das kleine Herzogtum mit mehr als fünfhunderttausend Talern verschuldet gewesen, hatte er vorsichtig anzumerken gewagt. Und die Jubiläumsfeierlichkeiten hätten diesen Schuldenberg um weitere vierzigtausend Taler erhöht. Er könne nicht einmal den Domestiken den Lohn pünktlich zahlen. Die Stadtsoldaten hätten seit zwei Monaten nur die Hälfte ihres Solds erhalten.

»Belästigt mich nicht mit Details«, wies der Herzog den Grafen zurecht. Es gehe nicht an, daß die Untertanen in Saus und Braus lebten, während man bei Hofe am Hungertuch nage. Wenn die Einnahmen zu gering seien, müsse man eben die Steuern und Abgaben erhöhen, das brauche er ihm doch wohl nicht zu erklären.

»Gewiß nicht«, sagte der Graf. »Ich werde alles Nötige veranlassen.«

Das war leichter gesagt als getan. Der Adel zahlte schließlich ebensowenig Steuern und Abgaben wie die Kirche und die höheren Beamten. Die Landbevölkerung, die Bauern, Mägde, Knechte und Tagelöhner verfügten kaum über Geld. Der Hof konnte von ihnen nur Sachleistungen fordern, und die forderte er reichlich.

Es mangelte in seinen Getreidekammern nie an Weizen, Roggen oder Gerste. Die Steuereinnehmer lieferten so große Mengen von Rüben, Kohl, Zwiebeln, von Fleisch und Fisch ab, daß man schon nicht mehr wußte, wo man sie lagern sollte.

Bares Geld jedoch, und das war es, was Herzog Ludwig Karl vor allem benötigte, war nur durch die Akzise zu bekommen. Und diese Akzise erhöhte der Graf notgedrungen in einem Maße, daß dem Volk Hören und Sehen verging.

Die Branntweinakzise wurde um dreißig Prozent erhöht und die Kaffee-, Tee- und Tabakakzise von achtzig Prozent auf hundertsechzig Prozent verdoppelt. Die Akzise für Lebensmittel, die Bauern auf den Märkten verkauften, wurde von zehn auf zwanzig Prozent des Warenwertes erhöht und an sämtlichen Stadttoren jedem abverlangt, der Rüben und Zwiebeln, Butter, Käse, Milch oder Fisch und Fleisch in die Stadt brachte.

Der Graf erhöhte die Kopfsteuern und die Grundsteuern, die Haussteuern und Gewerbesteuern wie die Viehsteuern. Er führte eine Steuer auf Spielkarten und Würfel ein, und er verdoppelte die Beherbergungssteuer, die jeder Gastwirt zahlen mußte. Sogar die Abgaben für Perücken und Juwelen wurden um fünf Prozent erhöht, obwohl derlei nur von Angehörigen der besseren Stände gekauft wurde.

Unter dem Schutz der Stadtsoldaten kontrollierten Akzisebeamte an den Stadttoren jede Truhe, die auf einer Kutsche in die Stadt gebracht wurde, gründlicher denn je. Sie stocherten mit spitzen Eisenstangen in den Zwiebeln, Rüben und Kohlköpfen auf den Karren der Bauern herum, denn darunter konnten Kaffee, Tee oder Tabak versteckt sein.

Sogar für jedes Gramm Salz wurde die Steuer kassiert, und Salz benötigte jeder in großen Mengen, um die Gurken zu konservieren, für die das Herzogtum nicht minder berühmt war als für seine Zwiebeln.

Den Kaufleuten und Markthändlern blieb nichts anderes übrig, als die Preise ihrer Waren zu erhöhen. Viele verteuerten sie mehr, als es die Akzise rechtfertigte, doch wie man einen Preis möglichst unauffällig erhöht, lernte jeder Kaufmannslehrling als allerserstes. Obwohl Herzog Ludwig Karl inzwischen nicht mehr mit seinen Falken auf die Jagd ging, sondern nur noch mit der Flinte, sah man auf dem Domplatz nur noch selten eine Taube. Manche Bäcker behaupteten, daß es auch in den Backstuben immer weniger Ratten und Mäuse gäbe.

Die Kirchen mußten immer mehr gläubige Christen vor dem Hungertode bewahren. Wenn in der Gemeinde der St.-Jakobs-Kirche auch die Ärmsten am Sonntag nach dem Hochamt keine Spatzen braten mußten, verdankten sie das allein Pfarrer Hager. Er gab zwar niemandem auch nur einen Pfennig aus dem Opferstock, aber auf ein Pfund Grieß oder ein Ei kam es ihm nicht an, wenn ihn jemand in sehr großer Not darum bat.

Als die ersten Astern im Garten blühten, hatte Gretchen endlich eingesehen, daß ihre Tränen den Vater nicht wieder lebendig machen konnten. Nur abends, bevor sie einschlief, weinte sie noch manchmal leise in ihrem Bett.

Zu allem Übel war jetzt auch noch ihre Mutter krank. Ständig mußte Agathe sich übergeben, nichts konnte sie bei sich behalten, nicht einmal den Brei zum Frühstück.

Ob es nicht an der Zeit wäre, mit Mutter zum Doktor zu gehen, hatte Gretchen Valentin eines Morgens gefragt, doch Valentin sagte nur, manchen Menschen schlüge der Kummer auf den Magen. Das Geld für den Doktor brauche man nicht auszugeben. Frauen seien nun einmal das schwächere Geschlecht, daran könne auch ein Doktor nichts ändern.

Als es Agathe eines Morgens so schlecht ging, daß sie sich gleich wieder ins Bett legen mußte, lief Gretchen ängstlich zu Marthe hinüber. Die Nachbarin begleitete sie zurück ins Haus, ging sofort zu Agathe in die Schlafkammer und schloß die Tür hinter sich.

Gretchen preßte ein Ohr an die Tür, wollte wissen, was die beiden Frauen zu besprechen hatten, doch sie hörte nur leises Gemurmel. Ihre Mutter weinte, redete kurz und weinte wieder. Dann redete Marthe, die Mutter weinte, und so ging es eine Weile, bis endlich die Patin mit ernstem Gesicht aus der Kammer kam.

»Du brauchst dir wirklich keine Sorgen zu machen, Gretchen«, sagte sie und strich ihr über das Haar. »Deine Mutter hat sich nur den Magen verdorben. Sie hat bestimmt etwas Falsches gegessen. Das wird von allein wieder gut.« Dann verabschiedete sie sich mit den Worten: »Ich habe euch und eure Mutter zu Sonntag eingeladen. Es gibt Kaffee.«

Gretchen betete an diesem Tag zum zweitenmal, bevor sie in den Garten ging und die Hühner fütterte. Dann melkte sie die beiden Ziegen, brachte die Milch ins Haus.

Agathe schüttete sie in die beiden Näpfe, wo sich die Milch in wenigen Tagen in Ziegenkäse verwandeln würde. Sie verhüllte die Näpfe mit nassen Tüchern, wollte sie gerade in die Speisekammer tragen, als ein ärmlich gekleideter Bote zwei Briefe mit dem Siegel der Hofkanzlei ablieferte. Gretchen hätte sie am liebsten sofort geöffnet, doch ihre Mutter bestand darauf, auf Valentin zu warten.

In Anbetracht der treuen Pflichterfüllung seitens des Copisten Georg Schramm, las Valentin seiner Mutter und Gretchen am Abend vor, *hat der Herzog allergnädigst dessen Witwe bis auf weiteres eine Gnadenrente von vier Talern sowie dessen rechtmäßig geborener Tochter eine Waisenrente von jährlich zwei Talern gewährt. Als außerordentliches Gnadengeschenk erhält die Witwe des weiteren jährlich drei Scheffel Korn, die sie bei der Getreidekammer abholen soll.*

Valentins Antrag auf ein Freistudium jedoch wurde ebenso abgelehnt wie eine Waisenrente für ihn. Er sei alt genug, für seinen Lebensunterhalt selber zu sorgen.

»Von was sollen wir jetzt leben?« fragte die Mutter ängstlich ihren Sohn.

»Macht euch keine Sorgen«, antwortete Valentin. »Wir haben das Haus und die Tiere.« Und überdies, das versprach er, werde er für die Familie tun, was immer er könne. Das schulde er schon dem Vater.

Am Sonntag saß man bei Schwerdtleins bei Kaffee und Kuchen. Konrad Schwerdtlein hatte auch den Gerichtsschreiber Scholz eingeladen, mit dem er sich beim Leichenschmaus nach Georgs Beerdigung angefreundet hatte.

Obwohl Marthe zum Gedenken an Georg eine Kerze angezündet hatte, sprach man weniger über ihn als über die noch immer steigenden Preise. Der Gerichtsschreiber erzählte, daß nach dem großen Feuer kein Beamter auch nur einen Groschen Lohn bekommen habe. Jeder lebe von seinen Ersparnissen oder verbrauche das Vermögen. Und wer über beides nicht verfügen könne, der sei übel dran.

Das brauche man ihm nicht zu sagen, erwiderte Konrad. Kaffee aus Arabien und Tee aus China kaufe kaum noch jemand. Sämtliche Kurzwaren, alle Bänder, Schnallen und Knöpfe, die er im Frühjahr von der Messe in Leipzig mitgebracht habe, lägen in seinem Laden wie Blei.

Gretchen aß noch immer sehr wenig, doch als ihr Agathe ein zweites Stück Kuchen auf den Teller legte, griff sie schnell wieder nach ihrem Löffel. Nur der schwarze Kaffee schmeckte ihr nicht. Marthe hatte ihr eine Tasse mit warmer Milch neben den Teller gestellt.

»Der Herr wird uns auch diesmal nicht im Stich lassen«, sagte Agathe. »Wir dürfen nie den Glauben an ihn verlieren!«

Marthes Mann blickte Agathe ruhig an. »Gewiß nicht, gute Frau! Aber man sagt auch: Hilf dir selbst, dann hilft dir Gott.« Er trank einen Schluck Kaffee, wischte sich den Mund ab und sagte, daß er sich entschlossen habe, seinen Laden zu verpachten.

»Und von was wollt Ihr leben?« fragte der Gerichtsschreiber.

Auch das habe er sich überlegt und gründlich mit Marthe besprochen, antwortete Konrad Schwerdtlein. Zuerst werde er den gesamten Warenbestand zum Einkaufspreis losschlagen. Sobald der Pachtvertrag über das Ladenlokal unter Dach und Fach sei, werde er sich in Deutschland umsehen.

»Überall ist die Not bestimmt nicht so groß wie bei uns!« sagte er. »In Preußen gibt der König kaum Geld für sich und den Hof aus. Da haben die meisten am Sonntag noch immer ein Stück Fleisch auf dem Tisch!«

Er wolle sich, so sagte der Kaufmann, in Berlin um das Bürgerrecht bemühen oder – falls er in Berlin nicht Fuß fassen könne – in Köln, um dort wieder ein Geschäft zu eröffnen.

Sobald ihm das gelungen wäre, wolle er das Haus in Wahlburg verkaufen und mit seiner Frau endgültig fortziehen.

Er griff nach Agathes Hand. Wenn ein Geschäft nichts mehr einbringe, müsse es jeder Kaufmann so schnell wie möglich aufgeben, sonst schmelze sein Vermögen so schnell wie der Schnee in der Sonne.

»Bis ich Marthe zu mir holen werde, kann sie hier von der Pacht für den Laden gut leben«, versicherte er allen. Am liebsten würde er mit ihr wie sein Sohn nach Amerika auswandern, doch dafür seien Marthe und er leider schon viel zu alt.

Als Agathe am nächsten Morgen das Haus verließ, um Besorgungen zu machen, nutzte Valentin die Gelegenheit, öffnete die Kleidertruhe in der Schlafkammer und legte alles auf das Himmelbett, was sein Vater an Kleidung besessen hatte.

Jetzt müsse Gretchen ihm helfen, sagte er. Sie solle die Sachen ihres Vaters gründlich ausbürsten. Er könne sie nicht anziehen, denn schon jetzt seien sie ihm zu klein. Doch noch sei der Kaufmann Schwerdtlein in der Stadt, und der habe versprochen, ihm beim Verkauf der Sachen zu helfen.

Gretchen standen die Tränen in den Augen, als sie die Kleiderbürste aus der Wohnküche holte, und sie weinte, während sie zuerst Vaters Gehrock ausbürstete und danach seine Kniehosen.

Sobald sie damit fertig war, sagte Valentin, jetzt solle sie alle Hemden aus der Wäschetruhe nehmen und nachsehen, ob Mutter bei der Wäsche ein Loch oder einen Riß übersehen hätte. Sie nahm das erste der Hemden aus der Truhe, und als sie den Duft der Heublumen roch, die Agathe nach jedem Waschtag in einem kleinen Stoffsäckchen zwischen die Wäsche legte, damit Vaters Hemden frisch rochen, warf sich Gretchen schluchzend auf ihr Bett.

»Glaubst du etwa, ich mache das gern?« fragte Valentin sie. »Wir müssen Brennholz kaufen! Sonst frieren wir im Winter!«

Da stand sie vom Bett auf, wischte sich die Tränen aus dem Gesicht und faltete ein Hemd nach dem anderen auseinander, hielt es gegen das Licht und fand keine einzige schadhafte Stelle. Einen kleinen Riß in einem Barchenthemd hatte die Mutter so geschickt zugenäht, daß man ihn kaum bemerkte.

»Haben wir wirklich kein Geld mehr?« fragte Gretchen leise. »Mutter hat doch gesagt, wir gehören zu den besseren Leuten.«

»Gehören wir auch!« sagte Valentin. Und deshalb wolle er nicht, daß seine Mutter jemals um Almosen bitten müsse.

Er griff nach Vaters Schnallenschuhen, ging damit vor die Haustür, um sie zu putzen.

Als seine Hände schon ganz schwarz waren, kam Agathe

vom Markt zurück, wo sie Butter und Salz gekauft hatte. Sie stellte den Korb ab und riß ihm den Schuh aus der Hand.

»Du versündigst dich am Angedenken deines Vaters!« schrie sie.

Das sei nicht wahr, antwortete Valentin ruhig. Der Vater habe ihm oft genug erklärt, wie er sich um seine Mutter kümmern müsse, sofern ihm, dem Vater, etwas zustoße. Er, Valentin, mache nichts, was der Vater nicht gewollt hätte.

»Konrad Schwerdtlein sagt, noch können wir für die Sachen gutes Geld bekommen«, sagte er zu Agathe. »Wir müssen sie verkaufen, bevor die Leute hier keinen Groschen mehr haben.«

Darauf wußte Mutter nichts zu antworten. Sie hob den Korb auf und ging ins Haus. Als Valentin die Schuhe fertig geputzt hatte, kniete Agathe schon vor dem Kruzifix und betete. Valentin ging mit den Schuhen in die Schlafkammer, wo er sie zusammen mit den Kleidern in einen der Säcke packte, in denen der Vater sein Deputat aus der Kornkammer nach Hause zu bringen pflegte.

»Willst du mitkommen?« fragte er Gretchen, während er mit den beiden Säcken durch die Wohnküche zur Haustür ging. Sie schüttelte den Kopf. Sie wolle die Mutter nicht allein lassen. Sie ging zu Agathe, kniete sich neben sie und hatte schon die Hände gefaltet, als ihr plötzlich auffiel, daß der Bauch ihrer Mutter dicker geworden war.

Ist Mutter etwa immer noch krank? fragte sie sich. Nein, dachte sie. Das kann nicht sein! Übergeben hat sie sich schon seit einigen Tagen nicht mehr. Und wenn sie sich krank gefühlt hätte, wäre sie heute bestimmt nicht zum Markt gegangen, nur um Butter und Salz zu kaufen.

Gretchen betete neben ihrer Mutter, bekreuzigte sich wie sie und blickte immer wieder verstohlen zu ihr hinüber, doch nach dem Gebet atmete sie auf.

Als Agathe zum Herd ging und sich ihr weiter schwarzer Rock nicht mehr über ihrem Bauch spannte, sah sie aus wie immer.

Die Alte Residenz wurde wieder aufgebaut. Viermal in der Woche meldete sich Valentin kurz vor Sonnenaufgang als Handlanger und schleppte Sand, Steine und große Balken, und es dauerte nicht lange, bis seine Hände so rauh waren wie die der anderen Tagelöhner.

»Unser Vater würde sich im Grabe umdrehen, wenn er wüßte, daß du auf dem Bau arbeitest«, klagte Agathe einmal, und der Sohn schlug so laut auf den Tisch wie früher sein Vater.

Von der Gnadenrente des allergnädigsten Herzogs habe die Familie noch keinen Pfennig gesehen. Ein Tagelöhner bekomme dagegen seine acht Groschen jeden Abend ausgezahlt, weil er sonst nicht mehr zur Arbeit käme.

Die Mutter erwiderte nichts. Als aber Gretchen sagte, sie sei doch fast zwölf Jahre alt und wolle auch ein wenig Geld verdienen, wurde Agathe zornig.

»Das kommt überhaupt nicht in Frage!« rief sie. Abgesehen davon, daß Gretchen ihr im Haus helfen und sich um die Tiere kümmern müsse – bevor sie nicht verheiratet wäre, ließe sie ihre Tochter nicht aus den Augen.

Agathe nahm sie jetzt oft mit zum Markt. Sie gab ihr Geld. Sie zeigte ihr, bei welchen Bauern es den besten Speck und die beste Butter gab und welcher Händler das sauberste Mehl verkaufte. Gretchen lernte, Preise zu vergleichen, und Agathe paßte auf, daß man sie beim Einkaufen nicht betrog.

Bald konnte die Tochter mit den vielen verschiedenen Münzen genausogut hantieren wie ihre Mutter. Zwar wurde meistens mit Talern, Groschen und Pfennigen bezahlt, aber es gab auch Gulden und Kreuzer aus anderen Fürstentümern und Königreichen, und auch Zweigroschen-, Viergroschen- und Achtgroschenmünzen waren im Umlauf.

Es dauerte eine Weile, bis Agathe Gretchen allein zum Markt gehen ließ, und die Ziegen durfte sie nach wie vor nur auf der Weide hüten, wenn Agathe sicher war, daß Bärbel und Lieschen mitgingen.

Die beiden Freundinnen warteten mit ihren Tieren wie immer am Südtor auf Gretchen, und wenn die Mädchen zusammen den Berg hinaufgingen zu den drei Weiden, hatte Gretchen manchmal das Gefühl, ihr Vater wäre noch am Leben.

Aber jetzt vermied Gretchen es, auf die Stadt hinunterzublicken. Sie mochte den Schutthaufen nicht sehen, der von der Hofkanzlei übriggeblieben war.

Matthias kam nicht mehr auf die Weide, seit er in der Lehre war.

Wenn Gretchen ihn auf dem Markt oder auf dem Wege zum Brunnen traf, rief er noch immer: »Sobald ich Meister bin, heirate ich dich«, doch sie nahm ihn nicht ernst.

Bevor das Trauerjahr nicht vorüber sei, wolle sie darüber nicht sprechen, sagte sie höflich. Und abgesehen davon seien sie beide viel zu jung, um ans Heiraten zu denken.

Oben auf der Weide hütete der Sohn einer Hausmagd die Kühe des Schusters, doch mit ihm wollten die Mädchen nichts zu tun haben. Bärbels Mutter hatte ihnen gesagt, er sei der Junge einer liederlichen Dirne, und so blieben sie lieber unter sich.

Sie mache sich große Sorgen um ihre Mutter, sagte Gretchen zu ihren Freundinnen, als sie unter der Kastanie saßen, in deren Nähe sie die Ziegen angebunden hatten.

»Seit mein Vater nicht mehr lebt, wird meine Mutter von Woche zu Woche dicker.«

»Vielleicht ißt sie zu viel«, sagte Lieschen. Nach dem Tode

ihres Großvaters habe ihre Mutter auch einen Monat lang so viel gegessen, als hätte sie Angst, zu verhungern.«

Bärbel lachte kurz. »Ja! Und ein Vierteljahr später wurde dein Bruder geboren.«

Gretchen merkte, wie ihr das Blut in den Kopf stieg. Mit einem Säugling segne Gott nur Eheleute, die sich inniglich liebten, sagte sie. Und ihr Vater sei doch tot.

Sie bemerkte, daß sich ihre Freundinnen verstohlen ansahen.

»Wir wollten es dir eigentlich nicht erzählen«, sagte Bärbel, »aber meine Mutter hat gesagt, du bekommst bald noch ein Brüderchen oder eine kleine Schwester.«

Das glaube sie nicht, sagte Gretchen. Ihr Vater lebe nicht mehr, und ohne Ehemann könne eine Frau überhaupt kein Kind bekommen. Sie zögerte und wurde noch roter im Gesicht, als sie weitersprach: »Wo kommen die kleinen Kinder eigentlich her? Meine Mutter schimpft mich immer aus, wenn ich danach frage. Und mit Valentin kann ich über solche Sachen nicht reden.«

Bei ihr zu Hause spreche man auch nie darüber, sagte Bärbel, aber inzwischen wisse sie ziemlich gut Bescheid.

Ihre Mutter habe sie zwar nicht in den Stall gelassen, als ein Zicklein geboren wurde, doch sie habe die Geburt durch das schmutzige Stallfenster beobachtet.

»Mein Vater hat das Zicklein aus dem Bauch der Geiß gezogen«, sagte sie. »Aber wie es dort hineingekommen ist, das weiß ich auch nicht.«

7

Die Geheimnisse der Frauen

Zwei Jahre waren vergangen, und Bärbels Mutter hatte sich damals nicht geirrt. Agathe hatte noch ein Kind geboren.

Jetzt lief die kleine Katharina schon mit dem Fallhut auf dem Kopf am Gängelband hinter Agathe oder Gretchen her.

Oft wollte sie nicht allein essen, und dann ließ sie sich nur von Gretchen füttern. Wenn ihr Agathe den Löffel hinhielt, machte sie den Mund nicht auf.

»Mit dem Kind stimmt etwas nicht«, sagte Agathe bei solchen Gelegenheiten. Pfarrer Hager hatte Katharina sofort nach der Geburt getauft und versicherte der Mutter bei jeder Beichte erneut, das kleine rote Muttermal an Katharinas Schulter sei kein Hexenmal. Der Teufel habe keine Gewalt über das unschuldige Kind einer gläubigen Christin, hatte er gesagt, nachdem er vor der Taufe das Muttermal ausgiebig inspiziert hatte. Er nehme eher an, daß diese Verfärbung der Haut darauf zurückzuführen sei, daß Agathe während des Feuerwerks zu viele Raketen gesehen habe.

Es hatte lange gedauert, bis sie sich von der Niederkunft erholte. Und so hatte Gretchen ihre kleine Schwester wickeln müssen und wechselte immer noch ihre Windeln. Wenn Katharina weinte, war es meistens Gretchen, die das Kind im Hause herumtrug oder seine Wiege schaukelte.

An ihren Vater dachte sie noch so oft, als wäre er erst vor

wenigen Wochen gestorben. Gretchen war davon überzeugt, daß er als Schutzengel über die Familie wachte. Es gab zwar nur noch sehr selten ein Stück Fleisch, doch alle waren gesund, und niemand brauchte zu hungern.

Die Hofkanzlei hatte die Gnadenrente nach Katharinas Geburt um einen Taler erhöht, aber man gewährte Agathe nur eine kleine Abschlagszahlung, wenn sie dringend darum bat. Als Valentin der Mutter eines Tages mitgeteilt hatte, er habe sich bei den Stadtsoldaten beworben und werde künftig in der Garnison leben, reagierte die Mutter entsetzt, aber inzwischen umarmte sie ihn jedesmal, wenn er ein paar Stunden Urlaub bekommen hatte und in seiner Uniform nach Hause kam, um den größten Teil seines Solds bei ihr abzuliefern.

Jeden Monat ging sie in das Büro der Kornkammer, unterschrieb mit ihren drei Kreuzen eine Quittung und bekam danach einen Sack Weizen, Roggen oder Gerste ausgehändigt, den Gretchen, die viel größer und kräftiger war als ihre Mutter, auf der Schulter nach Hause trug. Davon konnte Agathe sogar der Nachbarin etwas abgeben.

Marthe hatte anfangs alle zwei Monate einen Brief ihres Mannes bekommen, doch seit einem Jahr hörte sie nichts mehr von ihm.

»Vielleicht hat er sich eine Jüngere genommen«, sagte sie manchmal. »Oder ihm ist etwas zugestoßen.« Daß er gestorben sein könnte, wagte keine der Frauen auszusprechen; das wäre ein böses Omen gewesen.

Von der Pacht für den Laden allein konnte Marthe nicht leben. Und so hatte sie sich schon vor Monaten wie Agathe und Gretchen ein Spinnrad besorgt und verdiente damit wenigstens etwas Geld beim Weber Hinterhuber. Wenn der Schneidermeister gelegentlich Agathe ein Kleidungsstück ins Haus brachte, das sie ausbessern sollte, freute sie sich und steckte den Lohn dafür in den Opferstock.

So ging das Leben ruhig weiter. Sobald Gretchen morgens die Tiere versorgt hatte, legte sie sich das Trageholz über die Schultern und holte in zwei Eimern Wasser vom Brunnen. Seit einem halben Jahr erlaubte es Bärbels Mutter, daß ihre Tochter einmal im Monat zum Tanz in den Gasthof gehen durfte, wenn ihr älterer Bruder mitging, und an einem dieser Tanzabende hatte sich Peter – ein junger Soldat der Palastgarde – in Bärbel verliebt.

Bärbel erzählte den Freundinnen, daß auch sie ihn liebe und sich von ihm küssen lasse. Gretchen wurde rot und rief, das dürfe sie ihm nicht erlauben, denn es sei eine Sünde.

Bärbel und Lieschen lachten laut. Das sei wohl die Meinung des Pfarrers, sagte Bärbel, aber wer sich danach richte, werde zu einer alten Jungfer.

»Küssen darf er mich!« sagte sie. »Aber mehr nicht.« An der Brust oder gar unter dem Rock dürfe man sich erst von seinem Ehemann anfassen lassen. Ein Mädel, das seine Jungfernschaft vorher verlöre, würde kaum noch einen Mann finden, der es zum Traualtar führe. Davor warne ihre Mutter immer wieder, bevor sie zum Tanz gehe.

Gretchen fühlte sich unwohl bei diesem Gespräch. »Und, was ist das für ein Gefühl, wenn dich dein Liebster küßt?« fragte sie, ohne Bärbel anzublicken.

»Man muß dabei die Augen zumachen, sonst glaubt der Junge, man liebt ihn nicht! Und wenn er mich küßt ... Peter schmeckt zwar nach Tabak und Bier, aber wenn er mir die Zunge in den Mund schiebt, werde ich jedesmal ganz aufgeregt. Es ist, als ob alle Glocken gleichzeitig läuten. Beichtest du noch in der St.-Jakobs-Kirche beim Pfarrer Hager?«

»Natürlich!« antwortete Gretchen. »Du etwa nicht?«

Bärbel zögerte einen Augenblick. Bei ihm beichteten Lieschen und sie nicht mehr. Sie gingen zur Beichte nur noch in den Dom.

»Dort stellt einem der Priester nicht so dumme Fragen. Der Pfarrer Hager will immer alles ganz genau wissen. Seit ich gebeichtet habe, daß Peter mich manchmal küßt, fragt er jedesmal, ob er mich schon an der Brust angefaßt hat.

Einmal hat er gefragt, ob er mir das Mieder aufgemacht hat oder ob ich das allein mache, damit er mich an der Brust küssen kann.«

Lieschen wußte noch mehr zu berichten. »Mich hat er gefragt, ob mich schon mal ein Junge zwischen den Beinen angefaßt hat oder ob ich mich da selber streichle. Und weißt du was? Manchmal schiebt er den Vorhang vom Beichtstuhl ein wenig zur Seite, guckt mich an und macht den Vorhang erst wieder zu, nachdem er leise gestöhnt hat.«

Gretchen verspührte, daß sie rot wurde. »Glaubst du, der muß einen so was fragen, wenn man älter wird?«

Das wisse sie nicht, antwortete Bärbel. Aber in der St.-Jakobs-Kirche würde sie nie wieder in den Beichtstuhl treten.

»Mit mir hat er noch nie über solche Sachen gesprochen«, sagte Gretchen. »Aber ich habe ja auch noch keinen Liebsten. Valentin will mich zwar manchmal am Sonntag zum Tanzen mitnehmen, aber ich mag das nicht.«

Inzwischen hatte Bärbel ihre Eimer gefüllt und wandte sich zum Gehen. »Ich nicht! Mir macht das Tanzen Spaß, und wer sich wie eine Nonne benimmt, der bekommt im Leben nie und nimmer einen Mann.«

Vielleicht stimmt etwas mit mir nicht, dachte Gretchen nach diesem Gespräch oft. Sie versuchte sich vorzustellen, wie es wäre, wenn ein Junge sie umarmte und küßte, doch es gelang ihr nicht.

Wahrscheinlich ist es so wie damals, als mich mein Vater noch geküßt hat, dachte sie, und als sie vierzehn Tage später auf dem Markt Matthias traf, redete er wieder davon, daß er sie später heiraten wolle.

Es kam ihr so vor, als wäre sein Haar noch röter geworden, und sie fand, jetzt hatte er noch mehr Sommersprossen im Gesicht. Aber er war inzwischen ein gutes Stück größer als sie, und in seiner Lederschürze sah er schon fast wie ein richtiger Mann aus.

Über das Heiraten würde sie erst mit ihm reden, wenn er seinen Gesellenbrief in der Tasche habe, sagte Gretchen, und dann überwand sie sich. »Du darfst mich aber mal küssen, wenn du willst. Ich möchte wissen, wie das ist.«

Matthias wurde verlegen. »Das geht nicht! Nicht hier! Nicht vor allen Leuten.«

»Dann eben nicht!« sagte Gretchen. Sie wollte schon gehen, als er nach ihrer Hand griff.

»Wenn du noch Zeit hast ... Wir könnten ja zusammen ein Stück spazierengehen.«

»Meinetwegen«, sagte sie. Aber sie müsse spätestens in einer Stunde zu Hause sein, sonst bekäme sie Vorhaltungen von ihrer Mutter. Er nickte kurz, und als sie noch immer seine Hand spürte, fiel ihr auf, daß sie sich viel rauher anfühlte als die Hand ihres Vaters.

Sie ging mit Matthias zum Osttor, an der Stadtwache vorbei und dann ein Stück an der Stadtmauer entlang, wo schon die Märzenbecher blühten. Als weit und breit kein Mensch mehr zu sehen war, blieb sie stehen.

»Jetzt küßt du mich augenblicklich! Sonst spreche ich nie wieder ein Wort mit dir.«

Matthias blickte sie noch unsicher an, da griff sie schon nach ihm, zog seinen Kopf zu sich herunter. Sie schloß ihre Augen, und als er ihr über das Haar strich, öffnete sie ein wenig den Mund. Sie bereitete sich darauf vor, alle Glocken gleichzeitig läuten zu hören, doch als sie die Lippen des Jungen spürte, bemerkte sie nur, daß sein Atem nach Knoblauch roch.

Sie ließ sich eine Weile küssen, bis es ihr langweilig wurde, und als sie seine Hand an ihrem Mieder fühlte, griff sie danach und hielt sie fest.

»Ich liebe dich, Gretchen«, sagte er. »Ich liebe dich, seit ich dich zum erstenmal gesehen habe.« Und dann sprudelte es aus ihm heraus. Er erzählte von seiner Lehre, er erzählte, daß er nicht bei seinem Vater arbeite, das erlaube die Schuhmacherzunft nicht. Er sei beim Schuster Riemer, und wenn Gretchens Mutter es erlaube, würde er gern als Gesellenstück ein Paar Lederschuhe für sie machen und ihr nach der Prüfung schenken.

»Ich habe schon mit meinem Vater darüber gesprochen. Er hat gesagt, wenn die Schuhe für dich sind, braucht deine Mutter nichts zu bezahlen.«

Gretchen war sprachlos. Dann besann sie sich und versprach ihm, mit Agathe darüber zu reden. Doch als Matthias sie bat, am Sonntag zum Tanz in den *Blauen Schwan* zu kommen, antwortete sie ausweichend.

Versprechen könne sie das nicht. Aber wenn ihre Mutter es erlaube und ihr Bruder Urlaub bekäme, dann würde sie es sich überlegen.

Sie ließ es sich gefallen, daß er ihr den Arm um die Hüfte legte, doch kurz vor dem Osttor machte sie sich von ihm los.

»Also vielleicht bis Sonntag. Aber nur, wenn meine Mutter nichts dagegen hat.«

Sie ging durch das Osttor in die Stadt, drehte sich kurz um, und als sie sah, daß er am Tor stehengeblieben war und ihr zuwinkte, winkte sie zurück.

So ist das also, wenn man einen Liebsten hat, dachte sie, während sie über den Markt vor dem Dom lief und dann langsam durch die Getreidegasse nach Hause. Sie horchte in sich hinein. Sie wollte herausfinden, ob sie sich glücklicher fühle als vorher, doch so sehr sie auch horchte, da war nichts.

Wenn Liebe nicht mehr ist, dachte sie, kann ich gut und gerne darauf verzichten.

Wie immer, wenn Gretchen vom Markt oder von der Weide zurückkehrte, kam ihr im Garten die kleine Katharina vergnügt entgegengelaufen, versuchte sie zu umarmen und gab nicht eher Ruhe, bis Gretchen sie hochgehoben und erst auf beide Wangen, dann auf die Nasenspitze geküßt hatte.

Die Mutter stand in der Wohnküche und knetete den Teig für das Brot. »Wieso bist du heute so lange auf dem Markt gewesen?« Sie habe schon gedacht, ihr wäre etwas zugestoßen.

»Mir passiert schon nichts. Ich habe den Matthias getroffen, und wir sind ein Stück spazierengegangen.«

»Was für ein Matthias? Fange mir bloß nicht damit an, dich mit Jungen herumzutreiben. Dann lass' ich dich nicht mehr aus dem Haus.«

»Der Matthias ist doch kein Fremder! Du kennst doch den Sohn vom Schuster Firle, bei dem unser Vater immer seine Stiefel bestellt hat.« Gretchen zögerte einen Moment. »Der Matthias will als Gesellenstück ein Paar Lederschuhe für mich machen! Wir brauchen nichts dafür zu bezahlen.«

Agathe lächelte. »Dann werde ich mit seinem Vater reden.« Gegen den Matthias habe sie nichts. Der komme aus einer anständigen Familie, und ihr Vater sei mit seinen Stiefeln immer sehr zufrieden gewesen!

Gretchen glaubte, nicht recht zu hören. Ihre Mutter, die ständig vor jungen Männern warnte und immer nur sagte, diese Nichtsnutze wollten eine Jungfer nur entehren – auf einmal hatte sie an einem solchen Nichtsnutz nichts auszusetzen. Gretchen staunte. Die günstige Gelegenheit mußte sie nutzen.

»Er hat mich zum Tanz eingeladen! Ich habe ihm gesagt, ich würde nur dann hingehen, wenn Valentin am Sonntag Urlaub bekommt und mitgehen kann.«

»Warum nicht«, entgegnete die Mutter. »Wenn Valentin dabei ist, habe ich keine Bedenken. Aber«, fügte sie leiser hinzu, »aber mach dir keine falschen Hoffnungen, Gretchen. Nach der Gesellenprüfung muß Matthias mindestens drei Jahre auf Wanderschaft gehen, und bevor er die Meisterprüfung nicht bestanden hat, darf er nicht heiraten.«

»Über das Heiraten haben wir bestimmt nicht gesprochen«, sagte Gretchen und atmete erleichtert auf, als Katharina mit ihrer Puppe zu ihr gelaufen kam. Gretchen nahm ihre kleine Schwester an die Hand und holte eine Schüssel Hühnerfutter aus der Speisekammer. Sie wolle zuerst nach den Tieren sehen und dann im Garten mit Katharina spielen. Mutter solle ihr Bescheid sagen, sobald sie mit dem Teig fertig wäre und sie sich an das Spinnrad setzen könnten.

Sie bückte sich, hielt Katharina die Schüssel hin und ließ sie das Hühnerfutter ins Gehege werfen, dann ging sie zu den Ziegen, band sie los, zog sie ein Stück weiter am Gartenzaun entlang und hatte sie gerade an einer anderen Stelle festgebunden, von der aus sie die Apfelbäume nicht anfressen konnten, da sah sie plötzlich die Flecken in Katharinas Gesicht.

»Hat dich Mama heute nicht gewaschen?« fragte Gretchen. Sie bückte sich zu ihrer Schwester hinunter, wollte ihr die Flecken aus dem Gesicht wischen, und als sie fühlte, wie heiß der Kopf ihrer Schwester war, nahm sie Katharina auf den Arm und trug sie zurück ins Haus.

»Ich glaube, unsere Katharina wird krank«, sagte sie ängstlich. »Wir müssen schnell den Doktor holen.«

Agathe nahm ihr das Kind ab. Es fing an zu weinen, hustete ein paarmal, und als die Mutter das Mädchen ausgezogen hatte, sah Gretchen, daß der kleine Körper über und über mit hellroten Flecken bedeckt war.

»Lauf schnell zum Pfarrer und danach zum Doktor«, sagte Agathe. »Und bitte Marthe, zu mir zu kommen.«

Sie zog dem weinenden Mädchen den Kittel wieder an, und als sie es hochhob, küßte und in die Wiege legte, sah Gretchen, daß ihrer Mutter die Tränen in den Augen standen.

Es dauerte nicht lange, bis die Ziegen die Wiese wieder kahlgefressen hatten, und als Gretchen die Tiere zum erstenmal nach Katharinas Beerdigung auf die Weide trieb, wartete sie am Südtor nicht auf ihre Freundinnen, sondern ging allein mit den Geißen in die Berge, weil sie mit niemandem sprechen wollte.

Da konnte ihr die Mutter hundertmal am Tag sagen, Katharina sei jetzt ein Engelchen und allein der Herr wisse, warum er ihr nach dem Vater auch noch die Schwester genommen hatte. Gretchen dachte ständig an sie, und daß sie nicht geschrien hatte wie der Vater, sondern friedlich eingeschlafen war, tröstete sie auch nicht.

Sie trieb die Tiere die Stadtmauer entlang und an Feldern vorbei, auf denen das Korn schon zwei Handbreit hochstand. Auf den Gemüsefeldern jäteten Mägde das Unkraut. Sie erreichte die Weide und warf sich ins Gras, blickte zum Himmel und schloß nach einer Weile die Augen, weil sie sich so besser an ihre tote Schwester erinnern konnte.

Der Doktor war gekommen, hatte Katharina untersucht und nur gesagt, daß er ihr nicht mehr helfen könne. Danach hatte er um die vierzig Eier gebeten, die ihm für eine Visite zustanden. Pfarrer Hager hatte Katharina die Letzte Ölung gespendet, und als sie schon im Sarg lag, hatte Gretchen ihr noch heimlich die Puppe unter die weiße Decke im Sarg gelegt.

Vielleicht haben es die Toten besser als wir, dachte Gretchen. Wer tot ist, dem tut nichts mehr weh.

Auf einmal spürte sie wieder den leichten Schmerz im Bauch und im Rücken, der sie seit ein paar Tagen immer wieder plagte. Zum erstenmal hatte sie ihn bemerkt, als ihre Mutter Katharinas Wiege und den Kinderstuhl mit heißem Seifenwasser gescheuert und in den Speicher getragen hatte.

»Das ist nur die Trauer um Katharina«, hatte Agathe gesagt, als ihr Gretchen davon erzählte. An den nächsten Tagen hatte sie die Schmerzen nur noch gelegentlich gespürt, doch jetzt waren sie wieder so stark, daß sie sich krümmte.

Vielleicht habe ich mich bei Katharina angesteckt, dachte sie. Die drei Kinder, die Pfarrer Hager getauft hatte, nachdem er Katharina die Letzte Ölung spendete, waren inzwischen auch gestorben.

Sie lag auf der Wiese und versuchte sich vorzustellen, wie es wäre, wenn sie stürbe. Sie streckte die Beine aus, faltete ihre Hände, malte sich aus, sie läge im Bett und Pfarrer Hager spende ihr die Letzte Ölung. In ihrer lebhaften Phantasie glaubte sie die Hammerschläge zu hören, mit denen ihr Sarg zugenagelt wurde, doch da hörte sie eine der Ziegen meckern, sah, daß sie am Rand der Wiese Seidelbast fraß, und sprang erschreckt hoch, rannte zur Ziege und riß sie von den giftigen Pflanzen weg, und als sie das Tier wegführte, spürte sie wieder einen so kräftigen Schmerz, daß sie leise aufstöhnte.

Sie strich sich mit der Hand über den Rock. Es kam ihr vor, als wäre er feucht. Sie vergewisserte sich, daß niemand in der Nähe war, und hob ihren Rock hoch, tastete vorsichtig nach ihrem Geschlecht, und als sie ihre Hand betrachtete, erschrak sie. Die Hand war voll Blut.

Jetzt sterbe ich auch, dachte sie. Gott bestraft mich, weil ich mir vorgestellt habe, wie es ist, wenn man tot ist.

Sie legte sich wieder hin, schloß die Augen, wollte liegenbleiben, bis alles Leben sie verlassen hätte. Dann fiel ihr ein, daß ihre Mutter sie tot auf der Weide finden würde und ihre Leiche ins Haus tragen lassen müßte. Das war ihr auch nicht recht.

So stand sie auf, trieb die Ziegen zusammen, brachte sie von der Weide zum Feldweg, auf dem Feldweg zur Straße, und als sie dort an der Stadtmauer am Mauerzwinger die Marienstatue erreichte, vor die Agathe oft ein paar Blumen legte, band sie die Ziegen fest, fiel vor der Heiligen Jungfrau auf die Knie und betete. »Heiligste Jungfrau und Mutter Gottes, Maria. Ich danke dir für jene übergroße Geduld, welche du mit mir bisher getragen hast. Wende durch deinen mächtigen Schutz alle Gefahren und sündhaften Gelegenheiten gütigst von mir ab.«

Gretchen stand wieder auf, band die Ziegen los, und als sie sah, daß die Blutflecke auf ihrem hellen Flachsrock größer geworden waren, begann sie zu weinen und beschleunigte ihre Schritte. Sie erreichte den Garten, band dort die Ziegen an und suchte ihre Mutter erst im Haus und im Speicher, bis ihr einfiel, daß Agathe gesagt hatte, sie wolle einen Gehrock, den sie ausgebessert hatte, zum Schneider zurückbringen. So lief Gretchen zur Nachbarin hinüber.

Sie klopfte an Marthes Tür, wartete und klopfte wieder. Sie wollte schon zurück ins Haus laufen und sich dort in ihr Bett legen, als Marthe, den Spaten in der Hand, aus dem Garten auf sie zukam. »Was ist dir passiert?« fragte sie erschrocken. Gretchen flossen wieder die Tränen über das Gesicht.

»Ich habe furchtbare Schmerzen und blute dauernd«, sagte sie mit bebender Stimme. »Muß ich jetzt sterben?«

Marthe sah sie eine Weile an. Dann lächelte sie.

»Ach was!« sagte die Nachbarin, legte der jungen Frau den Arm um die Schultern und ging mit ihr langsam ins Haus.

»Zieh deinen Rock aus. Zuerst müssen wir dich mal saubermachen.«

Jetzt schoß Gretchen das Blut in den Kopf. Sie hatte sich noch nie vor jemandem ausgezogen, und sie hatte noch nie ihre Eltern oder ihren Bruder nackt gesehen. Wenn sich ihr

Vater oder ihr Bruder einmal in der Woche nicht nur das Gesicht gewaschen hatten, hatte Agathe immer darauf geachtet, daß sie in der Schlafkammer allein waren. Im Winter standen zwar alle Betten in der Wohnküche, doch auch dort hatte sich jeder immer erst das Nachthemd über den Kopf gezogen, nachdem das Talglicht ausgelöscht war.

»Du willst doch nicht mit dem blutigen Rock herumlaufen, bis deine Mutter nach Hause kommt«, sagte die Nachbarin und zog Gretchen langsam den Rock aus. Marthe ging in ihre Schlafkammer und kam mit einem Lappen und der Wasserkanne in die Wohnstube zurück.

Gretchen brauche keine Angst zu haben, sagte sie, während sie ihr den Leib und die Beine wusch. Jede gesunde junge Frau blute einmal im Monat ein paar Tage. Das sei nur der Beweis, daß sie jetzt erwachsen wäre und Kinder empfangen und gebären könne.

Gretchen glaubte ihr kein Wort. »Und weshalb hat mir keiner was davon erzählt?«

»Weil sich die meisten Frauen schämen, wenn sie ihre unreinen Tage haben. Ich habe damit nichts mehr zu schaffen, weil ich zu alt dafür bin. Aber deine Mutter und deine Freundinnen bluten einmal im Monat genauso wie du. Du mußt jetzt nur von den Männern auf der Hut sein! Wenn du jetzt einen Mann an dich heranläßt, kannst du schwanger werden.«

Gretchen erschrak: »Schon wenn ich ihn küsse?«

»Wenn du ihn nur küßt, bestimmt nicht! Aber wenn du ihn unter deinen Rock lässt, passiert das sehr schnell. Du blutest nicht mehr alle vier Wochen, und nach ein paar Monaten bekommst du ein Kind.«

Inzwischen war Gretchen so aufgeregt, daß es ihr Mühe bereitete, mit Marthe zu sprechen. »Der Pfarrer sagt doch immer, mit einem Kind segne Gott ein gläubiges Ehepaar?«

Marthe zögerte einen Augenblick. »Vielleicht muß man nicht alles glauben, was der geistliche Herr sagt!«

Gretchen bekreuzigte sich hastig. Die Gedanken rasten in ihrem Kopf.

Agathe holte ein Leinentuch aus der Truhe, faltete es zusammen und erklärte Gretchen, wie sie es sich zwischen die Beine legen und mit Nadeln unter dem Rock befestigen solle, wenn sie ihre Blutung habe. Und sie dürfe auf keinen Fall ihrer Mutter erzählen, was sie ihr erklärt habe. Agathe sei eine gute Frau, die dem Pfarrer leider mehr vertraue als dem eigenen Verstand.

»Ich bin deine Patin«, sagte Marthe ruhig. »Und ich möchte, daß du nur dann ein Kind bekommst, wenn du es dir wirklich wünschst. Und jetzt geh nach Hause und wasche deinen Rock! Wenn Agathe fragt, woher du das Tuch hast, dann sag ihr, du hättest es von einer Freundin bekommen. Versprichst du mir das?«

Gretchen zögerte. Marthe wollte, daß sie ihre Mutter belog, und das war eine Sünde. Sie blickte Marthe unsicher an. Sie versuchte, in ihren Augen zu erkennen, was Marthe dachte, und als sie nur Sorge wahrnahm und Liebe, nickte sie langsam. »Ich verspreche es Euch, Patin!«

Sie zog ihren mit Blut beschmierten Rock an, rannte hinüber in ihre Schlafkammer, wo sie aus der Kanne Wasser in einem Topf goß und ihn auf den Herd stellte. Danach nahm sie einen sauberen Rock aus der Kleidertruhe. Sie faltete das Leinentuch so zusammen, wie es ihr Marthe gezeigt hatte, zog den Rock an, legte sich das Tuch zwischen die Beine, und als sie es vorn und hinten mit Nadeln unter dem Rock festgesteckt hatte, kam es ihr vor, als müsse sie wieder eine Windel tragen.

Als das Wasser auf dem Herd zu kochen begann, füllte sie es in die große Waschschüssel, schnitt Seife hinein und hatte gerade angefangen, den blutigen Rock zu waschen, als ihre Mutter vom Schneider zurückkam.

»Ich habe auf der Weide zu bluten angefangen«, sagte Gretchen. »Und Bärbel hat mir erklärt, was man dann machen muß.«

Agathe lief zum Weihwasserkessel, tauchte den Finger ein und zeichnete Gretchen ein Kreuz auf die Stirn.

»Das ist Gottes Strafe dafür, daß Eva im Paradies Adam vom Apfel der Erkenntnis essen ließ«, sagte die Mutter. »Wir Frauen sind Gefäße der Sünde und werden vom Herrn jeden Monat daran erinnert.«

»Das hat Bärbel auch gesagt, Mutter«, antwortete Gretchen. »Ich habe vorhin lange am Zwinger gebetet. Die Jungfrau Maria soll mich vor allen sündigen Anfechtungen schützen.«

»Du hast recht getan, Gretchen«, sagte die Mutter zufrieden. Sie hob den Rock ihrer Tochter hoch, und als sie das Leinentuch sah, fragte sie überrascht, wo Gretchen das Tuch herhabe.

»Das hat mir Bärbel gegeben! Sie will es zurückhaben, sobald ich es nicht mehr brauche.«

Sie spürte, daß sie errötete. Ich habe meine Mutter belogen, dachte sie, und sie bereitete sich auf Gottes Strafe vor. Doch nichts geschah.

»Du mußt dich jetzt besonders vor unkeuschen Gedanken hüten und darfst dich nie in Versuchung führen lassen«, sagte Agathe, während sie Milch und Weizengrieß aus der Speisekammer holte, und als sie anfing, den Grieß in die Milch zu rühren, erschrak Gretchen. Ihre Mutter kam ihr auf einmal wie eine Fremde vor. Sie nahm allen Mut zusammen. »Ich bin auf den Namen Margarete getauft, und in Zukunft möchte ich auch so genannt werden. Zu meinem Bruder sagt auch niemand Valentinchen.« Sie blickte Agathe abwartend an, hoffte, ihre Mutter würde sie in den Arm nehmen, doch Agathe nickte nur.

Zu der Lossprechung wurden nur die Schuhmachermeister der Stadt eingeladen. Es war jedoch üblich, daß der Geselle am Sonntag nach der feierlichen Zeremonie seinen Lehrherrn, die Eltern, Verwandte und Freunde bei einer Feier in der Herberge der Schuhmacher bewirtete.

Matthias' Gesellenstück – ein Paar Lederschuhe für Margarete – lag unter einem Blumenstrauß auf einem Stück Rohleder in der Herberge auf dem Tisch, und Margarete langweilte sich wie seit langem nicht mehr. Sie saß zwischen ihrer Mutter und Matthias. Sie hatte Matthias' Eltern beim Leichenschmaus nach dem Tode ihres Vaters zwar flüchtig wahrgenommen, aber kein Wort mit ihnen gesprochen.

Sie hatte nur anstandshalber von dem Sauerbraten und den Knödeln gegessen, und jetzt hörte sie einer langen Rede des Altmeisters zu, der die ehrwürdige Tradition der Zunft pries und kein Ende finden konnte.

Nachdem die Teller abgetragen waren, wurde Bier getrunken, und mit jedem der vielen Trinksprüche wünschten die Redner Matthias Glück sowie – darauf verzichtete keiner – den Segen und Schutz des Herrn während der drei Jahre, in denen er als Wandergeselle neue Kenntnisse und Fertigkeiten erwerben würde. So redeten die Männer einer nach dem anderen, giffen nach ihrem Bierkrug, und als die meisten schon ziemlich angetrunken waren, beugte sich Matthias' Vater, der neben seinem Sohn saß, zu Margarete herüber und kniff sie freundlich in die Wange.

Als künftige Meistersfrau müsse sie aber mehr essen, sagte er lachend. Sonst schaffe sie die viele Arbeit nicht, die dann auf ihren Schultern liege.

Margarete errötete. Sie blickte ihre Mutter an, erwartete,

daß sie den Meister zurechtweisen würde, denn es gehörte sich nicht, daß ein fremder Mann eine Frau anfaßte, doch Agathe lächelte nur, als müsse sie sich für ihre Tochter entschuldigen. Margarete trauere noch immer um ihren Vater und die kleine Katharina, aber schließlich heile die Zeit alle Wunden.

»Ihr könnt unbesorgt sein, Meister Firle«, sagte sie. »Euer Sohn bekommt eine tüchtige und fleißige Frau.«

Margarete war, als würde ihr der Boden unter den Füßen weggezogen. Die ganze Stube schien zu schwanken, und einen Augenblick sah sie alles nur noch verschwommen.

»Meine Tochter ist Eurem Sohn von ganzem Herzen zugetan«, hörte sie die Stimme ihrer Mutter, sah dann, daß Matthias aufstand, nach den Lederschuhen griff und sie ihr in den Schoß legte. »Die habe ich für dich gemacht! Drei Jahre sind eine lange Zeit. Du sollst sie jeden Sonntag anziehen und dabei an mich denken.«

Margarete bemerkte, daß alle sie erwartungsvoll anblickten, und schließlich brachte sie die Kraft auf, zu antworten.

»Das werde ich«, sagte sie, und als Matthias sie vor allen Leuten küßte, ließ sie es sich gefallen.

In drei Jahren kann viel passieren, dachte sie. Und ob es nun Matthias ist oder ein anderer, das bedeutet keinen großen Unterschied.

8

Frühling eines Gelehrten

So berühmt das Herzogtum für sein Gemüse war, noch berühmter war seine Universität.

Herzogin Elisabeth Theresia, die Mutter Ludwig Karls, hatte diese Stätte der Bildung in Miesbach, keine vier Stunden Fußweg von Wahlburg entfernt, noch feierlich eröffnen können, bevor sie wenig später starb.

An diese Universität hatte der Herzog wiederum zwei Jahre später Doktor Heinrich Meissner berufen, den er für den größten deutschen Universalgelehrten nach Leibniz hielt und sofort zum Professor ernannte.

Meissner konnte nicht nur Sinuskurven und Parabeln, sondern auch Hyperbeln und Ellipsen berechnen. Er vermochte in der Theologischen Fakultät spitzfindig über die Frage zu disputieren, wie viele Engel auf einer Stecknadelspitze sitzen können. Im Laboratorium hantierte er geschickt mit Mörsern, Destillationskolben, Büretten und Pipetten. Zusätzlich war er als Doktor der Medizin approbiert. Er durfte Kranke zur Ader lassen, Schwindsucht wie auch die Pest behandeln, übte jedoch ärztliche Tätigkeiten nicht mehr aus.

Er korrespondierte mit Lichtenberg und Kant wie mit Voltaire und Diderot, wobei ihn nicht im geringsten irritierte, daß diese seine höflichen Schreiben ebensowenig beantworteten wie früher die Philipper Briefe des Apostels Paulus.

Auch über jenen Spitznamen, den ihm die Studiosi angehängt hatten, nachdem bei einem seiner alchimistischen Versuche beißender Schwefelgeruch in sämtlichen Räumen der Universität zu Hustenanfällen geführt hatte, ärgerte er sich längst nicht mehr.

Er faßte es als Kompliment auf, daß ihn die Studiosi – und mitunter sogar der eine oder andere Kollege – hinter seinem Rücken spöttisch *Doktor Faustus* nannten, nach dem Helden des alten Volksbuches, das auch im Herzogtum noch nicht gänzlich vergessen war.

Konnte er nicht stolz darauf sein, mit einem Forscher verglichen zu werden, der seine Suche nach Erkenntnis mit dem Frieden seiner Seele und schließlich dem Leben bezahlt hatte?

Professor Meissner zweifelte nicht im geringsten daran, daß er zu den bedeutendsten Gelehrten Deutschlands, wenn nicht ganz Europas, gehörte. Das mußte man schon an der Kleidung erkennen, die ihm sein Diener namens Fritz, sein treues Faktotum, vor jeder Vorlesung gebügelt und geschniegelt bereitlegte.

In einem Gehrock aus dunkelblauem Samt, einer schwarzen Kniehose, seidenen schwarzen Strümpfen und schwarzen Schuhen mit silbernen Schnallen ging – nein, schritt – Heinrich Meissner vom Auditorium Maximum, wo er mit einer Vorlesung über die Heilige Dreifaltigkeit brilliert hatte, zum Botanischen Garten. Er wollte endlich ein Projekt verwirklichen, an dem der Herzog höchst interessiert war.

Wenn Meissner eine Gartenschere und ein Messer mit sich führte, dann nur wegen dieses Vorhabens.

Er hatte seinem Fürsten versprochen, Narzissen in die Zweige junger Birken zu okulieren. Er wollte für ihn einen Narzissenbaum schaffen, was bislang seines Wissens noch keinem Botaniker gelungen war.

Gewiß, dachte er, wird die wissenschaftliche Welt diesen Erfolg gebührend würdigen. Ein weiterer akademischer Titel, der eines Doktor Botanices, wäre das mindeste, was er erwarten durfte.

In diesem Augenblick kamen ihm zwei Magister entgegen. Er ließ Schere und Messer schnell in der Tasche seines Gehrocks verschwinden. Er lüftete höflich seinen Dreispitz und schritt – nein, eilte – jetzt weiter zum Botanischen Garten.

Er hastete über Kopfsteinpflaster, vorbei an der juristischen Fakultät, an niedrigen Fachwerkhäusern, deren Besitzer ihr Einkommen aufbesserten, indem sie enge Kammern mit winzigen Fenstern zu wahrhaft fürstlichem Preis an auswärtige Jungen vermieteten. Als er sich dem Wirtshaus näherte, in dessen Biergarten die akademische Jugend die Frühjahrssonne genoß, überlegte er, ob er sich nicht auch einen Krug Starkbier gönnen sollte.

Die Alumni hätten ihn gefeiert, hätten mit den Bierkrügen auf die saubergescheuerten Holztische gehämmert, wie stets, wenn er im Wirtshaus erschien, doch für derlei Ablenkungen hatte er heute keine Zeit.

Es galt, ein großes Werk zu beginnen. Und so ging er weiter, jetzt mit ruhigem, würdigem Schritt, seiner Bedeutung voll und ganz bewußt.

Er ging am Arboretum vorbei, wo Herzog Ludwig Karl von jeder Spezies, die in seinem Fürstentum gedieh, ein Exemplar hatte einpflanzen lassen. Er passierte die Orangerie, wo von jungen Hölzern, die später Granatäpfel und Orangen für die fürstliche Küche liefern sollten, unter Glasdächern die Blätter herabhingen. Er ging an Magnolien vorbei, deren Knospen zu großen, prächtigen roten und weißen Blüten explodiert waren.

Er sah rote Tulpen und gelbe, kleine Stiefmütterchen und Primeln. Und dann – er hatte jene junge Birke ausgewählt, die er durch sein Werk zu veredeln dachte, er wollte sich gerade über die erste Narzisse beugen, da erblickte er eine Kastanie, deren Blütenstände schon jetzt, Ende April und damit vor der Zeit, zum Himmel wiesen und ihn – er erschrak, als ihm das bewußt wurde – plötzlich an unzählige kräftige Erektionen denken ließ.

Er hielt verwirrt in der Bewegung inne, denn er spürte, daß es in ihm zu brodeln und zu kochen begann. Daß ihn eine innere Unruhe befiel, wie er sie noch nie empfunden hatte.

Sollte er diesen Zustand jenem Kupferstich verdanken, den er vor einigen Tagen beim Ordnen des Kunstkabinetts seines Fürsten entdeckt hatte? Der Abbildung einer Statue der schönen Helena, der zwar beide Arme fehlten, die ihm aber ihre vollen Brüste wie auffordernd entgegengestreckt hatte?

Verursachte dieses Bild die Träume, welche ihn seit ein paar Tagen nachts heimsuchten? Ergriffen diese Träume etwa jetzt auch am hellichten Tag Besitz von ihm?

Oder sollten sich lediglich die Kräfte der Natur, in der jetzt alles nach Paarung zu streben schien, mit jenem Trank verbündet haben, den ihm ein Kräuterweib jede Woche bereitete? Stierhoden und Ingwer, Thymian, Sanddorn und zahlreiche andere Substanzen mazerierte und extrahierte sie nach seinen Anweisungen und schuf auf diese Weise einen Trank, der ihn, nein, nicht etwa verjüngen, aber ihm die Schönheit und Kraft der Jugend möglichst lange bewahren sollte.

Dieser Trank hatte sich bislang zu seiner Zufriedenheit bewährt. Er war zwar schon zweiundvierzig Jahre alt, doch man hielt ihn gewöhnlich nicht für älter als bestenfalls dreißig.

Vielleicht hat Griseldis diesmal irgendeine Ingredienz zu hoch dosiert, dachte er, während er sich über die Narzisse beugte. Er wollte gerade mit dem Messer den Stiel von der Knolle trennen, als er einen Pfau erblickte, der sein Gefieder spreizte, um seine Auserwählte zu beeindrucken. Da regten sich auf einmal Zweifel in Heinrich und mischten sich in seine Unruhe.

Professor Doktor Doktor Doktor Heinrich Meissner, ein Mann, der immer wußte, wo andere nur mußmaßten, annahmen, hofften oder fürchteten – er zweifelte, zweifelte zum erstenmal, und wie bei seinen Forschungen war er auch im Zweifeln äußerst gründlich und gewissenhaft.

Sollte ich etwa in meinem Leben alles falsch angelegt haben? überlegte er, und dann: Sollte mir der Herr in seiner großen Güte etwa vierzig Jahre lang den verkehrten Weg gewiesen haben?

Er steckte das Messer und die Gartenschere in die Rocktasche, eilte zur nächstbesten Gartenbank, wo er sich sammeln und sich unter einer Magnolie die beunruhigenden Gedanken aus dem Kopf reißen wollte, doch als er schließlich saß, überfielen die Zweifel ihn mit noch größerer Kraft.

Was hatte er aus seinem Leben denn bisher gemacht?

Heinrich wußte, daß er hoch in der Gunst seines Fürsten stand. Er genoß einen Lebensstil, um den ihn selbst so mancher Adliger beneidet hätte, wäre der Schatullenverwalter des Herzogs nicht so verschwiegen gewesen wie die Karpfen in dessen Fischteichen.

Kein Mensch außer dem Fürsten und seinem Finanzminister wußte, daß Heinrich, neben der geräumigen Etage in einem der Nebengebäude der Universität, die er bewohnte, zusätzlich zu Diensten der Hofküche sowie der Stallungen, die ihm regelmäßig gewährt wurden, auch noch ein jährliches Gehalt von vierhundert Talern erhielt. Aber welchen Preis hatte er dafür gezahlt!

Jahrelang hatte er Medizin studiert, Jurisprudenz, Theologie und dann auch noch Alchimie, sofern man bei diesem Grenzgebiet okkulter Magie überhaupt von einer Wissenschaft reden konnte.

Nacht für Nacht hatte er im schwachen Schein billiger, stinkender Talglichter über seinen Büchern gesessen, bis ihm seine Verhältnisse endlich den Erwerb wohlriechender Kerzen aus Bienenwachs gestattet hatten.

Tag für Tag hatte er sich vor Magistern und Professoren, vor Priestern, Prälaten und intriganten Hofschranzen verbeugt, hatte ihnen nach dem Munde geredet, immer bestrebt, sich beliebt zu machen.

Er hatte auf Bällen die Ehefrauen der Mächtigen unterhalten. Mit ihnen Rommé, Bridge und Schafskopf gespielt. Er hatte mit ihnen Menuette getanzt und war bei lustigen Polonaisen mit ihnen durch den Schloßpark gehüpft.

Jedoch wenn die Musik aufgehört hatte, wenn die adligen Männer zu ihren Mätressen geritten und die adligen Frauen in der Kutsche zu ihren Liebhabern gefahren waren, hatte er wieder in seiner Gelehrtenklause gehockt – an den Brüsten der Alma mater gesaugt und alle anderen Brüste darüber vergessen.

Wieviel Zeit mag wohl vergangen sein, überlegte er, seit ich zuletzt in den Armen eines Weibes gelegen und seine Zärtlichkeiten genossen habe? Zehn Jahre? Fünfzehn oder gar zwanzig?

Er blieb lange auf der Parkbank sitzen. Er roch den schwachen Duft der Tulpen und die kräftigen Aromen der Pferdeäpfel, mit denen die Gärtner vor einer Woche die Beete gedüngt hatte. Er hörte die Tauben hoch in den Ästen der Kastanie gurren. Er sah Bienen, die, vom Geruch des Frühlings in der Luft angelockt, von Blume zu Blume summten und jene Aufgabe erfüllten, die ihre wichtigste war: die Befruchtung. Die vornehmste Pflicht jedes Lebewesens, für die ihm seine Studien und die Forschung keine Zeit gelassen hatten.

Dabei war er bei den Frauen am Hofe höchst beliebt. Sie schätzten seine Gesellschaft. Sie genossen es, mit ihm zu plaudern. Sie zogen ihn in ihr Vertrauen und verrieten ihm mitunter die intimsten Geheimnisse, doch diese Frauen waren für ihn unerreichbar.

Sie waren entweder verheiratet oder adlig, nicht selten beides. Auch wenn nicht wenige ihre Ehemänner ständig betrogen – die größte Gunst gewährten sie einem Angehörigen des Bürgertums so gut wie nie.

Heinrichs Gedanken verdunkelten sich immer mehr. Ich sitze über Folianten und Skripten. Ich forsche und lehre. Ich beschäftige mich pausenlos mit der Natur der Dinge und vergesse darüber ganz meine eigene Natur. Ich lebe ohne Liebe. Das Glück wohnt anderswo, und wenn ich mein Leben nicht ändere, werde ich es nie erhaschen.

Anderswo, schoß es ihm durch den Kopf. Anderswo! Das ist die Lösung.

Er sprang auf, eilte aus dem Botanischen Garten, rannte zu seinem Haus und flog die Treppen zum Obergeschoß hinauf. Er war fest entschlossen, nicht noch länger auf Liebe zu verzichten. Sie erschien ihm plötzlich als das Wichtigste im Leben überhaupt.

Er riß die Tür seiner Wohnung auf und stürzte ins Umkleidezimmer, wo ihm sein treuer Diener entsetzt ins Gesicht blickte.

»Ist Euch etwas zugestoßen, Herr?« fragte Fritz besorgt. Der Gelehrte schüttelte den Kopf. »Kümmere Er sich um seine Angelegenheiten«, sagte er wirsch. Und dann: »Gehe Er zum Stallmeister und laß Er mir ein gutes Pferd satteln.«

So aufgeregt er war, seit er sich entschlossen hatte, der Universität in Zukunft möglichst oft zu entfliehen, um das wirkliche Leben dort zu suchen, wo es pulsierte, nämlich im Volk – all seiner Euphorie zum Trotz ging Heinrich auch bei diesem neuen Experiment mit großer Umsicht vor.

Er hütete sich, seinem Trakehner die Sporen zu geben. Er ließ ihn im Schritt gehen und freute sich lediglich von Zeit zu Zeit, wenn dem Tier diese Gangart zu langweilig wurde und es von sich aus eine kurze Wegstrecke trabte.

Um diese Jahreszeit konnte es abends unangenehm kühl werden. Heinrich hatte sich einen leichten Reitmantel über die Schultern geworfen. Auch seinen kurzen Degen hatte er nach einigem Überlegen umgegürtet. Er hielt die Landstraßen im Herzogtum zwar für sicher, seit der Scharfrichter vor wenigen Jahren zwei Straßenräubern den Kopf abgeschlagen und vor die Füße gelegt hatte, doch er wollte auf unvorhersehbare Ereignisse vorbereitet sein. So sehr er nach der prallen Sinnlichkeit des Volkes dürstete, so verlockend sie ihm erschien – er wußte, daß sie mit Gefahren verbunden war.

So ritt er auf der staubigen Landstraße, vorbei an Getreidefeldern und Gemüsegärten. Durch Wälder und vorbei an Viehweiden, auf denen Kinder Kühe, Schafe und Ziegen hüteten. Hin und wieder kamen ihm Fuhrwerke entgegen, von großen Kaltblütern gezogen und bis zum Rande mit Kohl beladen. Als er die Türme des Wahlburger Doms am Horizont erblickte, passierte ihn ein Kurier des Herzogs, der seinen Schimmel mit der Reitpeitsche traktierte. Heinrichs Trakehner begann wieder zu traben und dann zu galoppieren. Das Pferd schien zu ahnen, daß es bald Hafer und Wasser bekäme.

Wenig später erreichte Heinrich das Südtor der Stadt. Drei Soldaten versperrten ihm den Weg und ließen ihn erst in die Stadt, nachdem er seinen Geleitbrief vorgezeigt hatte, der ihn als Schützling des Herzogs auswies.

Er stellte sein Pferd in einem Wirtsstall ein, wies den Reitknecht an, das Tier gut zu versorgen, und ging dann zu Fuß weiter.

Das war ein Leben in dieser Stadt! Überall Pferdekarren, die meistens so schnell waren, wie geprügelte Pferde traben konnten. Ein Fuhrwerk überraschte Heinrich so unversehens, daß er sich nur durch einen schnellen Sprung in einen Hauseingang in Sicherheit bringen konnte. Um ein Haar wäre er dabei in eine der tiefen Gossen am Straßenrand gefallen, in die alle Abwässer aus den Häusern flossen, sämtliche Küchenabfälle geworfen wurden und in die am Morgen Mägde die Nachtgeschirre ausschütteten. Doch was bedeutete das schon!

Unzählige Menschen waren auf den engen Straßen unterwegs. Sie eilten an ihm vorbei, drängten oder stießen ihn zur Seite. Männer und Frauen, die ihn kaum zu beachten schienen und, so vermutete er, voll und ganz damit beschäftigt waren, ihren Lebensunterhalt zu erwerben. Die Kinder allerdings beäugten ihn neugierig.

Heinrich blickte in kleine Läden, aus deren Türen es nach Minze und Thymian so kräftig roch wie aus den Bäckereien nach frischem Brot. Er sah in Fenster, hinter deren Butzenscheiben Goldschmiede, Drechsler und Putzmacherinnen ausstellten, was sie zu verkaufen hatten.

Er begegnete Brotträgern, Bürstenmachern und anderen Hökern, die ihre Waren in hohen Gestellen aus Holz auf dem Rücken trugen. Am größten war das Gedränge und Geschiebe aber auf dem Marktplatz vor dem Dom, wo Kaufleute aus der Stadt sowie Bauern und Fischer aus dem Umland ihre Stände aufgebaut hatten.

Da gab es Kohl, Zwiebeln, Rüben und Lauch. Bäuerinnen boten Milch, Eier und Geflügel an. Auf großen Holztischen lagen Erdbeeren, süße und saure Kirschen sowie verschiedene Sorten Äpfel vom Herbst des vergangenen Jahres. Von den Fischern wurden Hechte, Karpfen, Forellen, Schleien und Aale angeboten, die in Holzbottichen schwammen und auf Wunsch an Ort und Stelle abgestochen wurden. An manchen Marktständen schnatterten aufgeregt Gänse. Bauersfrauen hatten sie dort, meist zusammen mit lebenden Hühnern, an den Holzstellagen festgebunden. Dichte Fliegenschwärme umschwirrten die Plätze der Schlächter.

Je länger Heinrich sich durch diese Menschenmenge schob,

desto besser gefiel ihm dieser Ort. So unerträglich ihm der Lärm und das Gedränge erschienen – hier war das wirkliche, von keinem höfischen Ritual gezähmte Leben. Ein gänzlich anderes als in seinem Universitätsstädtchen, wo sich sogar die Minutenzeiger der Uhren so langsam zu bewegen schienen, als wären sie ans Zifferblatt geklebt.

Mit allen Sinnen genoß er die Vielfalt von Stimmen, diese Sinfonie von Farben, Formen und Gerüchen und hielt erst inne, als er unversehens vor dem Portal des Doms stand.

Heinrich zögerte. Er glaubte zwar an Gott, doch er hielt nichts von dessen irdischen Handlungsbevollmächtigten. Er verachtete ihre unersättliche Geldgier genauso wie ihre Predigten, die das gläubige Volk in ständiger Furcht vor dem Fegefeuer und seinen Höllenqualen hielten.

Er wollte sich gerade vom Dom abwenden, als er eine Frau aus dem Portal auf die Straße treten sah. Jung war sie. Wie ein Mädel kam sie ihm vor in ihrem schlichten langen Baumwollkleid, die Zöpfe zu einem Haarkranz hochgesteckt. Sie hatte Holzpantinen an den Füßen, doch er war sofort überzeugt, daß sie keine Magd sein konnte. Für eine Magd bewegte sie sich viel zu anmutig.

Die Tochter eines Kaufmanns oder Handwerkers. Oder vielleicht eines Hofbeamten, dachte er. Sie kam näher, wollte wohl auf den Markt gehen. Heinrich sah ihren feingeschwungenen Hals, sah, wie sich der Stoff ihrer weißen Baumwollbluse über den Brüsten bauschte, und dann wußte er plötzlich nicht mehr, was er tat.

Er ging ihr ein paar Schritte entgegen, nahm den Hut ab und deutete eine Verbeugung an, wie es gegenüber Damen des besseren Standes üblich war.

Er bitte um Verzeihung, hörte er sich sagen, daß er sie anspreche. Er wäre überaus glücklich, wenn sie ihm gestattete, sie zu begleiten.

Sie sah ihn mit großen Augen an, musterte ihn. Sie schien verängstigt. Er wollte ein paar beruhigende Worte sagen, doch da schüttelte sie heftig den Kopf.

Sie wolle ihn gewiß nicht kränken oder gar beleidigen, aber es schicke sich nicht, mit einem Unbekannten durch die Stadt zu gehen. Abgesehen davon, wenn ihre Mutter oder gar ihr Bruder erführe, daß sie sich derart benähme, würden beide sie schelten. Das wolle er ihr doch bestimmt nicht antun.

Wenn Heinrich auf seinem langen Weg zu Doktortiteln und schließlich zum Professor etwas gelernt hatte, dann, jede Zurückweisung lächelnd hinzunehmen.

»Verzeiht bitte, gnädiges Fräulein, meine Unbedachtsamkeit«, sagte er, während er sich erneut verbeugte. »Ich wage dennoch zu hoffen, daß ich Euch unter günstigeren Umständen wiedersehen darf.«

Sie sah ihn noch immer wie ratlos an, öffnete den Mund, als wolle sie etwas sagen. Dann drehte sich mit einem Mal um und lief fort.

Das war höchst ungeschickt von mir, dachte er. Ich muß einen anderen Weg finden, mich ihr zu nähern, um ihr Vertrauen zu gewinnen. Da eilte er ihr schon hinterher. In weitem Abstand, möglichst nahe an den Hauswänden entlang. Damit sie ihn nicht sofort erkannte, falls sie sich umwandte, zog er den Reitmantel aus und nahm seine Perücke ab. Sie drehte sich jedoch nicht ein einziges Mal um.

9

Der Verbündete, das Lamm und der Luchs

Hast du wieder mit anderen Mädels geschwätzt?« begrüßte Agathe ihre Tochter. »Oder hast du besonders viele Sünden beichten müssen?«

Margarete spürte, daß ihr das Herz noch immer bis zum Halse schlug – so schnell und so laut, daß sie fürchtete, man könne es bis in den Garten hören.

»Mach dir keine Sorgen, Mutter«, sagte sie, bemüht, ihre Stimme ruhig klingen zu lassen. »In der Kirche waren viele Leute. Ich mußte lange warten, bis ich in den Beichtstuhl gehen konnte.«

Agathe blickte sie kurz an, wandte sich wieder der verschlissenen Hose auf ihren Knien zu und ließ dann ihre Hand mit der Nähnadel plötzlich sinken.

»Oder triffst du dich heimlich mit Matthias?«

»Bestimmt nicht!« antwortete Margarete, während sie sich an ihr Spinnrad setzte. »Du weißt genau, daß er auf Wanderschaft gegangen ist. Wo sollten wir uns da wohl treffen?«

Agathe zuckte mit den Schultern. Der Teufel finde immer einen Weg.

Margarete bekreuzigte sich. »In mein Herz gewiß nicht!«

Sie band einen Faden an die Spule, zog einige Fasern aus der gekardeten Wolle, legte sie an den Faden, stieß das Rad an und begann zu treten. Sie behielt das Faserbündel in der linken Hand, zog mit Daumen und Zeigefinger weiter Fasern aus – noch immer bemüht, wieder die Fassung über sich zu gewinnen.

Dieser Fremde vor dem Dom – sie sah ihn immer noch so genau vor sich, als stünde er leibhaftig vor ihr.

Angesprochen hatte er sie! Ihr seine Begleitung angeboten! Fräulein hatte er sie genannt, obwohl jeder an ihren Holzpantinen erkennen mußte, wie arm sie war.

Ob er mich wohl gar für schön hält, überlegte sie, oder bloß für eine liederliche Dirne, deren Gunst leicht zu gewinnen wäre?

Ihre Bewegungen wurden langsamer, doch dann spann sie wieder so schnell wie zuvor.

Nein, ich habe mir nicht das geringste vorzuwerfen! Ich habe weder durch freizügige Kleidung noch durch unzüchtige Blicke oder Gebärden seine Lust erregt. Ich habe ihn höflich zurückgewiesen und bin schnell weggelaufen.

Sie langte in den Weidenkorb, griff nach Wolle, blickte kurz zur Mutter hinüber, die inzwischen ihren Stuhl näher an das Fenster gerückt hatte und noch immer nähte. Als sich das Schwungrad wieder drehte, wunderte sich Margarete, daß sie überhaupt an diesen Fremden dachte.

Es war ja nicht das erste Mal gewesen, daß ein unbekannter Mann sie ansprach. Es geschah fast jeden Tag, auf dem Weg zum Brunnen, zur Weide oder auf dem Markt. Sie hatte sich angewöhnt, solche Männer zu behandeln wie lästige Fliegen, die man verscheuchte und sofort vergaß.

Doch diesmal war alles anders. Die ruhigen Bewegungen dieses Mannes – nein, dieses Herrn! Seine vornehme Kleidung! Seine freundlichen Augen! Seine schmalen, feingliedrigen Hände, die sich viel weicher anfühlen mußten als Matthias' Schusterfinger. Am meisten hatte sie seine sanfte, gelassene Stimme beeindruckt, die Sorgfalt und Sicherheit, mit der er redete. Hatte er nicht sogar gesagt, er hoffe, sie wiederzusehen?

Margarete nahm die Spule vom Spinnrad, setzte die zweite ein, und als sie sich daran erinnerte, wie er seinen Mantel ausgezogen und die Perücke abgenommen hatte, bevor er ihr folgte, huschte ein Lächeln über ihr Gesicht. So leicht führt mich niemand hinters Licht!

Daß sie möglichst in der Mitte der Straße gegangen war und viel langsamer als sonst, damit er sie nicht aus den Augen verlöre, wagte sie sich nicht einzugestehen.

Sie griff wieder in den Korb, spürte die weiche Wolle zwischen den Fingern, als Valentin in die Stube trat. Wie immer ohne das kleinste Stäubchen auf der Uniform und mit blankgeputzten Stiefeln.

»Ich kann mich leider nicht lange aufhalten«, sagte er, während er seine Mutter umarmte. Er legte eine große Speckseite auf den Tisch und strich Margarete über das Haar, als wäre sie noch immer ein kleines Mädchen.

Agathe nahm den Speck in die Hand und blickte Valentin unsicher an. Hatte er ihn etwa gestohlen oder auf andere unehrliche Weise an sich gebracht?

Valentin schien die Gedanken seiner Mutter zu erraten, und er bemühte sich, sie zu beruhigen. Er habe mit anderen Soldaten Dienst am Westtor geleistet, wo ihm ein Bauer den Speck geschenkt habe.

In diesen schweren Zeiten habe wohl keiner etwas zu verschenken, meinte Agathe nachdenklich, während sie das Messer aus der Lade holte, ein großes Stück von der Speckseite schnitt, das sie Margarete hinhielt. »Lauf damit zur Nachbarin hinüber. Sag ihr meinen Gruß.«

Valentin sah seine Mutter verärgert an. »Für die Schwerdtlein hab' ich euch das nicht gebracht!«

»Dann nimm's wieder mit! Marthe hat so viel Schulden in der Stadt, daß ihr keiner mehr was gibt.«

»Nein, nein!« besänftigte Valentin seine Mutter. Er verstehe sehr gut, daß sie nicht nur an sich dächte, sondern auch an andere. Aber bei Hofe sei das Geld so knapp, daß die Steuern gewiß bald noch mehr erhöht würden. In solchen Zeiten sei eine gutgefüllte Speisekammer wichtig.

»Ich bin für euch verantwortlich«, sagte er leise. Margarete hätte ihm am liebsten gesagt, daß Mutter und sie gesunde Hände hätten und auch ohne ihn nicht verhungerten, doch da riß ihr der Faden. Sie stand auf, nahm ihrer Mutter schweigend das für Marthe bestimmte Stück Speck aus der Hand, verabschiedete sich von ihrem Bruder und ging hinaus.

Eine Woche später stand Heinrich hinter seinem Pult in der ehrwürdigen Universität Miesbach und konnte – zum erstenmal in seiner akademischen Laufbahn – das Ende einer Vorlesung kaum erwarten. Ein Glück, daß die meisten Studiosi im Auditorium am Montag morgen noch ihren Rausch ausschliefen!

So eloquent der Gelehrte in den vergangenen Semestern über den physiologischen Schwachsinn des Weibes zu dozieren verstanden hatte, so überzeugend es ihm sonst gelungen war, zu begründen, weshalb schon der Körperbau der Frau, besonders ihr weites Becken, eindeutig bewies, daß sie zum Gebären bestimmt sei und zu höherwertigen geistigen Leistungen nicht fähig – diesmal erschien ihm sein eigenes Gerede verworren, wenn nicht sogar schlicht und einfach unsinnig.

Hatte die Herzogin Elisabeth nach dem Tode ihres Gatten das Herzogtum nicht fünf Jahre wesentlich geschickter regiert als ihr Sohn, der es jetzt in den Ruin trieb? Mußte es nicht jeden beeindrucken, wie umsichtig Kleopatra VII. das ägyptische Reich durch die Zeitläufe gelenkt hatte, bevor sie sich lieber eine giftige Natter an die Brust legte, als sich einem Römer zu unterwerfen?

Heinrich blickte immer verwirrter auf sein abgegriffenes

Manuskript. Er erläuterte gerade, weshalb die Ursache der weiblichen Hysterie in der Gebärmutter zu suchen sei, woher sie ihren Namen habe, da erinnerte er sich an einen Kupferstich der Kleopatra im Kabinett des Herzogs. Er dachte plötzlich wieder an die entblößten Brüste der Schönen Helena in ebenjener Kunstsammlung, und dann – er hatte derlei noch nie erlebt – verschmolzen in seinem Kopf die beiden Bildnisse mit seinen vagen Erinnerungen an das Wahlburger Frauenzimmer.

Er hatte schon bei der kurzen Begegnung ihre Anmut wahrgenommen, doch wenn er seither an sie dachte, erschien sie ihm von Mal zu Mal noch anmutiger und schöner. Zudem war sie, jedenfalls, sobald er nachts von ihr träumte, meistens nackt.

Heinrich schaffte es nur mit Mühe, seine Vorlesung zu beenden. Die Studiosi standen auf, schlurften müde aus dem Hörsaal, und er folgte ihnen in gebotenem Abstand.

Hoffentlich haben sie nicht bemerkt, daß ich heute nicht ganz bei der Sache war, dachte er im Botanischen Garten, dessen frisches Grün seine aufgewühlten Gefühle wie stets zu beruhigen vermochte. Als er an einer jungen Birke vorbeiging, erinnerte er sich an verwelkte Narzissen, die sein Diener nachts im schwachen Licht einer Laterne heimlich von diesem Baum geklaubt und auf den Komposthaufen geworfen hatte. Über das Scheitern dieses botanischen Versuchs ärgerte er sich längst nicht mehr. Jetzt ging es um Wichtigeres. Er mußte endlich die Gunst der jungen Margarete gewinnen. Er begehrte sie mit einer Intensität, die alles andere für ihn verblassen ließ. Inzwischen kannte er nicht nur ihren Namen, sondern er wußte auch genau, in welchen Verhältnissen sie mit ihrer Mutter lebte.

Nach seiner Rückkehr aus Wahlburg hatte er Fritz erklärt, wie alt die Unbekannte sein mochte, wie sie aussah und wo sie wohnte. Danach hatte er ihm zwei Taler ausgehändigt, ihm aufgetragen, sich unauffällig nach ihr zu erkundigen, und sein treuer Diener hatte ihn nicht enttäuscht.

Fritz war nach Wahlburg gelaufen, wo er zuerst einem Höker, der sein Glück kaum fassen konnte, den gesamten Warenbestand sowie das Tragegestell abkaufte. Damit zog er in der Straße nahe der Stadtmauer, die ihm Heinrich beschrieben hatte, von Haus zu Haus. Er bot überall seine Bürsten an, und überall wurde er fortgescheucht.

Doch dann klopfte er an ein Fenster des Hauses einer Alten, die ihn nicht nur eintreten ließ und ihm einen Becher Wasser anbot, sondern ihm ungefragt mehr über ihre Nachbarin erzählte, als er zu wissen begehrte.

»Diese Frau wartet verzweifelt auf eine Nachricht von ihrem verschollenen Mann«, hatte Fritz am nächsten Tag seinem Herrn berichtet. »Über sie müßte es leicht möglich sein, an das junge Mädel heranzukommen.«

»Hüte Er seine lose Zunge!« hatte Heinrich ihn verärgert in die Grenzen gewiesen. »Weshalb ich diese Auskünfte benötige, geht Ihn überhaupt nichts an.«

Am liebsten wäre er nach diesem Gespräch sofort zu Margarete geritten und hätte ihr seine Gefühle gestanden, doch die Gefahr, zum zweitenmal abgewiesen zu werden, erschien ihm zu groß. Es wäre viel klüger, sich ihr auf eine Weise zu nähern, die sie für zufällig hielte, wenn nicht gar für einen Wink des Schicksals.

So sehr sich in ihm alles dagegen sträubte, Fremden zu vertrauen – diesmal führte kein Weg daran vorbei. Er mußte einen Verbündeten gewinnen, der im Umgang mit dem weiblichen Geschlecht erfahrener war als er – und gleichzeitig so verschwiegen, daß er Heinrichs Ruf weder bei den Kollegen noch, der Herr bewahre, beim Herzog gefährdete.

Was blieb ihm anderes übrig? Er nahm wieder am gesellschaftlichen Leben teil. Er ging in Samt und Seide auf einen Hofball. Er plauderte beim Kerzenschein mit gelangweilten Adligen und ihren Gattinnen. Er speiste mit ihnen an der Tafel, lobte ihren sauren Wein und verbrachte halbe Nächte am Spieltisch, wo er schließlich seinen Mann fand.

Chevalier Danceny – wie sich der Franzose nannte, den Ludwig Karl im Herzogtum duldete, um gelegentlich, wie am Hofe zu Berlin, auf französisch parlieren zu können – gewann nahezu ständig beim Kartenspiel. Das Glück verließ ihn jedoch augenblicklich, sobald der Herzog mit am Spieltisch saß. Konnte das mit rechten Dingen zugehen? Heinrich glaubte zwar an Gott, doch in irdischen Angelegenheiten verließ er sich lieber auf die Wissenschaft.

Der Angstschweiß stand ihm auf der Stirn, als er unauffällig eine der Spielkarten Dancenys im weiten Ärmel seines Seidenhemdes verschwinden ließ. Der Rest war für ihn nicht mehr als ein Kinderspiel – nein, nicht mehr als angewandte Physik.

In einem Gartenhaus, wo der Franzose die Gastfreundschaft des Herzogs genoß, überreichte Heinrich einem Bediensteten seine Visitenkarte, und es dauerte nicht lange, bis er in einen kleinen Salon geleitet wurde, vor dessen Fenster eine lindgrüne Gardine hing, die das helle Sonnenlicht ein wenig dämpfte.

Chevalier Danceny, schon jetzt am Vormittag in hellbrauner Chemise mit schwarzer Spitze und einer burgunderroten Samthose elegant nach der neuesten französischen Mode gekleidet, das Monokel vor sein rechtes Auge geklemmt, saß hinter einem kleinen Tisch, auf dem er eine Patience legte.

Heinrich deutete eine Verbeugung an. Der Franzose schob seine Spielkarten zusammen, erhob sich, trat Heinrich zwei Schritte entgegen, verneigte sich gleichfalls und begrüßte ihn dann mit ausgesuchter Höflichkeit. »Es ist mir eine Ehre, den berühmten Gelehrten in meinem bescheidenen Domizil empfangen zu dürfen. Ich bin selbstverständlich jederzeit zu einer Partie mit Euch bereit.«

Um zu spielen, sei er gewiß nicht gekommen, sagte Heinrich, dessen Stimme leicht zitterte, obwohl er sich vorsorglich eine kleine, geladene Pistole in den Hosenbund gesteckt hatte, den seine kurze Jacke bedeckte.

Danceny sah ihn überrascht an. »Und auf welche Weise darf ich Euch dann dienen?«

»Es fällt mir keinesfalls leicht, Euch mit dieser ärgerlichen Angelegenheit zu behelligen«, sagte Heinrich. »Aber Ihr spielt falsch!«

Danceny lächelte. »Eine ungeheure Anschuldigung! Ich hoffe für Euch, Ihr könnt sie beweisen!«

»Nichts leichter als das«, antwortete Heinrich, während er aus seiner Tasche jene Spielkarte holte, die er dem Franzosen gestohlen und in seinem Laboratorium untersucht hatte.

»Dürfte ich Euch für einen Augenblick um Euer Monokel bitten?«

Der Chevalier lächelte nervös. »Ein lächerlicher Vorwurf und dazu noch eine unverschämte Bitte!«

»Keineswegs. Aber ich kann Euch das Ergebnis meiner Untersuchungen auch ohne Euer Monokel demonstrieren.«

Heinrich ließ eine dünne, hellblau gefärbte Glasplatte aus seinem Ärmel gleiten. Im gewöhnlichen Tageslicht oder im Licht von Kerzen wäre gewiß nicht zu bemerken, daß Dancenys Karten auf der Rückseite gekennzeichnet seien, sagte er gelassen. Wenn man dieses Licht jedoch filtere – Heinrich hielt die dünne Glasplatte über das Rückenmuster der Spielkarte –, könne man ihre Farbe und ihren Wert eindeutig erkennen.

»Ich habe mich lange mit der Farbenlehre beschäftigt«, sagte er. »Euer Monokel dürfte das natürliche Spektrum des

Lichts auf die von Euch gewünschte Weise ähnlich verändern.«

Bei diesen Worten wurde Danceny bleich und wich an den Tisch zurück. »Und weshalb habt Ihr Euch mit Eurem Wissen nicht an die Polizei gewandt, um mich in den Kerker werfen zu lassen?« fragte er, während er mit der rechten Hand unauffällig die Tischschublade zu öffnen versuchte.

»Aus Respekt vor Eurer Kenntnis der Naturgesetze. Ich beabsichtige keineswegs, Euch Unbill zu bereiten oder gar Euch anzuzeigen. Ich möchte Euch lediglich um einen Rat und eine kleine Gefälligkeit bitten.«

Verblüfft zog Danceny die Hand von der Schublade zurück und blickte Heinrich erstaunt an. »Einen Rat und eine Gefälligkeit? In welcher Angelegenheit sollte ich einem Herren wie Euch wohl von Nutzen sein können?«

Heinrich zögerte einen Augenblick. »In einer Herzensangelegenheit«, sagte er dann.

Du siehst, der Herr hilft uns in der Not«, flüsterte Agathe Margarete zu, nachdem der Weber Hinterhuber ihnen verraten hatte, daß die Schäfer des Herzogs zuverlässige Männer und Frauen suchten, die gewillt seien, für einen Tageslohn bei der Schafschur Handlangerdienste zu leisten.

Das Scheren der Schafe sei zwar Männerarbeit, erklärte die Mutter ihrer Tochter auf dem Heimweg. Doch Frauen könnten dabei trotzdem ein paar Groschen verdienen, wenn sie den Schäfern und Scherern die Tiere zuführten. Und danach gebe es für sie noch genug zu tun.

Es gelte, die Wolle von der Schurbank zu räumen, verkotete, verfärbte oder zu kurze Vliese auszusondern, sagte Agathe, wie es die Aufgabe von Frauen sei, die guten Vliese zu Kleudern zu binden und sie zum Leiterwagen zu tragen. Daß jedes dieser Bündel zwanzig Pfund wog, erwähnte sie nicht.

»Eine schöne Arbeit«, hatte Margarete gesagt, doch als sie mit ihrer Mutter am nächsten Morgen nach einem Fußweg von drei Stunden in Sülzbach ankam, verkrampfte sich alles in ihr.

Hunderte, wenn nicht Tausende von Schafen blökten in zehn, fünfzehn oder gar zwanzig Herden auf einer weiten Wiese am Ufer der Sülz. Da blökten Böcke und Hammel, blökten trächtige Schafe und Mutterschafe, an die sich ängstlich blökend Mastlämmer und Zuchtlämmer drängten. In das aufgeregte Blöken mischten sich die lauten Rufe von Schäfern und das nervöse Bellen ihrer Hütehunde, die sich bemühten, jedes der Schafe von fremden Herden getrennt zu halten. Am schlimmsten aber waren die Gerüche über dem Platz, die Margarete fast den Atem verschlugen, der Gestank von Schafskot und das scharfe Aroma des Harns, den die verängstigten Tiere in Unmengen absonderten.

Ein Schäfer trieb seine Tiere in das klare Wasser der Sülz, wo kräftige junge Männer in nassen Leinenhosen, mit freiem Oberkörper, die Tiere säuberten.

»Die werden erst geschoren, wenn das Fell wieder trocken ist!« rief Agathe Margarete zu, während die beiden barfuß über den glitschigen Brei aus Kot und Harn zu einem der Aufseher gingen, der in braunem Kittel, grauer Leinenhose und in festen Lederstiefeln zwischen den Herden herumstapfte und den Tagelöhnern die Arbeit zuwies.

Der Aufseher führte Margarete und ihre Mutter zu einer Herde, aus der eine gebeugte, dürre Alte gerade mit unsicheren Schritten einen Hammel zur Schurbank zerrte. Der Scherer zwang ihn auf das Holzgestell, hielt ihn mit kräftigem Griff fest, während er ihm, die Schere in der anderen Hand, das Vlies vom Körper schnitt.

»Helfe Sie der Alten! Die kann kaum noch laufen«, befahl der Aufseher Agathe schroff, bevor er sich Margarete zuwandte. »Und du? Hast du schon mal bei der Schur gearbeitet?«

Margarete spürte, daß sie errötete. »Nein, gnädiger Herr!«

»Dann kannst du zwischen einem guten und schlechten Vlies nicht unterscheiden«, murrte er, musterte sie von Kopf bis Fuß und lächelte lüstern. »Aber die Jungfer ist gut gewachsen und kräftig. Ich will dich auf die Probe stellen. Du kannst helfen, die Vliese zusammenzutragen. Folge mir!«

Margarete beugte die Knie zu einem tiefen Knicks. Danke, gnädiger Herr! wollte sie gerade antworten, da trat Agathe zwischen sie und den Aufseher. »Nein! Bei allem Respekt! Meine Tochter bleibt unter meinen Augen!«

»Dann gibt es hier für die Jungfer nichts zu tun«, sagte er verärgert. Agathe könne sich nützlich machen und Schafe aus der Herde zur Schur führen, doch Margarete könne er nicht gebrauchen. Sie solle die Leute nicht von der Arbeit abhalten. Am besten, sie ginge wieder nach Hause.

Eine Stunde später schaukelte Margarete, lang ausgestreckt, auf einem offenen Fuhrwerk des Herzogs zurück nach Wahlburg. Ihre Mutter hatte zwar gezögert, sie auf den Wagen klettern zu lassen, doch als ihr der alte Fuhrmann sagte, er könne sich noch gut an Georg erinnern, den der Herr viel zu früh abberufen habe, vertraute sie ihm ihre Tochter schließlich an.

»Ich lege meine Hände bestimmt nicht faul in den Schoß!« rief Margarete ihr noch zu, als sich der große Leiterwagen langsam in Bewegung setzte. »Ich werde den Boden scheuern, und wenn der sauber ist, setze ich mich gleich ans Spinnrad.«

Jetzt lag sie auf vielen Kleudern Schafswolle und blickte zum Himmel, von dessen Blau sich in weißen, faserigen Schichten Wolken abhoben, vor die sich von Zeit zu Zeit, wenn der Weg durch lichten Wald führte, dunkelgrüne Baumkuppeln schoben.

Warum hat sich Mutter wieder eingemischt? überlegte sie. Hält sie mich für leichtfertig? Traut sie mir etwa zu, daß ich mich mit dem Erstbesten einlasse?

Und wenn der Aufseher mich hätte wegführen wollen, um mir Gewalt anzutun? Mutter warnt mich dauernd vor solchen Gefahren, und auch am Brunnen reden die Mädels oft über Männer, die sich mit roher Kraft verschaffen wollen, was ihnen eine keusche Frau nicht freiwillig gewährt. Doch wer das bei ihr versuchte – dessen war sie sich sicher –, der wäre an die Falsche geraten.

Abgesehen davon, daß sie menschenleere Straßen mied – sie konnte schnell rennen, laut schreien, und Valentin hatte sie Griffe gelehrt, mit denen man sich auch gegen einen stärkeren Gegner verteidigen konnte.

Sie lauschte dem Knarren der mit Eisen beschlagenen Holzräder des Fuhrwerks. Sie hörte die dumpfen Hufschläge der Zugpferde. Sie genoß das leichte Schaukeln und Wiegen des dicken, weichen Polsters, auf dem sie ruhte.

Mutter wird schon gewußt haben, warum sie mich nicht mit dem Aufseher weggehen ließ, beruhigte sie sich schließlich, und es dauerte nicht lange, bis sie einschlief und zu träumen begann.

Zuerst träumte sie, wie so oft, von der Schlittenfahrt zur Großmutter. Sie träumte, sie wäre wieder klein, säße wie damals dick eingemummt neben der Mutter auf dem Schoße ihres Vaters, der sie liebevoll im Arm hielte.

Sie hörte die Glocken des Schlittens, staunte über die Bäume, auf deren Zweigen so viel Schnee lag, daß sie ihn kaum tragen konnten. Doch dann riß eine harte Hand Margarete aus dem Schlitten. Sie fiel, ein Fall, der erst aufhörte, als sie auf einmal ein Lamm in einer Herde von Schafen war, die in der Abenddämmerung friedlich am Waldrand grasten. Plötzlich schlugen die Hunde an. Die Schafe drängten sich ängstlich zusammen. Auch Margarete preßte sich zitternd so eng wie möglich an ihr Muttertier. Sie hob den Kopf. Sie blickte sich furchtsam um und entdeckte einen prächtigen gelbbraunen Luchs, der sich lautlos und vom dichten Laub der Sträucher gut gedeckt an die Herde heranschlich. Sie erkannte die Schönheit dieser großen Katze, die sich geschmeidig in ihrem Revier behauptete. Die ihren eigenen Gesetzen folgte, niemandes Untertan.

Wie jämmerlich erschien ihr dagegen das Leben eines Schafs, das von Hunden ein Leben lang in der Herde gehalten wurde, vom Schäfer geleitet, gemolken und regelmäßig geschoren. Bis endlich nur noch sein Fleisch verwertbar war und es zur Schlachtbank geführt wurde.

Die Hunde bellten immer aufgeregter. Sie fletschten die Zähne. Sie rannten wie rasend um die Herde herum. Der Geifer troff ihnen aus dem Maul, als Margarete sich einen Moment unbewacht fühlte und aus der Herde löste.

Sie trippelte der großen Raubkatze entgegen, kam ihr so nahe, daß sie ihr in die Augen blicken konnte. Und dann, sie wußte nicht, was sie dazu trieb, hob sie den Kopf und bot dem Luchs ihre Kehle an. Das Tier duckte sich, setzte zum Sprung an, sprang – und verbiß sich in ihre Schulter, rüttelte sie und schüttelte sie, bis Margarete erwachte.

Sie blickte in das faltige Gesicht des Fuhrmanns, der sie geweckt hatte. Weiter könne er sie leider nicht mitnehmen, sagte er. Die Wachsoldaten am Südtor kontrollierten neuerdings jedes Gefährt besonders gründlich. Margarete bedankte sich bei ihm. Sie kletterte vom Leiterwagen. Sie lief, noch immer verwirrt, an der Stadtmauer entlang, drängte sich durch stacheliges Gebüsch und kroch auf allen vieren durch ein enges Loch im alten Gemäuer der Umwallung zurück in die Stadt.

Am liebsten wäre Margarete sogleich zum Pfarrer geeilt, um ihren Traum zu beichten, doch mit schmutzigen Füßen und dem strengen Geruch von Schafwolle, der ihr anhaftete, mochte sie nicht in die Kirche treten, geschweige denn in den Beichtstuhl.

Ich muß mich erst waschen und andere Sachen anziehen, dachte sie. Ich muß zuerst nach Hause.

Sie ging schneller, warf den Hühnern im Garten eine Handvoll Gerste ins Gehege, rannte zum Haus, und als sie die Schwelle überschritten hatte, stutzte sie. Etwas stimmte nicht! Sie blickte sich suchend in der Wohnstube um und bemerkte, daß Fremde im Haus gewesen sein mußten. Der dichte Vorhang, den Mutter im Sommer auch tagsüber vor dem Fenster ließ, damit es nicht zu heiß wurde, war zur Seite geschoben. Das Fenster jedoch, das Mutter am frühen Morgen geöffnet hatte, war geschlossen.

Diebe! dachte Margarete und eilte zur Speisekammer; doch als sie die Tür aufgerissen hatte, atmete sie auf. Die beiden Säcke Getreide, die Butter, die Milch und der Ziegenkäse, sogar der Speck – alles war noch, zum Schutz vor Mäusen gut verpackt, an seinem Platz.

Wer sollte Leuten wie uns auch etwas stehlen wollen? dachte sie. Dann nahm sie einen Geruch wahr, der sie erstaunt den Kopf heben ließ. Nach Tabak roch es, nach Leder, Holz und Gewürzen. Ein Duftwasser, dachte sie, wie es die reichen Leute benutzen, die – das hatte ihr Valentin erzählt – höchstens einmal im halben Jahr badeten und statt dessen Unmengen Parfüm gebrauchten. Nicht auszudenken, wenn Mutter diesen Duft bemerken würde!

Margarete öffnete das Fenster weit und ging dann in ihre Kammer. Sie hatte schon Wasser ins Waschbecken gegossen, als sie auch hier den fremden Duft bemerkte. Und als sie sich ausgezogen und zu waschen angefangen hatte, entdeckte sie schließlich ein kleines Kästchen aus edlem Holz auf ihrem Bett. Sie hob es vorsichtig hoch, zögerte einen Moment, und als sie den Deckel abnahm, glaubte sie zuerst, sie träume schon wieder.

Goldener Schmuck! Ein Armreif, eine Kette, ein Ring mit einem roten Edelstein. Zwei Ohrringe! Kostbare Juwelen, wie Margarete sie manchmal hinter dem Fenster des Goldschmieds bewunderte.

Das geht nicht mit rechten Dingen zu, dachte sie. Für mich kann das unmöglich bestimmt sein. Wie sähe das auch aus, ein einfaches Mädchen wie ich und solches Geschmeide.

Einen Moment verharrte sie auf der Bettkante sitzend. Dann stand sie auf, nahm ihr bestes Kleid und zog es an. Sie nahm das Kästchen, schmückte sich mit den Ohrringen und der goldenen Kette, griff nach dem Handspiegel, und als sie sich im Spiegel sah, hätte sie ihn am liebsten geküßt.

Auch wenn man sie vor der Todsünde der Hoffärtigkeit warnte – sie bemerkte sehr wohl die bewundernden Blicke der Männer, wenn sie über den Markt ging. Und dann erinnerte sie sich an den Fremden vor dem Dom. Sollte etwa er ihr das Geschenk in die Kammer gestellt haben? Sie erschrak so sehr, daß ihr der Spiegel aus der Hand fiel und zerbrach. Sie nahm die Kette und die Ohrringe ab, legte sie behutsam zurück in das Holzkästchen und eilte damit hinüber zur Nachbarin.

Marthe prüfte sorgfältig ein Schmuckstück nach dem anderen, blickte Margarete skeptisch an und fragte schließlich zum zweitenmal, ob sie wirklich nicht wisse, wer ihr das Kästchen in die Kammer gestellt hatte.

»So wahr mir Gott helfe«, erwiderte Margarete. Sie wisse es nicht. Matthias könne solche Geschenke bestimmt nicht kaufen. Ein Schustergeselle wie er sei schon froh, wenn er jeden Tag genug zu essen hätte.

Margarete legte die Juwelen zurück in das Kästchen. Sobald ihre Mutter von der Schafschur zurückkäme, wolle sie mit ihr den Schmuck sofort zur Polizei tragen. Er sei gewiß ein unrecht Gut.

Marthe hob die Schultern und ließ sie wieder sinken. Das wäre zwar ehrenhaft, sagte sie nachdenklich, doch wäre es auch klug? Bei der Polizei, Marthe lachte bitter, würde sich ein Offizier das Geschmeide in die eigene Tasche stecken. Und falls Agathe die Juwelen zum Pfarrer trüge …

»Willst du wirklich, daß ein Kardinal seine Mätresse damit beglückt?« fragte Marthe und sagte dann, sie wolle ihre Patentochter wenigstens einmal bewundern können, wenn sie wie eine vornehme reiche Dame herausgeputzt wäre.

Das brauchte sie nicht zweimal zu sagen! Margarete ließ gern zu, daß ihr Marthe die Kette umlegte. Sie hielt die Hand hin, damit ihr Marthe den Armreif überstreifen und den Ring auf den Finger stecken konnte. Sie genoß es, als Marthe ihr das Haar ordnete und ihr die Ohrringe anlegte.

Sie sei doch inzwischen alt genug, um Mutter nicht über jeden Schritt und Tritt Rechenschaft ablegen zu müssen, sagte Marthe. Sie wäre gern bereit, die Juwelen für Margarete zu verwahren, damit sie den Schmuck manchmal heimlich anlegen könne.

»Deine Mutter braucht nichts davon zu wissen, und in der Stadt darfst du dich damit auch nicht sehen lassen. Aber es wäre doch schön, wenn wir beide uns von Zeit zu Zeit daran erfreuen könnten.«

Margarete wollte Marthe gerade um einen Spiegel bitten, da klopfte jemand an das Fenster. Marthe ließ blitzschnell das Schmuckkästchen unter dem Bett verschwinden und eilte zur Tür.

»Bin ich hier richtig bei Frau Marthe Schwerdtlein?« hörte Margarete eine fremdländisch klingende Männerstimme.

»Gewiß, hoher Herr!« antwortete Marthe. »Mit wem habe ich die Ehre?«

»Chevalier Danceny«, stellte sich der Besucher vor. »Ich muß Euch leider schlechte Nachrichten überbringen.«

Marthe hieß ihn eintreten. Als er Margarete sah, nahm er den Hut ab und verbeugte sich so tief vor ihr, daß die Spitze seines Degens, den er unter dem schwarzen Gehrock trug, leise über die Holztür der engen Stube strich.

Er habe nicht ahnen können, daß ein vornehmes Fräulein zu Besuch sei, sagte er zu Marthe. Er wolle gewiß nicht stören und später gern wiederkommen. Margarete fühlte, daß ihr das Blut zum Kopfe stieg. Obgleich der Fremde groß gewachsen und vornehm gekleidet war, sich höflich benahm und seine Artigkeiten mit ausgesuchter Freundlichkeit vortrug – sie empfand ihm gegenüber sofort Abneigung, eine Mischung aus Unbehagen und Angst, die sie sich nicht erklären konnte.

Ein vornehmes Fräulein sei sie gewiß nicht, sagte sie mit Mühe. Und was den Schmuck betreffe – sie nahm die Ohrringe und die Kette ab –, der gehöre ihr nicht, sondern sei nur geliehen. Der Chevalier lächelte.

»Und wenn Euch nur Blumen vom Feldrain schmückten«, antwortete er. »Ich wäre auch dann von Eurer Schönheit fasziniert.«

Redeten die vornehmen Leute etwa so? Und was bedeutete das Wort fasziniert? Verspottete er sie etwa, weil er sie für dumm hielt? Oder waren seine Worte das, was ihre Mutter und ihr Bruder ein Kompliment nannten?

Margarete überlegte angestrengt, was sie antworten könnte, als sich Marthe an den Fremden wandte. Sie wolle seine Unterhaltung mit ihrem Patenkinde gewiß nicht stören, aber sie warte seit Jahren auf eine Nachricht von ihrem Mann.

»Ihr Gatte ist leider auf Malta verstorben«, sagte der Chevalier, griff nach ihrer Hand und blickte ihr ernst in die Augen. »Es betrübt mich, Ihr diese Nachricht zu überbringen. Doch ich mußte es ihm an seinem Sterbebett versprechen.«

Margarete stiegen Tränen in die Augen. Sie vernahm Marthes Schluchzen, als Chevalier Danceny von einem großen Vermögen sprach, das ihr Mann beim Spiel gewonnen und wieder verloren habe. Margarete mußte nach dem Rocksaum greifen und sich die Augen reiben, als der Fremde von einem Raubüberfall berichtete, bei dem der Kaufmann Schwerdtlein einen Stich in den Unterleib erlitten habe. Er habe drei Tage und drei Nächte in Valetta mit dem Tode gerungen und sei friedlich entschlafen, nachdem ihm ein Priester die Letzte Ölung gespendet habe.

Es dauerte geraume Zeit, bis Marthe die Fassung wiedergefunden hatte. »Ich werde eine Messe für ihn lesen lassen und für den Eintrag im Totenbuch sorgen«, brachte sie mühsam hervor. »Aber für den Eintrag braucht man hierzulande zwei Zeugen.«

Der Fremde nickte. Dies sei ihm bekannt. Wenn es Marthe recht wäre, könnte er sie jederzeit mit einem Gelehrten bekannt machen, der den tragischen Todesfall gleichfalls bezeugen könne.

»Ein sehr vornehmer Herr!« sagte der Chevalier. »Ein Gelehrter an der hiesigen Universität, den man in der ganzen Welt kennt. Wenn Ihr wollt, kann ich ihn in einer Woche zu Euch bringen. Am Freitag zur selben Stunde.«

Nach diesen Worten trat er Margarete zwei Schritte näher. »Und wenn das Fräulein dabei auch wieder anwesend sein könnte … Mein Freund verehrt Schönheit über alle Maßen – in allen Ehren natürlich.«

»Das wird leider nicht möglich sein«, antwortete Margarete höflich, während sie zwei Schritte zurückwich. »Nächste Woche werde ich meiner Mutter beim Waschtag helfen.«

Ihre Knie zitterten, und sie mußte sich an einem Stuhl festhalten. Chevalier Danceny duftete nach Leder, Tabak, Holz und Gewürzen. Es war derselbe Geruch, den sie in der Wohnstube und der Schlafkammer wahrgenommen hatte.

Im *Blauen Schwan* saß Heinrich mittlerweile hinter seinem zweiten Schoppen Wein und wurde immer unruhiger. War es ein Fehler gewesen, überlegte er, dem Franzosen zu vertrauen und ihn zu Margaretes Nachbarin zu schicken? Konnte es sein, daß Chevalier Danceny, mit dem er sich in Margaretes Haus geschlichen hatte, um den Schmuck dort zu deponieren, nicht wie abgesprochen allein zu ihrer Nachbarin gegangen war, sondern zurück in Margaretes Schlafkammer, um die wertvollen Juwelen an sich zu nehmen?

Das wird Danceny nicht wagen, beruhigte sich Heinrich, er weiß, daß ich sein Falschspiel sofort anzeigen würde. Er ist in meiner Gewalt.

Doch wenn ihm Margarete begegnet war? Hatte der Chevalier, der im Umgang mit Frauen erfahren war, womöglich die Gelegenheit genutzt, sie für sich zu gewinnen?

Heinrich dachte an das kleine Haus, in dem sie lebte. An die wenigen roh zusammengefügten Möbel, den kleinen Vorrat an Lebensmitteln in der Speisekammer und den Strohsack auf ihrer schmalen Lagerstätte, bei deren Anblick er so erhabene Gefühle empfunden hatte, als wäre sie ein Heiligtum.

Und trotz dieser Armut herrschte im Haushalt eine Reinlichkeit, mit der verglichen ihm seine Wohnung wie ein Saustall vorkam.

Arm, aber sauber, dachte er. Wie es sich für ein natürliches, unverdorbenes Kind aus dem Volk geziemt.

Er griff nach dem Weinglas, trank einen Schluck und blickte dann kurz zu dem großen Tisch in der anderen Ecke hinüber, wo Soldaten lärmend ihre Bierkrüge leerten.

Die Vorstellung, daß Margarete einen dieser rohen Männer

ehelichen könnte, in seinen Armen liegen und ihm ein Kind nach dem anderen gebären müßte, erschreckte ihn.

Doch ein solches Leben wird ihr erspart bleiben, dachte er. Welch ein Glück, daß wir uns getroffen haben.

Am liebsten hätte er das Strumpfband geküßt, das er – von Danceny unbemerkt – in Margaretes Kammer an sich genommen hatte, doch er winkte den Wirt an den Tisch. Er bestellte einen dritten Schoppen, als Chevalier Danceny endlich in die Gästestube trat.

»Nun laßt mich nicht noch länger warten, Chevalier«, rief er aufgeregt, als der Franzose zu ihm an den Tisch kam. »Wann werde ich die Jungfer endlich wiedersehen?«

»Schon nächste Woche«, erwiderte Danceny, während er sich setzte. »Euer Plan hat trefflich gewirkt! Die Frauen werden uns am Freitag erwarten. Ich habe der Alten gesagt, daß auch Ihr den Tod ihres Mannes vor dem Pfarrer und dem Gericht bezeugen könnt.«

Heinrich blickte den Chevalier erschrocken an. »Ist er verstorben?«

»Das nehmen wir doch an!« sagte der Chevalier lächelnd. »Nach einem Raubüberfall in Valetta, merkt Euch das bitte. Es wäre ärgerlich, wenn Ihr etwas anderes bezeugen würdet! Doch wenn Ihr mir diese Bemerkung gestattet, ich habe Eure Jungfer gesehen und mit ihr gesprochen. Sie ist, mit Verlaub, weder besonders schön noch klug.«

Heinrich sprang auf und griff nach dem Degen, doch der Chevalier drückte ihn auf den Stuhl zurück.

Er sei in der Tat ein Falschspieler, gestand Danceny leise, und er habe wahrlich mehr als ein Menschenleben auf dem Gewissen. Er habe betrogen und gelogen, und in Frankreich und Malta suche die Polizei immer noch nach ihm. »Aber so wahr mir Gott helfe!« sagte er. »Ein unschuldig Weib habe ich nie ins Elend gestürzt!«

Dann fragte er, weshalb sich Heinrich keine Dirne suche, die seine Lust gewiß besser stillen könne als diese unerfahrene Tagelöhnerin.

»Es gibt auch in unserem Herzogtum verrufene Häuser der Lust, die ich durchaus besuche«, flüsterte er. »Es wäre mir eine Ehre, Euch dort einzuführen. Glaubt mir, bei allem Respekt, die meisten Dirnen sind in ihren Künsten höchst gewandt und nicht besonders teuer. Sie erwarten keine Juwelen und bekommen sie auch nicht.«

Heinrich war vor Zorn rot im Gesicht geworden. »Eine Hure will ich nicht! Mein Herz verlangt nach diesem artigen Fräulein.«

»Ihr Herz?« fragte der Chevalier erstaunt, doch dann nickte er. »Also gut! Ich werde Euer Anliegen weiterhin nach besten Kräften fördern. Aber sagt später niemals, ich hätte Euch nicht gewarnt.«

10

Schmutzige Wäsche fremder Leute

Nach seiner Rückkehr aus Wahlburg hatte Heinrich Fritz aufgetragen, ihm im Salon eine Flasche des besten Rotweins zu servieren, mit dessen Genuß er sowohl die Ablieferung des Schmuckkästchens in Margaretes Kammer als auch den Besuch des Chevaliers bei den Damen gebührend feierte.

Am folgenden Sonntag ging er zum erstenmal seit langer Zeit wieder zum Hochamt. Zur Verwunderung der Hofbediensteten und Studiosi, die ihn noch nie in der Kirche erblickt hatten, ließ er Kyrie, Gloria, Oratio und Epistel über sich ergehen. Er lauschte ergriffen den Worten des Priesters, solange der Gottes Liebe pries, aber sobald von Sünde und deren Folgen die Rede war, schweiften seine Gedanken ab.

Bei der Lobpreisung der Jungfrau Maria hatte er sogar erwogen, in einen Beichtstuhl zu treten, um sich alle Sünden, besonders seine unkeuschen Gedanken, vergeben zu lassen, bevor er sich Margarete nähern würde. Doch er verzichtete darauf. Einem Priester seine Gefühle zu offenbaren, erschien ihm absurd. Die Kommunion zu empfangen, konnte jedoch nicht schaden.

Er ließ sich die Hostie auf die Zunge legen. Er beugte den Kopf, ließ sich segnen – und ritt sofort nach dem Gottesdienst zu Griseldis, seiner verläßlichen Kräuterfrau.

»Welche Ehre«, begrüßte ihn die Alte an der Tür ihrer Hütte mit einem tiefen Knicks. Sie hoffe doch, er sei immer noch mit ihren bescheidenen Bemühungen zufrieden.

»Respekt, wem Respekt gebührt«, erwiderte Heinrich, während er in ihre Behausung trat, deren Gerätschaften an jene in seinem Laboratorium erinnerten, obgleich es bei ihm selten nach Lavendel, Minze oder Eukalyptus roch.

»Ich weiß Eure Präparationen sehr wohl zu schätzen«, lobte er. Er benötige wieder fünfzehn Unzen der üblichen Tinktur aus Ingwer, Thymian und Sanddorn. Diesmal möge sie noch Alraune hinzufügen, Stechapfel und Fingerhut sowie – er zögerte – sechzig Gran des vorzüglichen Cannabis indica. Den Anteil der mazerierten Stierhoden möge sie um ein Viertel vergrößern.

»Sehr wohl, der Herr! Wollt Ihr das Elixier am Mittwoch holen lassen?«

»Viel zu spät. Ich brauche es schon morgen.«

»Ich werde mich beeilen! Es steht morgen kurz vor Sonnenuntergang für Euch bereit. Euer Diener soll drei Taler mitbringen. Cannabis ist derzeit sehr teuer.«

Heinrich nickte. Als er sich schon zur Tür gewandt hatte, drehte er sich noch einmal zu ihr um. Sie kenne doch gewiß Mittel, die unerwünschte Folgen eines Beilagers zuverlässig verhinderten. Er benötige so eine Mixtur.

Griseldis erschrak und bekreuzigte sich. So wahr ihr Gott helfe! Er nehme doch nicht etwa an, sie leiste der Sünde oder gar einem Verbrechen Vorschub. Das habe sie noch nie getan.

Wie dumm von mir, dachte Heinrich. Er wußte nur zu gut, daß Griseldis den Hexenverbrennungen nur entgangen war, weil auch Herzogin Elisabeth Theresia ihre Künste beansprucht und sie vor den Priestern geschützt hatte.

»Ihr habt mich nicht recht verstanden«, sagte er hastig. Er brauche ein solches Mittel keineswegs, um der unerlaubten

Lust zu frönen, sondern es gehe ihm lediglich um seine Versuche im Botanischen Garten.

Er redete auf die Alte ein und verwies auf den Herzog, der seine Forschungen ausdrücklich billige. Er sprach von Blüten, Bestäubung und dem unkontrollierbaren Verhalten der Honigbienen, doch Griseldis ließ sich nicht umstimmen.

Sie sei gern bereit, ihm alles zu verschaffen, was die Kraft und Schönheit der Jugend bewahren könne. Aber gegen das von Gott gewollte neue Leben sei kein Kraut gewachsen. Ihr jedenfalls sei, so behauptete sie, kein solches bekannt.

»Darum geht es mir nicht«, sagte der Gelehrte und würzte den nächsten Satz mit Griechisch und Latein, eine Methode, die ihm schon oft einen eleganten Abgang aus peinlichen Situationen ermöglicht hatte. Er suche lediglich ein Prophylaktikum gegen unerwünschte Hybriden, sagte er nachdrücklich, bevor er sich so schnell verabschiedete, wie es die Höflichkeit erlaubte.

Am Montag mischte er zum erstenmal zwanzig Tropfen des nach der neuen Rezeptur verbesserten Elixiers in seinen Schlaftrunk, der schon nach zwei Tagen vorzüglich wirkte.

Während seiner Vorlesungen sprach Heinrich zwar etwas langsamer, doch dafür lockerte er sie nun mit witzigen Zwischenbemerkungen auf, die den Studiosi gefielen.

Am schönsten aber waren die Träume, in denen ihn Margarete mit immer neuen Variationen der Lust beglückte. Mal begrüßte sie ihn in der weißen Tunika einer vornehmen Römerin, dann wieder im weiten roten Rock der Gitana, mit tief ausgeschnittener weißer Bluse und einer Rose im Haar. Er zweifelte nicht daran, die Frau seines Lebens gefunden zu haben.

So gingen die Tage bis zum Freitag dahin. Heinrich hatte zwar mit Danceny verabredet, daß der Chevalier ihn erst zur

Mittagsstunde in einem leichten Zweispänner am Portal der Universität erwarten sollte, doch er beendete – mit einem kurzen Hinweis auf seine Forschungen – die Vorlesung schon um neun.

Bereits eine Stunde später hatte er den dünnen grauen Gehrock abgelegt. Er zog den blauen Frack mit mattgoldenen Knöpfen an, die gelbe Piquéweste und dunkelgrüne Beinkleider. Danach spazierte er in seinen Stiefeln vor dem großen Spiegel des Ankleidezimmers hin und her. Er war mit seiner Erscheinung zufrieden.

Er sprühte gerade Parfüm, den Duft von Veilchen, Nektarinen, Hibiskus und Moschus, auf seine Perücke, als Fritz ins Ankleidezimmer trat, eine Visitenkarte auf dem Silbertablett.

Ein Herr wünsche ihn zu sprechen.

Heinrich betrachtete die Karte und erschrak. Chevalier Danceny? Weshalb suchte ihn der Franzose schon vor der Zeit auf?

Er trug Fritz auf, den Gast in den Salon zu bitten, folgte ihm nach angemessener Zeit dorthin und sah, daß der Chevalier, schlicht in einen burgunderfarbigen Gehrock, braune Strümpfe und ohne Perücke gekleidet, eines der Bücher aus dem Glasschrank genommen hatte und interessiert betrachtete.

»Willkommen!« begrüßte Heinrich ihn. »Obschon Ihr vor der verabredeten Stunde kommt, Euer Besuch ist mir stets angenehm.«

Das habe er auch angenommen, sagte der Chevalier, während er das Buch zurück in den Schrank stellte. Doch seine verfrühte Visite sei nicht ohne Grund.

»Sagt mir nur nicht, Ihr hättet Eure Pläne geändert!«

Danceny schüttelte den Kopf. Durchaus nicht! Er sei lediglich früher gekommen, um den Gelehrten vor einem Fehler zu bewahren.

»Mit Verlaub«, sagte der Franzose. »Wie ich befürchtete, habt Ihr Euch höchst unklug gekleidet. Seid Ihr ein bunter Pfingstochse? Oder wollt Ihr zu einem Ball beim Herzog?«

Heinrich merkte, daß sich Ärger in ihm regte. Durchaus nicht! Er wolle lediglich bei den Damen den besten Eindruck machen.

»Um sie zu verängstigen?« fragte der Chevalier. »Bei allem Respekt! Sofern Ihr das Vertrauen der Jungfer gewinnen wollt, dürft Ihr nicht vergessen, daß sie ein einfaches Kind aus dem Volke ist. Soll sie Euch für einen Vertreter der Obrigkeit halten, die sie zu fürchten gelernt hat? Soll sie annehmen, Ihr wollt sie zu Eurer Dirne machen? Dagegen dürfte sie sich vermutlich sehr gut zu wehren wissen.«

Der Standesunterschied zwischen ihr und Heinrich, fuhr Danceny leise fort, sei kaum zu überbrücken. Heinrich dürfe ihn nicht noch durch seine Kleidung betonen. Wenn er die Jungfer überhaupt gewinnen könne, dann nur, falls sie völlig vergäße, daß er ein berühmter Professor sei, sie dagegen – Danceny zögerte kurz, bevor er das aussprach – eine Tagelöhnerin.

Wie jedem Universitätslehrer gefiel es Heinrich gar nicht, sich belehren lassen zu müssen. Dennoch erschienen ihm die Überlegungen des Chevaliers schlüssig. Er eilte zurück ins Ankleidezimmer, legte seine schillernde Kleidung ab und wählte statt dessen ein weißes Baumwollhemd, hellbraune Beinkleider sowie einen leichten, gleichfalls hellbraunen Gehrock. Bereits während Heinrich so gekleidet neben dem Chevalier zur Droschke ging, fühlte er sich wie ein gestandener Mann aus dem Volk.

Auf der schlechten Landstraße zwischen Miesbach und Wahlburg wurden die beiden Männer bald gründlich durchgeschüttelt. Der Kutscher auf dem Bock knallte laut mit der Peitsche und fluchte, wenn die Droschke durch ein besonders tiefes Schlagloch fuhr. Heinrich genoß die Fahrt. Er genoß sie sogar, wenn sein Kopf gegen das Holz der Karosse stieß. Denn war dies nicht die Wirklichkeit des gewöhnlichen Lebens?

Er sehe ein, daß er Margarete nicht verunsichern oder gar erschrecken dürfe, sagte er nachdenklich und knüpfte an die Worte des Chevaliers an. Aber sei nicht schon der Schmuck ein Geschenk gewesen, das sie in größte Verwirrung versetzt haben mußte?

Der Chevalier lächelte. Diese Verwirrung sei nicht nur unvermeidlich, sondern unerläßlich für den Erfolg seines Vorhabens.

»Ihr könnt den Widerstand eines keuschen Weibes nur überwinden, indem Ihr dafür sorgt, daß ihr ganzes Denken und Fühlen nur mit Euch beschäftigt ist.«

Das verstehe er nicht, sagte Heinrich, Margarete wisse doch nicht einmal, wem sie das Geschenk verdanke.

»Noch nicht! Aber sie wird ständig bemüht sein, das herauszufinden. Zugegeben, den teuren Schmuck heimlich auf ihr Bett zu legen, war riskant. Doch ich habe mich in der Jungfer nicht getäuscht. Die Zeichen stehen günstig für Euer Vorhaben.«

»Wieso?« fragte Heinrich erschrocken. »Was war daran riskant?«

Der Chevalier lächelte und verscheuchte eine Schmeißfliege, die sich auf seiner gepuderten Nase niedergelassen hatte.

Nun, sagte er, sie hätte die Juwelen auch unverzüglich in den Opferstock werfen können. Statt dessen habe sie den Schmuck angelegt und sei damit zur Nachbarin gelaufen, um sich bewundern zu lassen.

»Eure Jungfer ist eitel! Wenn Ihr es recht anstellt, ist sie Euch in vier bis sechs Wochen mit Haut und Haar verfallen.«

Der Gelehrte blickte den Chevalier entsetzt an. »In vier bis sechs Wochen erst? In spätestens vierzehn Tagen soll sie in meinen Armen liegen!«

»Frühestens in sechs Wochen«, erwiderte der Chevalier. »Und nur, sofern es Euch gelingt, heute Euer Interesse an ihr zu verbergen. Glaubt Ihr etwa, Ihr wäret der erste Mann, der ihre Gunst erringen will? Damit ist sie vertraut. Es wäre unklug, sie zu bedrängen. Ihr würdet höflich abgewiesen!«

Heinrich betrachtete nachdenklich die Landschaft, die gemächlich an ihnen vorbeizog.

»Daß Ihr das Schmuckkästchen auf ihr Bett gestellt habt, dürft Ihr heute gestehen!« sagte Danceny. »Doch das braucht eine Erklärung.«

Er überlegte kurz, sprach dann weiter. »Die Juwelen hat Euch Eure Mutter auf dem Sterbebett mit der Bitte übergeben, sie einer würdigen Jungfrau zu schenken, um sie für ihre Reinheit und Sittlichkeit zu belohnen.«

»Das ist doch Unsinn!« rief Heinrich erregt. Jetzt blickte ihn der Chevalier fast mitleidig an. Der Wurm an der Angel, sagte er nachsichtig, müsse nicht dem Angler schmecken, sondern dem Fisch. Wenn er sein Geschenk so begründe, könne Margarete es ohne Gewissensbisse annehmen. Möglicherweise, aber dessen sei sich der Chevalier durchaus nicht sicher, könne Heinrich dann erkennen lassen, daß er sie gern wiedersehen wolle, aber nur in allen Ehren.

»Überlaßt es ihr, den Ort eines heimlichen Stelldicheins zu wählen. Falls sie Euch wiedersehen will, weiß sie am besten, wann und wo das möglich ist, ohne ihren guten Ruf zu gefährden. Übrigens, die alte Nachbarin, der die Jungfer sofort den Schmuck gezeigt hat, scheint mir vorzüglich zur Anstandsdame zu taugen. Sie ist gierig, und alle gierigen Menschen sind käuflich.«

So unterhielten sich die beiden Männer, bis die Kutsche vor dem Wahlburger Stadttor anhielt. Die Wachsoldaten prüften die Papiere und ließen sie passieren. Danach wäre Heinrich am liebsten sofort zu Marthes Haus geeilt, doch Chevalier Danceny hielt das für verfrüht.

Daß ausgerechnet jener vornehme Herr, der Margarete bereits vor dem Dom angesprochen hatte, den Tod des Mannes ihrer Nachbarin bezeugen können sollte, sei zwar unglaubwürdig, jedoch mit göttlicher Fügung zu erklären. Was aber den Todesfall auf Malta betreffe, müßten die Berichte der beiden Zeugen völlig übereinstimmen.

Heinrich lud den Chevalier in ein kürzlich eröffnetes Kaffeehaus in der Nähe des Doms ein, wo sie bei einer Tasse Schokolade den Zeitpunkt und die näheren Umstände des Ablebens des Kaufmanns Konrad Schwerdtlein genau erörterten. Die Klugheit und Erfahrung Dancenys beeindruckten Heinrich von Stunde zu Stunde mehr.

»Weshalb macht Ihr meine Angelegenheit so beflissen zu der Eurigen?« fragte er den Franzosen. »Ich stehe tief in Eurer Schuld.«

»Ihr habt mich nun einmal in die Sache verstrickt, und ich fürchte Mißerfolge mehr als das Fegefeuer. Sie sind ansteckend wie die Schwarze Pest«, antwortete Danceny gelassen. »Aber vergeßt bitte nie, daß wir nur Eure Interessen verfolgen. Es sind nicht die meinigen.«

So sehr Margarete die beiden Tage fürchtete, an denen die Gattin des reichen Webers Hinterhuber unter Aufsicht ihrer ältesten Tochter drei tugendsame Frauen die schmutzige Wäsche der großen Familie waschen ließ – diesmal war sie froh, daß es wieder soweit war.

Die Arbeit war zwar anstrengend und brachte höchstens zehn Groschen Tageslohn, für die man sich auf dem Markt bestenfalls zwei Pfund wäßriger Butter kaufen konnte, doch besonders gut aufpassen brauchte man an Waschtagen nicht.

Den ersten Tag mußte Margarete das Wasser vom Brunnen in die große Waschküche im Keller des Stadthauses tragen, wo ihre Mutter und Bärbel, die diesmal mitarbeiten durfte, zuerst die Einweichlauge bereiteten.

Auf dem Herd, in dem ein Feuer brannte, in das Bärbel unermüdlich ein Holzscheit nach dem anderen schob, wurde das Wasser in großen eisernen Töpfen und einem Kessel erhitzt, bis es so heiß war, daß sich Späne darin auflösten, die Mutter von einem großen Stück Seife schnitt.

Die Lauge wurde in vier großen Holzbottichen gesammelt, in denen Berge von Wäsche zuerst über Nacht eingeweicht wurden. Bärbel warf Hemden, Blusen und Kleider in die Lauge. Jacken, Hosen, Mieder, Umlegetücher mußten ebenso eingeweicht werden wie Halstücher, Bettücher, Tischtücher und Handtücher. Sogar Unterwäsche trug man in der Familie des Webers, was sich nur wenige reiche Bürger leisten konnten.

Vor einem Vierteljahr hatte Margarete am Waschtag noch jedesmal ihre Schritte gezählt, während sie die beiden Eimer Wasser vom Brunnen zum Haus des Webers trug. Diesmal gingen ihr so viele Gedanken durch den Kopf, daß es sie überhaupt nicht interessierte, wie weit der Brunnen vom Haus der Hinterhubers entfernt war. Sie dachte ständig an die Juwelen und den Besuch des Ausländers bei Marthe, und ihre Unruhe wurde von Tag zu Tag größer.

Wer stellt ein Kästchen Juwelen in ein fremdes Haus? Zuerst hatte sie noch an die Möglichkeit gedacht, ein ertappter Dieb hätte sich auf der Flucht seines Diebesgutes entledigen wollen, aber seit sie in Marthes Haus das Parfüm des Chevaliers gerochen hatte, schloß sie diese Möglichkeit aus. Er mußte es sein, dem sie diesen Schmuck verdankte, aber aus welchem Grund?

Vielleicht hat er mich irgendwo beobachtet, dachte sie jetzt wieder, während sie mit den leeren Eimern zum Brunnen zurücklief, aber das hätte ich gewiß bemerkt.

Abgesehen davon, das hatte sie bei ihrem kurzen Gespräch mit dem Fremden deutlich wahrgenommen, schätzte er sie nicht besonders. Höflich war er zwar gewesen, und an Artigkeiten hatte er nicht gespart, doch ernst genommen hatte er sie keinen Augenblick. In seinen Blicken war nicht die geringste Spur von Wärme. Seine Augen waren kalt, daß es sie schauderte, wenn sie nur an ihn dachte.

Um so besser, überlegte sie, während sie am Brunnen die beiden Eimer füllte. Er hat mit mir ebensowenig zu schaffen wie ich mit ihm. Und das wird auch so bleiben.

Sie band die beiden Eimer an das Trageholz, legte es sich über die Schultern, und während sie ihre schwere Last schleppte, regte sich ihr Gewissen. Ich habe Mutter noch immer nichts von dem Kästchen und dem unheimlichen Besucher bei Marthe erzählt. Ich habe auch Pfarrer Hager bei der Beichte nichts davon offenbart. Aber das mußte ich auch nicht.

Wenigstens dessen war sie sich sicher. Nach der Begegnung mit dem Chevalier war sie sofort in ihre Kammer gelaufen, hatte das abgegriffene Meßbuch aus ihrem Täschchen gekramt und im Beichtspiegel gelesen. Sie hatte sich gegen kein einziges der Zehn Gebote des Herrn versündigt.

Daß sie sich eitel im Spiegel betrachtet und ihn zerbrochen hatte, war längst gebeichtet, vergeben und vergessen. Am Sonntag hatte ihr der Priester dafür nur fünfmal zehn Ave Maria auferlegt, die sie am Sonntag abend vor dem Einschlafen mit dem Rosenkranz gebetet hatte.

»Wir brauchen noch viel mehr Wasser«, begrüßte Agathe ihre Tochter, als sie die beiden Eimer in der Waschküche abstellte. Bärbel könne ihr das leider nicht abnehmen. Sie habe noch ihre unreinen Tage.

Warum sie dann überhaupt zur Arbeit gekommen sei, hätte Margarete am liebsten gefragt, doch sie biß sich auf die Zunge. Sie wollte keinen Streit, mit Bärbel schon gar nicht. Sie wartete, bis die Eimer geleert waren, band sie ans Trageholz, legte es auf ihre Schultern und ging zurück zum Brunnen.

Am nächsten Morgen weckte Agathe ihre Tochter schon vor Sonnenaufgang. Nach dem Morgengebet aßen sie Hirsebrei. Danach versorgten sie die Tiere. Als sie zum Haus der Hinterhubers gingen, waren die Straßen noch so menschenleer und still, daß das Klappern von Margaretes Holzpantinen weithin zu hören war. Vor dem Dom waren schon die ersten Händler damit beschäftigt, ihre Marktstände aufzubauen.

»Vater würde sich im Grabe umdrehen, wenn er wüßte, in welchem Elend wir leben müssen«, sagte Margarete. »Der Herr hat ihn viel zu früh zu sich geholt.«

Ihre Mutter bekreuzigte sich. Es sei eine Sünde, an der Barmherzigkeit des Herrn zu zweifeln. So schwer auch die Prüfungen seien, die Gott ihr mit dem Tod des Mannes und zweier Kinder auferlegt habe, sie würde es niemals wagen, gegen seine Vorsehung aufzubegehren.

»Vergiß nie, daß es vielen Menschen schlechter geht als uns. Wir sind freie Stadtbürger mit eigenem Haus und eigenem Land«, sagte sie nachdrücklich. »Wir hungern nicht und müssen im Winter nicht frieren. Wir haben allen Grund, dem Herrn aus vollem Herzen zu danken. Den in Leibeigenschaft fronenden Bauern geht es viel schlechter.«

»Jawohl, Mutter«, sagte Margarete und war froh, als sie in die Waschküche traten, wo Bärbel – sie wollte wohl ihr Unwohlsein am Vortage wiedergutmachen – schon Feuer im Herd angezündet hatte, auf dem in vier großen Töpfen Wasser siedete. Es war so viel Dampf in der Luft, daß sie kaum atmen konnten. Margarete nahm ihr Brusttuch ab, lockerte das Mieder und wickelte sich wie ihre Mutter Leinenstreifen um die Fingergelenke, um die Hände notdürftig vor der heißen Waschlauge zu schützen.

Ein Teil der Wäsche wurde gekocht. Andere Stücke mußten nur kurz durch warme Lauge gezogen werden.

Als Bärbel nach den beiden Eimern griff, um Wasser vom Brunnen zu holen, hatte Margarete schon ein nasses Hemd des Webers vor sich liegen, rieb es – besonders den Kragen und die Ärmel – mit Seife ein. Sie rubbelte und rieb, scheuerte das feine Gewebe mit einer groben Bürste, zog es immer wieder durch die heiße Lauge und scheuerte, rieb und schlug, bis Mutter das Hemd endlich für sauber hielt und es in den Bottich mit klarem, kaltem Wasser warf.

So schufteten die beiden Frauen, während Bärbel mit den beiden Eimern zwischen Brunnen und Waschküche hin und her lief. Von Zeit zu Zeit sah das Fräulein Hinterhuber nach dem Rechten, zog mit spitzen Fingern ein Hemd oder eine Bluse aus dem Spülwasser und warf sie zurück in die Einweichlauge, doch sie schien mit der Arbeit zufrieden. Zur Mittagsstunde schmerzten Margarete die Hände wie lange nicht mehr. Eine Küchenmagd kam und stellte ihnen eine große Schüssel Fischsuppe auf den Tisch.

Fisch, dachte Magarete plötzlich. Heute ist Freitag! Hatte der Franzose nicht gesagt, er wolle am Freitag nachmittag Marthe mit einem Herrn besuchen, der den Tod des Kaufmanns Schwerdtlein gleichfalls bezeugen könne?

Was habe ich mit fremden Männern zu tun? dachte sie noch, während sie den Löffel in die Suppenschüssel tauchte. Als sie ihn zum Munde führte und ihr der kräftige Fischgeruch in die Nase strömte, mußte sie wieder an den unangenehmen Geruch des Parfüms des Chevaliers denken, an die Juwelen und den vornehmen Fremden, der sie vor dem Dom angesprochen hatte. Plötzlich verschwamm alles vor ihren Augen.

Sie spürte einen stechenden Schmerz im Magen – oder war es gar im Herzen? Ihr Herz raste, der Löffel entglitt ihr, und sie sank auf den harten Fußboden.

»Gretchen!« hörte sie sehr weit entfernt die Stimme ihrer Mutter. »Was ist dir?«

Sie wollte antworten, aber es war ihr, als sei ihr Mund mit Watte vollgestopft. Sie murmelte unverständliche Worte, bis ihr Bärbel einen Topf kalten Wassers über den Kopf goß und sie wieder alles um sich herum deutlich sah.

»Ist dir die Fischsuppe nicht bekommen?« fragte die Mutter besorgt. »Magst du die Fischsuppe nicht?«

Margarete stand langsam auf und wischte sich das Wasser mit dem Rockzipfel aus dem Gesicht. Daran liege es gewiß nicht. Sie beugte sich über den Einweichbottich, holte ein Tischtuch aus der Lauge, doch ihre Mutter nahm es ihr aus der Hand und fühlte ihr den Puls.

»Wahrscheinlich hast du dich gestern überanstrengt«, sagte sie verärgert. »Du gehst am besten nach Hause.«

Sie solle sich aber nicht ins Bett legen, sondern die Betten machen und die Kammer fegen, fügte sie hinzu, als Margarete sich die Leinenstreifen von den Händen riß. »Und wenn du damit fertig bist, kannst du im Gemüsebeet Unkraut jäten.«

Es kam ihr wie ein Wunder vor! Kaum hatte sie die Waschküche verlassen, da hörten ihre Bauchschmerzen auf. Sie lief langsam durch die Stadt und blieb gelegentlich vor einem der Fenster der Handwerker stehen. Um die Mittagsstunde waren die Straßen in der Stadt voller Menschen. Viele Frauen schickten die Mägde erst zum Markt, wenn die Bauern ihre Waren um jeden Preis losschlagen mußten. Margarete sah den Turm und die Kuppel des Doms, die sich düster vom blauen Himmel abhoben, doch da fielen ihr im Fenster eines Goldschmieds hinter einem Gitter aus dicken Eisenstangen funkelnde Juwelen auf, die sie an das Schmuckkästchen und den unheimlichen Fremden erinnerten.

Ich muß endlich herausfinden, welche Bewandtnis es damit hat, dachte sie, und ihre Schritte wurden schneller. Sie eilte auf dem kürzesten Wege nach Hause, sah nach den Ziegen und den Hühnern. Sie ging ins Haus, säuberte die Breinäpfe.

Sie hatte schon die Betten zum Lüften aus dem Fenster gehängt, als sie plötzlich vor den Spiegel trat. Sie wusch und kämmte sich, ging dann zögernd zur Kleidertruhe, streifte sich ihr bestes Kleid über den Kopf und zog sich die Lederschuhe an, in denen sie nur am Sonntag zur Kirche ging.

Danach schloß sie den Vorhang der Schlafkammer bis auf einen schmalen Spalt, durch den sie Marthes Haus im Auge behalten konnte, und setzte sich dahinter. Eine Weile saß sie dort nur still, blickte auf den schmalen Weg, der durch Marthes Garten zu ihrem Haus führte. Erst als sie sich zu langweilen begann, nahm sie den Rosenkranz in die Hand und zählte an den kleinen Holzkügelchen ein Vaterunser und ein Ave Maria nach dem anderen ab, bis Schritte sie aufschreckten. Sie blickte auf und sah durch den schmalen Spalt zwischen Vorhang und Fensterrahmen den Chevalier. Neben ihm ging ein Mann, den sie zuerst nicht erkannte. Doch als sich dann der Begleiter des Chevaliers kurz umsah – die beiden Männer hatten Marthes Tür fast erreicht –, schrie sie leise und trat erschrocken einen Schritt vom Fenster zurück. Er war der edle Herr, der sie vor dem Dom angesprochen hatte.

Der Chevalier hatte Heinrich mit Marthe bekannt gemacht, und sie stellte ihm eine Frage nach der anderen. Weshalb ihr Mann, der ausgesprochen vorsichtig gewesen sei, sich überhaupt habe in eine lebensgefährliche Situation begeben können. Ob er, der Herr Doktor, den Überfall, mit Verlaub, und sie bitte untertänigst um Vergebung, nicht hätte verhindern können und ob er danach, abermals um Vergebung, für hinreichend ärztliche Hilfe gesorgt habe. Und immer wieder die Frage, ob er ihr wirklich nichts hinterlassen habe.

Ihr gehöre zwar immer noch der Laden, den sie jetzt an einen redlichen Kaufmann zur Pacht vergeben habe, doch der Mietzins sei so gering, daß er ihr kaum das nackte Leben ermögliche.

Heinrich antwortete, so gut er es vermochte. Er pries im stillen die Umsicht des Chevaliers, der ihn gut vorbereitet hatte, und er wußte sogar das eine oder andere Detail beizusteuern, das er aus eigenem Wissen zur Sprache bringen konnte. Als er die Schönheit einer Tapisserie Caravaggios in den leuchtendsten Farben schilderte, die der Verstorbene noch kurz vor seinem Tode in einem Palazzo bewundert hätte, verzog sogar Chevalier Danceny erstaunt sein Gesicht.

Dabei ließ Heinrich nicht die Tür aus den Augen, durch die Margarete jeden Moment treten mußte, und je länger er auf sie wartete, desto ungeduldiger wurde er. Vielleicht gerät das ganze Unterfangen zu einem beschämenden Fehlschlag, befürchtete er schon, als es endlich an der Tür klopfte und die junge Frau eintrat, die seit Tagen sein ganzes Denken und Fühlen bestimmte. Sie sah zwar anders aus, als er sie sich in seinen Träumen vorgestellt hatte, doch das irritierte ihn nicht.

Sie wolle nicht stören, sagte sie. Wenn sie geahnt hätte, daß die Nachbarin Besuch habe, wäre sie selbstverständlich nicht gekommen. Ihre Hühner seien gerade in der Mauser. Sie habe sich nur vier Eier ausleihen wollen.

Sie wandte sich zum Gehen, doch Marthe hielt sie zurück und machte sie mit Doktor Meissner bekannt, der an der Universität unterrichte und den Tod ihres seligen Mannes gleichfalls bekunden könne.

»Gnädiges Fräulein«, sagte Heinrich, während er sich vor Margarete leicht verneigte. »Ist es möglich, daß wir uns schon einmal begegnet sind?«

»Das kann schon sein! Ihr gleicht einem Herrn, der mich vor einigen Tagen ansprach.« Sie warf den Kopf in den Nakken und sagte vorwurfsvoll, sie wisse noch immer nicht, womit sie ihn dazu ermutigt habe. Sich einer fremden Jungfer so zu nähern, sei nicht des Landes Brauch.

»Gewiß nicht! Doch wenn Ihr den Anlaß kennt, werdet Ihr mir die Freiheit verzeihen, die ich mir nahm. Dürfte ich einen Augenblick unter vier Augen mit Euch sprechen?«

Margarete zögerte. Sie glaube zwar nicht, daß sich das zieme, doch hinter dem Haus befinde sich im Garten eine Bank. Wenn Marthe nichts dagegen hätte, würde sie ihn dort anhören. Sie wunderte sich, daß sie den Mut fand, zu einem hochgestellten Herrn derart kühn zu reden, doch sie genoß es, höflich angesprochen zu werden wie eine vornehme Dame.

»Es hat keine Eile«, sagte Chevalier Danceny. Er müsse mit der Witwe noch ausführlich erörtern, wie der Tod ihres Herrn Gemahls beurkundet werden müsse. Ihm seien die Gepflogenheiten im Herzogtum leider nicht hinlänglich bekannt.

Margarete verließ Marthes Haus so schnell, daß es Heinrich Mühe bereitete, ihr zu folgen. Sie liefen um das Haus herum, auf dessen Rückseite unter einem Apfelbaum jene alte Bank stand, die Margarete mit Bedacht gewählt hatte. Sie bot den Vorteil, daß Mutter sie dort nicht sehen konnte, falls sie vor der üblichen Zeit aus der Waschküche zurückkehrte.

Sobald sie die Bank erreicht hatten, blieb Margarete daneben stehen und blickte Heinrich auffordernd an.

»Mir ist bewußt, daß ich mich vor dem Dom höchst unschicklich betragen habe«, sagte er. »Aber ich habe nach dem Tode meiner Mutter monatelang nach einem Fräulein wie Euch gesucht. Und als ich Euch vor dem Dom erblickte …

Ich wußte sofort, daß Ihr es seid, die ich so lange gesucht habe.«

Margarete sprach ihm ihr Beileid aus. Sie könne ihn gut verstehen. Sie habe ihren Vater viel zu früh verloren, und sie wisse, wie einem Menschen danach zumute sei. »Doch was hat der Tod Eurer Frau Mutter mit mir zu tun? Hat mich die Dame gekannt?«

»Diese Ehre hat ihr das Schicksal leider nicht vergönnt!« erwiderte Heinrich. Er deutete auf die Bank. Sie setzte sich sofort, sah ihn noch immer abwartend an. Auch er nahm Platz, achtete darauf, daß er ihr dabei nicht zu nahe kam, und während er ihr von den Juwelen erzählte, die seine Mutter einem tugendsamen Fräulein zugedacht habe, sah er sie mit traurigen Augen an, die jeden Stein erweicht hätten.

Dann seid Ihr es also, der mir das Kästchen auf mein Bett gestellt hat?« fragte Margarete. »Ihr habt Euch einfach in unser Haus geschlichen?«

Das hätte er nie gewagt, sagte Heinrich. Er habe sich nicht erneut der Versuchung aussetzen wollen, ihr von Angesicht zu Angesicht gegenüberzutreten. Er könne es nur schwer verhehlen, er habe auch zu wenig Umgang mit Damen, um zu wissen, ob sich das zieme, doch er müsse gestehen, daß er seit der Begegnung vor dem Dom ständig an sie gedacht habe.

»Ihr seid tugendsam und gleichzeitig so schön, daß es mir schon schwerfällt, auch nur unbefangen zu Euch zu sprechen.«

»Und deshalb habt Ihr den Chevalier als Boten geschickt? Ihr hättet einen Besseren damit beauftragen können.«

Heinrich blickte sie bestürzt an. »Hat er sich Euch etwa ungebührlich genähert?«

»Das nicht! Aber er ist mir unheimlich. Mich wundert, daß ein Herr wie Ihr ihn zu Eurem Gevatter gewählt habt!«

»Das ist er gewiß nicht«, sagte Heinrich. Er schätze lediglich des Chevaliers Verläßlichkeit. »Er hat mir auf Malta zweimal das Leben gerettet und mich in geschäftlichen Angelegenheiten noch nie enttäuscht.«

»Dann verzeiht bitte meine Dummheit«, sagte sie. »Mich betrübt, daß ich schlecht über ihn gesprochen habe.«

»Einem Fräulein wie Euch würde ich alles verzeihen«, antwortete Heinrich leise.

Inzwischen ging die Sonne unter. Im diffusen Licht der frühen Dämmerung schimmerte Margaretes Haut so verlokkend, daß er am liebsten näher an sie herangerückt wäre und ihre Hand ergriffen hätte, doch davor hatte ihn der Chevalier vor Marthes Haus erneut eindringlich gewarnt.

»Ich werde zum Gedenken an Eure Frau Mutter eine Messe lesen lassen«, sagte Margarete.

Heinrich blickte sie irritiert an, doch er erinnerte sich gerade noch rechtzeitig, daß zuletzt von seiner Mutter die Rede gewesen war.

Die gute Seele, sagte er traurig. Er habe ihren Verlust noch immer nicht verwunden, aber sie sei friedlich entschlafen, nachdem er gelobt hatte, ihr den Letzten Willen zu erfüllen.

»Jetzt beginne ich zu ahnen, daß sie dabei auch an mich gedacht hat. Sie wollte gewiß, daß wir uns begegnen, damit Ihr ein wenig Licht in mein einsames Forscherleben bringt.«

Er schaute versonnen zum Apfelbaum, an dessen Zweigen bereits kleine grüne Früchte hingen, sah ihr dann betrübt in die Augen. Sie solle das nicht falsch verstehen, aber es würde ihn glücklich machen, wenn er sie wiedersehen könne. Selbstverständlich in allen Ehren.

»Das wird kaum möglich sein«, sagte sie. »Meine Mutter achtet gut auf mich. Ich muß von früh bis spät schaffen.«

»Die Frau meint es gut mit Euch!« stimmte er ihr eilig zu. Auch er nehme seine Berufspflichten sehr ernst. Er müsse sich nicht nur ständig um seine Schüler kümmern, sondern der Herzog habe ihm auch noch die Verantwortung für den Botanischen Garten übertragen.

»Seit meine selige Mutter dahingeschieden ist, habe ich keinen Menschen mehr, dem ich mein Herz öffnen könnte.«

»Versprecht Euch nicht zuviel von mir«, antwortete Margarete nachdenklich. »Ich bin nur ein dummes Kind. Aber wenn Ihr meint, daß ich Euch dienlich sein kann ...« Sie zögerte.

»Wir haben ein Stück Wiese vor der Stadt. Seit Mutter die Gicht in den Fingern hat, muß ich dort allein das Heu für die Ziegen machen. Wenn Ihr wollt, könnt Ihr mir ein wenig Gesellschaft leisten. Ich mache hin und wieder eine Pause.«

Es fiel Heinrich schwer, seine Erregung zu verbergen.

»Nichts lieber als das«, entfuhr es ihm, und danach weihte sie ihn zum erstenmal in eines ihrer Geheimnisse ein. In der Stadtmauer gebe es, zweihundert Schritte östlich des Südtors, ein Loch, durch das sie am Donnerstag zwischen sechs und sieben Uhr morgens aus der Stadt schlüpfen werde.

»Aber wenn es regnet, mach' ich das Heu erst eine Woche später. Und Ihr dürft mich auf keinen Fall ansprechen, wenn Leute in der Nähe sind.« Sie zögerte kurz. »Und wenn Ihr mir einen Gefallen tun wollt, dann zieht Ihr Euch schlechte Sachen an. Falls uns jemand zusammen sieht, sollen die Leute Euch für einen Tagelöhner halten, der mir beim Heumachen hilft.« Sie lachte kurz. »Mein Bruder ist bei den Soldaten! Der würde Euch arg zusetzen, wenn er meine Keuschheit für gefährdet hielte.«

11

Menuett der Verführung

Nach dem Gespräch im Garten schlief Margarete erst sehr spät ein, und auch an den nächsten Tagen hatte sie Mühe, sich auf die Arbeit zu konzentrieren. Daß sie ihrer Mutter das Gespräch mit Heinrich verheimlichte, empfand sie nicht als Sünde. Ganz im Gegenteil – der Beichtspiegel warnte genauso wie die Kirchengebote vor Geschwätzigkeit.

Eine Jungfer, die sich mit einem Fremden ohne Anstandsdame traf, gefährdete jedoch ihre Tugend und geriet schnell bei den Leuten in Verruf. Das wollte sie auf keinen Fall.

Andererseits ließ es der vornehme Herr nicht an Anstand fehlen. Einer der gewissenlosen Männer, vor denen ihre Mutter sie oft warnte, war er gewiß nicht. Margarete mußte ständig an seine traurigen Augen denken, erinnerte sich deutlich an sein schwarzbraunes Haar, und wenn sie sich seine gepflegten schmalen Hände vorstellte, hätte sie ihn am liebsten sofort wiedergesehen. Aber war nicht schon das ein unkeuscher Gedanke?

So wog sie das Für und Wider ab, rang in ihr die Stimme der Vorsicht mit der des Verlangens, und da am Mittwoch noch immer keine die Oberhand gewonnen hatte, beschloß sie, die Entscheidung Gott allein zu überlassen.

Falls Mutter morgen zu Hause bleibt, wird Heinrich am Südtor vergeblich auf mich warten, dachte sie. Wenn sie aber einem Landwirt bei der Ernte helfen kann, werde ich mich mit ihm treffen.

Am Abend fiel das Gottesurteil eindeutiger aus, als Margarete erwartet hatte. Der Ratsherr Berger gebe morgen ein großes Fest, und seine Haushälterin habe angefragt, ob sie in der Küche den Mägden bei der Vorbereitung zur Hand gehen wolle, sagte Agathe, während beide am Spinnrad saßen.

Sie habe sofort zugesagt und müsse deswegen morgen sehr früh aus dem Haus. Margarete solle das gute Wetter nutzen und oben auf der Wiese Heu machen. Vielleicht habe Bärbel oder Liesbeth Lust, ihr dabei zu helfen.

»Ach wo«, antwortete Margarete und bewegte ihren Fuß auf dem schmalen Trittbrett des Spinnrads schneller. »Ich langweile mich da oben schon nicht.«

Gott will, daß ich Heinrich wiedersehe, dachte sie. Sonst hätte er mit seiner Allmacht dafür gesorgt, daß Mutter morgen zu Hause bleibt.

Zur selben Zeit saß Heinrich schon ein halbe Stunde auf dem Pferd. So sehr er sich darauf freute, Margarete wiederzusehen, und so sehr er hoffte, sie diesmal endlich an sich zu ziehen und ihr seine Liebe gestehen zu können – der Gedanke, deshalb schon lange vor dem ersten Hahnenschrei das Bett zu verlassen, um sich vor sechs Uhr am Wahlburger Südtor einzufinden, hatte ihm ganz und gar nicht gefallen.

Deswegen war er schon einen Tag eher – nach dem Tee, den ihm Fritz jeden Nachmittag pünktlich um vier im Salon servierte – aufs Pferd gestiegen, und selbstverständlich war er standesgemäß gekleidet. Nicht auszudenken, wenn er in dem verschlissenen grauen Kittel eines Bauern, den ihm Fritz beschafft hatte, einem Schüler oder gar einem Kollegen von der Universität begegnet wäre.

Abgesehen davon, in Holzpantinen und ohne Sporen auf

ein Pferd zu steigen, wäre ihm wie ein Sakrileg vorgekommen.

Seine Mutter, die sich noch immer im fernen Frankfurt der besten Gesundheit erfreute, hatte ihm schon in seiner Kindheit nie erlaubt, barfuß auf dem Pony zu reiten, und er war ihr dankbar dafür. Was Hänschen nicht lernt – das bewiesen ihm seine Studiosi Tag für Tag –, lernt Hans nimmermehr.

Heinrich hatte es nicht eilig. Er ließ den Trakehner im langsamen Kreuzgang traben. Sollte es seiner Vorfreude auf Margarete zu verdanken sein, daß ihm plötzlich auffiel, mit welcher Farbenpracht das Herbstlaub in der Abendsonne leuchtete? Er konnte es kaum fassen, daß er dieses Phänomen bei seinen Forschungen bisher gänzlich vernachlässigt hatte, stieg vom Pferd, sammelte bunte Blätter vom Waldboden auf und legte sie vorsichtig in eine der Satteltaschen. In der anderen hatte Fritz die Kleidung eines Bauern, einen Strohhut sowie ein Paar Holzpantinen verstaut, die er einem Gartenarbeiter entwendet und Heinrich mit zwanzig Groschen berechnet hatte. Um derart geringfügige finanzielle Angelegenheiten kümmerte sich ein Gelehrter selten, und auch Heinrich hatte schon wieder Höheres im Sinn.

Es müßte doch möglich sein, überlegte er, während er wieder auf das Pferd stieg, einen Baum zu erschaffen, der das ganze Jahr gleichzeitig Laub in verschiedenen Farben trug.

Derart in Gedanken ritt er die Straßen entlang, und es dauerte nicht lange, bis er in der Abenddämmerung von ferne die Türme des Wahlburger Doms erblickte. Jetzt gab er dem Trakehner die Sporen, ließ ihn bis zum Stadttor galoppieren, wo er sich ausweisen wollte, doch die Wachen winkten ihn in die Stadt, ohne auch nur einen Blick auf seinen Passierschein zu werfen.

Während der Pferdeknecht des *Blauen Schwans* den Trakehner fütterte und absträngte, überlegte Heinrich, ob er sich nach dem Abendessen noch eine Flasche Wein gönnen sollte, aber er verzichtete darauf.

Er genoß ein vorzügliches Mahl, ließ sich die Satteltaschen in sein Zimmer bringen, wo er sich sofort entkleidete und dreißig Tropfen der Mixtur seiner Kräuterfrau in ein Glas Wasser träufelte, das er – wie jede Nacht – trank, bevor er sich ins Bett legte.

Am nächsten Morgen war Margarete so früh aufgestanden, daß das Frühstück schon auf dem Tisch stand, als ihre Mutter aus der Schlafkammer kam. Beide Frauen verrichteten vor dem Kruzifix ihr Morgengebet, bei dem Margarete diesmal den Herrn besonders inbrünstig bat, sie nicht in Versuchung zu führen.

»Ich werde heute wohl erst sehr spät nach Hause kommen«, sagte die Mutter, während sie nach dem Frühstück das Haar ihrer Tochter zu Zöpfen flocht. »Das Fest eines Ratsherrn endet selten vor Mitternacht.«

»Ich weiß, Mutter! Du mußt dir keine Sorgen um mich machen. Ich sitze noch vor Sonnenuntergang wieder am Spinnrad.«

Agathe stand auf, trank noch einen Schluck Tee, und als sie zur Tür ging, wollte Margarete ihr nachlaufen und sie zum Abschied küssen, aber sie verzichtete darauf. Es hätte die Mutter nur mißtrauisch gemacht.

Margarete wartete noch, bis sie sicher war, daß Mutter nichts vergessen hatte und nicht zurückkam, dann eilte sie in die Schlafkammer. Sie entfernte alle Klammern, mit denen Agathe ihr die Zöpfe zum Haarkranz hochgesteckt hatte, entflocht die Haarstränge und bürstete vor dem Spiegel lange ihr blondes Haar. Während sie sich das Mieder besonders eng schnürte und den Leinenrock anzog, überlegte sie, ob sie die Lederschuhe anziehen sollte. Aber in solchen Schuhen mähte im Herzogtum kein Mensch das Gras. Da blieb sie lieber barfuß.

Nachdem sie sich vergewissert hatte, daß niemand sie beobachtete, eilte sie zum Speicher, holte zwei Sensen und trug sie ins Haus. Wie früher, als sie noch mit Valentin zur Wiese hinaufgestiegen war, legte sie einen halben Laib Brot und ein großes Stück Ziegenkäse in den Henkelkorb. Dann fiel ihr ein, daß in einer Ecke der Speisekammer noch immer eine Flasche Wein stand. Sie wischte die Spinnweben und den Staub von der Flasche und legte sie in den Korb. Falls ihre Mutter sie vermissen sollte, wollte sie sagen, sie habe sie weggeworfen. Der Vorsicht halber band sie sich noch das Kopftuch um, bevor sie mit den Sensen über der Schulter und dem Henkelkorb das Haus verließ, und während sie zum Südtor ging, freute sie sich schon auf die Mahlzeit, zu der sie Heinrich einladen wollte, sobald die Sonne im Zenit stände.

Es gelang dem Gelehrten, in der Morgendämmerung unbemerkt durch die Hintertür des *Blauen Schwans* zu entschlüpfen, und anfangs fühlte er sich in der einfachen Kleidung, einer weiten Baumwollhose und einem fadenscheinigen Kittel aus Flachs, mit dem Strohhut in der Hand sogar rundum wohl.

Schon in der Nacht war er im Traum andächtig durch die Natur gewandert, wo er einer jungen Schäferin begegnete, die sich ihm ohne zu zögern hingab. War das nicht ein gutes Vorzeichen?

So überließ er sich seinen wahren Empfindungen, bis ihm – vom Südtor kommend – die ersten Bauern begegneten, die ihre Waren auf klappernden Holzkarren zum Markt brachten. Und dann ... So was hatte er noch nie erlebt! Sie rempelten ihn an und stießen ihn fluchend zur Seite, sobald er ihnen in die Quere kam. Heinrich wußte kaum, wie ihm geschah.

Am Südtor kontrollierten die Soldaten den Karren jedes Bauern, der in die Stadt wollte, aber Heinrich beachteten sie nicht.

Er passierte das Tor, lief ein Stück an der Stadtmauer entlang und suchte noch das Loch im Gemäuer, von dem Margarete gesprochen hatte, da sah er sie schon auf sich zukommen, zwei Sensen über die Schulter gelegt und einen Korb in der Hand.

Er wollte ihr entgegenlaufen und sie an sich ziehen, sie sofort in seine Arme schließen, da fiel ihm die Warnung des Chevaliers ein. So hielt er sich zurück. Er blickte sie liebevoll an. Er sah sie lächeln, während sie an ihm vorbeiging, und er bückte sich, tat so, als ob er etwas an einem seiner Holzschuhe ordnen müsse, und folgte ihr langsam, als sie bereits ein gutes Stück entfernt war.

Zuerst ging es die staubige Landstraße entlang, bis sich Margarete kurz nach ihm umdrehte und in einen schmalen Feldweg abbog. Heinrich blieb hinter ihr, hielt sich gerade so weit zurück, daß er sie nicht aus den Augen verlor, und je weiter sie sich von der Landstraße entfernten, desto mehr genoß er die Natur.

Der Weg führte an abgeernteten Getreidefeldern vorbei, an deren Rändern weiße Margeriten, rosa Knöterich und gelbes Habichtskraut blühten. Sogar drei Klatschmohnblüten leuchteten noch rot in der Morgensonne, obwohl sämtliche anderen Mohnpflanzen längst grüne Fruchtknoten trugen.

Ah! Die Natur! Zwar unterlag alles in ihr den ewigen Gesetzen des Werdens und Vergehens, dennoch fanden sich in jeder Spezies immer wieder einzelne Exemplare, die sich den Naturgesetzen zu entziehen vermochten und bewiesen, daß diese Kräfte nicht unabänderlich waren. Hier griff die gestaltende, die schöpferische Kraft des Menschen ein, und nur ihr fühlte sich Heinrich verpflichtet, wenn er unermüdlich forschte und experimentierte. So wohlgeordnet die Natur war – es gab Mittel und Wege, davon war der Gelehrte überzeugt, ihr seinen Stempel aufzudrücken. Wenn nur seine Holzschuhe nicht so hart gewesen wären!

Je länger er Margarete die Hügel hinauf und hinunter folgte, desto mehr schmerzten ihn die Füße. Als sie am Rande einer Wiese stehenblieb, den Korb abstellte und die Sensen danebenlegte, hatte Heinrich sich längst den Strohhut aufgesetzt und trug seine Holzpantinen in beiden Händen. Er ließ sie fallen und eilte auf Margarete zu. Er griff nach ihrer Hand, wollte sie küssen, doch sie bückte sich schnell nach einer der beiden Sensen und hielt sie ihm hin.

Ein Herr wie er sei Arbeit gewiß nicht gewohnt, aber er müsse die Sense zumindest in der Hand haben, falls jemand aus der Stadt in die Nähe käme.

Er wollte ihr die Sense abnehmen und fühlte dabei ihre schwielige Hand. Er blickte ihr in die Augen, und schon das erregte ihn so sehr, wie er es selbst in seinen aufregendsten Träumen nicht erlebt hatte.

»Morgenstund hat Gold im Mund«, rief sie ein wenig zu laut. Sie bückte sich nach der anderen Sense. Er sah, wie sich ihr Rock über den Hüften spannte, und mußte sich abwenden, damit sie nicht bemerkte, daß alles in ihm nach ihr verlangte. Als er sich ihr wieder zuwandte, hatte sie schon mit der Arbeit angefangen. Er guckte ihr ab, wie sie die Sense an beiden Griffen hielt und durch das Gras sausen ließ. Er bemühte sich, ihrem Beispiel zu folgen, und nachdem er die Spitze des Sensenblattes dreimal in den Erdboden gerammt hatte, kam sie lachend zu ihm gelaufen. »Ihr braucht die Wiese beim Mähen nicht gleich mit umzugraben«, sagte sie und nahm ihm die Sense aus der Hand. »Wenn Ihr wollt, zeig' ich Euch, wie man es richtig macht.«

Nein, gänzlich ungeschickt war er nicht! Sie hätte zwar nie

und nimmer vermutet, daß ein vornehmer Herr wie er, ein gescheiter Doktor, nicht einmal mähen konnte, aber nachdem sie ihm erklärt hatte, wie er die Sense, weit ausholend, möglichst flach und tief durch das hochgewachsene Gras schwingen mußte, gelang es ihm immer besser. Nur an körperliche Arbeit war er nicht gewöhnt.

Ob er den Kittel ausziehen dürfe, hatte er nach einer Stunde gefragt. Warum nicht, hatte sie geantwortet. Das sei nicht unschicklich. So mähte er jetzt, ein Stück hinter ihr, und als sie sich wieder einmal schnell nach ihm umdrehte, sah sie, daß er die Sense hochgestellt hatte und ihm der Schweiß über das Gesicht und den Oberkörper lief. Sie rief ihm zu, es sei an der Zeit, sich eine kleine Pause zu erlauben, und eilte zur Kastanie am Wiesenrain, unter der sie den Korb mit der Mahlzeit im Schatten abgestellt hatte. Sie griff nach dem Brot, schnitt zwei dicke Scheiben ab, bestrich sie mit Butter, legte ein Stück Ziegenkäse neben jede der Scheiben, ließ dabei Heinrich keinen Moment aus den Augen. Er trocknete sich mit dem Kittel ab, zog ihn wieder an, und als er sich, schwer atmend, neben ihr ins Gras sinken ließ, bemerkte sie, wie erschöpft er war.

»Weshalb macht Ihr das für eine Jungfer wie mich?« fragte sie, während sie den Wein aus dem Korb nahm. »Ein Herr wie Ihr hat sicher Wichtigeres zu tun.«

Daran denke er nicht einmal mehr, sagte er. Noch nie sei ihm ein so tugendsames und fleißiges Fräulein wie sie begegnet. Er griff nach ihrer Hand, die sie wieder schnell zurückzog.

»Nehmt Ihr etwa an, ich wäre glücklicher als Ihr?« fragte Heinrich, bevor er in sein Brot biß. Er lehre und unterrichte zwar unermüdlich, und er forsche ständig, um das Los der leidenden Menschheit zu verbessern, aber ein Tag in seinem Leben sei wie der andere.

»Glaubt mir«, sagte er. »Die wenigen Augenblicke mit Euch sind die schönsten seit vielen Jahren. Seit meine Mutter nicht mehr lebt, bin ich der einsamste Mensch auf der Welt. Die gute Frau ist viel zu früh gestorben.«

»Mein Vater auch!« sagte Margarete leise. Und dann, ihr war, als ob alle Dämme brächen, begann auch sie von sich zu reden. Sie erzählte vom großen Feuer, das die Familie ins Elend gebracht hatte. Sie schilderte ihm das Leben Valentins, der jetzt – nachdem man ihm das Freistudium verweigert hatte – bei den Stadtsoldaten dienen müsse. Und als sie von Katharina sprach, die jetzt ein Engel sei, flossen ihr die Tränen über das Gesicht. Heinrich nahm wieder ihre Hand, küßte behutsam zuerst ihre Wangen, dann ihre geschlossenen Augen, und diesmal ließ sie es sich gefallen. Erst als er ihr das Mieder öffnen wollte, schob sie seine Hände weg, stand auf, eilte über die Wiese zu ihrer Sense und fing wieder an zu mähen.

Heinrich folgte ihrem Beispiel, bis seine Arme schwer wurden und er Margarete zu einer zweiten Pause aufforderte. Ihn gelüstete nach dem Wein.

Sie trinke nie welchen, sagte Margarete. Die Flasche hätte sie nur für ihn mitgebracht. Ihr sei frisches Wasser viel lieber. Sie führte ihn durch dornigen Ginster zu einer Felswand, aus der ein dünnes Rinnsal rieselte, unter das sie ihre hohle Hand hielt, aus der sie trank.

Sie sei der liebenswürdigste Mensch, der ihm jemals begegnet sei, sagte Heinrich. Er müsse sie unbedingt wiedersehen.

Sie blickte ihn erschrocken an. »Das ist unmöglich! Ihr seid mir auch recht lieb, aber wie stellt Ihr Euch das vor? Ihr müßt in Miesbach forschen und die Schüler was lehren, und ich verdiene hier mit meiner Mutter das tägliche Brot. Sie läßt mich kaum aus den Augen. Wie sollten wir uns da wiedersehen können?«

»Eure Frau Mutter handelt gewiß recht«, sagte er hastig. Aber Gott wolle bestimmt nicht, daß das Leben nur aus Arbeit bestehe. In der Bibel sei nicht nur von sauren Wochen die Rede, sondern auch von frohen Festen. Und für ihn sei es ein Fest, wenn er sie nur sehe.

Sie blickte ihn überrascht an. »Glaubt Ihr an Gott?«

Heinrich zögerte einen Augenblick, bevor er nickte. Wer sonst könne die Erde erschaffen haben? Er bewundere jeden Tag aufs neue die wunderbare Vielfalt der Natur. Jeder Baum, jede Blume, jeder Stein, sogar jedes Tier sei ihm heilig.

Sie blickte ihn skeptisch an: »Aber in die Kirche geht Ihr wohl nicht!«

»Meine Arbeit erlaubt es mir nicht jeden Sonntag«, sagte er und bemühte sich, seine Stimme traurig klingen zu lassen. »Aber die heiligen Sakramente habe ich noch vor zwei Wochen empfangen.«

Sie pflückte eine Gänseblume, riß nachdenklich ein Blütenblatt nach dem anderen ab und warf den Blumenstengel dann weg. Auch danach dauerte es noch eine Weile, bis sie wieder sprach.

»Wenn ich am Mittwoch nicht arbeiten muß«, sagte sie zögernd, »beichte ich zur Mittagsstunde meistens im Dom. Aber sprecht mich dort nicht an! Sobald ich weiß, daß meine Mutter mich wieder einen Tag allein läßt, werde ich Euch ein Brieflein zustecken.«

Mein Kompliment!« sagte Chevalier Danceny, während er seine Dame zurückzog, die Heinrich mit dem Läufer bedrohte. Fürs erste habe er sich gegenüber der Jungfer umsichtig verhalten. Es sei ein gutes Zeichen, daß sie sich von ihm habe küssen lassen. Jetzt käme es nur noch darauf an, sie in Unsicherheit zu versetzen.

»Wie meint Ihr das?« fragte der Gelehrte und schob einen

Springer vor. Ein Kartenspiel hätte er mit dem Franzosen nicht mehr gewagt. Beim Schach aber fühlte er sich ihm ebenbürtig, wenn nicht sogar überlegen, denn hier war es unmöglich, falschzuspielen.

Inzwischen genoß Heinrich die Abende, an denen sich die beiden Männer trafen, bald in Heinrichs, bald in des Chevaliers Salon, wo sie stundenlang bei Kerzenlicht plauderten, einen guten Wein tranken und eine Partie nach der anderen spielten.

Chevalier Danceny bedrohte Heinrichs Springer mit einem Bauern.

»Ihr werdet sie am nächsten Mittwoch selbstverständlich vergeblich auf Euch warten lassen!«

Das habe er durchaus nicht vor, sagte Heinrich und brachte seinen Springer schnell in Sicherheit. Ganz im Gegenteil! Er könne es kaum noch erwarten, sie endlich wiederzusehen.

»Genau damit dürfte sie rechnen, und darauf wird sie sich gründlich vorbereiten!« Letztlich sei eine Verführung wie ein Menuett, bei dem sich die Partner voreinander verbeugten, einander näherten und wieder trennten ... Nein, verbesserte er sich. Sie gleiche mehr einem Schachspiel, das nur gewinne, wer seine Absichten, seine Strategie gut zu verbergen und den Gegner geschickt in die Irre zu führen verstehe. »Wenn Ihr handelt, wie es Eure Jungfer erwartet ...«

»Ihr dürft nicht von Verführung reden«, unterbrach ihn der Gelehrte. »Ich liebe Margarete! Ihre Unschuld, ihre Reinheit, ihr empfindsames Herz ... Alles in mir verlangt danach, sie glücklich zu machen.«

»Dann verzeiht mir meine voreiligen Worte!« sagte Danceny. »Wenn Ihr sie liebt, solltet Ihr bei ihrer Mutter um ihre Hand anhalten und sie zum Traualtar führen, bevor Ihr sie in Euer Schlafgemach geleitet. Eine Mesalliance wird hierzulande zwar höchst ungern gesehen, aber bei Euren guten

Beziehungen zum Herzog wird er sie Euch vielleicht erlauben.«

»Das ist gänzlich ausgeschlossen!« rief Heinrich. »Es würde mich an der Universität unmöglich machen und mein Ansehen im ganzen Land ruinieren.«

»Ich stimme Euch durchaus zu«, antwortete der Chevalier. »Obwohl es unter den Protestanten in Sachsen sogar einen Geheimrat geben soll, der seiner Haushälterin ein Kind nach dem anderen macht. Aber seid wenigstens zu mir ehrlich! Redet im Zusammenhang mit Eurer Jungfer mir gegenüber bitte nicht mehr von Liebe.«

Heinrich gefielen diese leichthin gesprochenen Sätze wenig. Er konzentrierte sich wieder auf das Schachbrett. Wenn er einen Bauern opferte, verlor er zwar eine Figur, doch danach hätte sein Läufer freie Bahn.

»Wenn es wirklich so wäre, wie Ihr meint«, sagte er, »weshalb möchte sich das Fräulein dann überhaupt noch einmal mit mir treffen?«

»Weil sie unglücklich ist«, erwiderte der Franzose. Es sei nahezu unmöglich, einen Menschen zu verführen, der mit sich und seinem Leben voll und ganz zufrieden ist. Solchen Menschen begegne man zwar äußerst selten, doch Margarete gehöre bestimmt nicht dazu.

»Verlaßt Euch auf mich! Ihr müßt sie mindestens einmal versetzen, bevor sie Euch wiedersehen kann. Frauen haben feinere Nerven als wir. Sie wird gemerkt haben, daß Ihr sie begehrt. Deshalb müßt Ihr Euch erst einmal zurückziehen und ihr die kalte Schulter zeigen. Je besser es Euch gelingt, sie zu verunsichern, desto leichter wird sie Eure Beute.«

Er blickte kurz auf das Schachbrett, bewegte den König und einen Turm zu einer Rochade, die Heinrichs Strategie zunichte machte. Die Aussichten auf einen Sieg schienen ihm verschwindend gering, und er gab sich geschlagen.

Im Herbst gab es auf den Gemüsefeldern so viel zu tun, daß die Bauern und Gärtner in der Umgebung Wahlburgs Leute aus der Stadt beschäftigten, obgleich sie wenig von ihnen hielten. Stadtbewohner galten als hochnäsig und faul. Wenn man sie bei der Ernte helfen ließ, dann nur, damit der Kohl und die Rüben nicht im Winter auf den Feldern verrotteten.

Noch nie war Margarete diese schwere Arbeit so leicht gefallen wie an den ersten Erntetagen dieses Herbstes.

Er liebt mich, dachte sie jedesmal, wenn sie sich bückte, eine Rübe aus der Erde zog und sie in den Korb warf, den ihre Mutter, die neben ihr arbeitete, von Zeit zu Zeit ein Stück weiter trug. Ein vornehmer Herr liebt mich so sehr, daß er mir Schmuck schenkt und sogar beim Heumachen hilft.

Daß er sie berührt, ja, sogar geküßt hatte, hielt sie nicht für unkeusch. Er wollte mich nur trösten, beruhigte sie sich, sobald sie sich daran erinnerte, und dagegen war nichts einzuwenden.

Am Dienstag abend hatte sie in ihrer Kammer heimlich auf einen kleinen Zettel geschrieben, er könne sie am Sonntag nach der Frühmesse am Osttor treffen, und als sie mit diesem Zettel in der Rocktasche am nächsten Tag durch die Stadt zum Dom eilte, freute sie sich auf ihn.

Ich werde ihn wiedersehen, dachte sie und hielt bereits auf dem Markt nach ihm Ausschau. Sie wartete dort, bis die zwölfte Stunde schlug, trat erst dann in die große, düstere Kirche und betete lange vor einer Statue der Heiligen Jungfrau. Sie dankte ihr für den schönen Tag mit Heinrich, und sie ließ sich Zeit. Sie betete lange, bekreuzigte sich immer wieder und blickte sich dabei jedesmal in der menschenleeren Kirche um, bis ihr einfiel, Heinrich könne auch draußen vor dem Dom auf sie warten.

Sie eilte quer durch die kühle Kirche, trat hastig in den

Beichtstuhl, wo sie zögernd offenbarte, daß ihr ein freundlicher Mann beim Heumachen geholfen habe.

»Hat Sie dabei unkeusche Gedanken gehegt, oder hat Sie dieser Mann unsittlich berührt?« fragte der Priester.

Beides sei nicht der Fall gewesen, versicherte sie mit reinem Gewissen. »Er hat mich nur getröstet, als ich an mein totes kleines Schwesterlein gedacht und geweint habe.«

»Misereatur tui omnipotentem Deus«, begann der Priester die Absolutionsformel und erlegte ihr nicht einmal eine Buße auf.

Sie verließ erleichtert den Beichtstuhl und ging langsam aus dem Dom. Sie erwartete Heinrich am Domportal, blickte hoffnungsvoll in die Menschenmenge auf dem Markt, aus der er sich jeden Augenblick lösen mußte. Als sie ihn nirgends erblickte, setzte sie sich auf eine kleine Mauer, wartete dort zwei Stunden und ging schließlich traurig durch die Stadt zurück zu ihrem Haus.

Vielleicht konnte er nicht kommen, weil er viel zu tun hatte, dachte sie anfangs, doch dann befürchtete sie, er könne ihrer überdrüssig geworden sein. Was hatte sie einem vornehmen und gebildeten Herrn wie ihm auch schon zu bieten? Oder hatte sie ihn gar verärgert?

Immer wieder ließ sie sich durch den Kopf gehen, was sich an dem schönen Tag mit ihm ereignet hatte, und als sie sich daran erinnerte, wie er sie geküßt hatte, erschrak sie.

Ich habe seine Hand weggestoßen, als er mir das Mieder zu öffnen versuchte, dachte sie erschrocken, weil sich das nicht ziemt. Aber er wird das nur versucht haben, um mir mehr frische Luft zu verschaffen. Ich habe ihm unrecht getan, als ich das für unkeusch hielt.

Oder war es unhöflich, daß ich ihm die Weinflasche nicht geöffnet habe, bevor ich mit ihm zur Quelle ging? Habe ich ihn vielleicht sogar beleidigt, indem ich ihm die Sense gegeben habe? Nimmt er etwa an, ich halte ihn für einen Bauern, der an solche Arbeit gewöhnt ist?

Seit sie vor dem Dom vergeblich auf ihn gewartet hatte, quälte sie sich mit immer mehr Selbstvorwürfen, und mit jeder Rübe, die sie jetzt aus dem Boden zog, gaukelte ihr ihre lebhafte Phantasie einen Fehler mehr vor, den sie ihm gegenüber begangen haben mochte. Sie dachte an seine Hände und seine Lippen, an die Vorsicht, mit der er ihre Augen geküßt hatte. Ihre Sehnsucht nach ihm wurde größer und größer. Sie träumte in der Nacht von ihm, und am Morgen mußte sie sogar beim Gebet an ihn denken.

Ich habe mich ungeschickt benommen, schalt sie sich. Ich habe einen Fehler nach dem anderen gemacht, aber falls er sich noch mal mit mir trifft und mir verzeiht, werde ich alles wiedergutmachen. Ich werde ihn nie wieder enttäuschen.

Seither kamen ihr die Tage endlos vor. Auf dem Feld ging ihr die Arbeit schwerer von der Hand. Sie hatte keinen Appetit mehr und würgte jede Mahlzeit nur mühsam herunter.

»Du denkst an Matthias, das seh' ich dir an der Nasenspitze an«, sagte Agathe eines Morgens. »Sobald er den Meisterbrief hat, wird er dich heiraten. Er ist so verläßlich wie sein Vater. Der hat seine Frau auch erst zum Traualtar geführt, als er die Werkstatt eröffnen konnte.«

»Du hast recht, Mutter«, antwortete Margarete. »Ich bin viel zu ungeduldig.«

Eine Lüge war das nicht! Wenn sich abends die Spinnräder drehten, konnte sie es kaum erwarten, daß Agathe das Licht ausblies. Danach durfte Margarete endlich in ihre Kammer gehen, wo sie, allein und nicht mehr durch die Arbeit oder von ihrer Mutter abgelenkt, nur an Heinrich dachte und sich nach ihm sehnte, bis ihr die Augen zufielen.

Seit fünf Tagen küßte er den kleinen Zettel so oft, daß er die Schrift darauf kaum noch lesen konnte.

Liber Herr! hatte sie geschrieben. *Wen ir mich sehen wolt, könt ir am Sonntag nach der frümesse zur achten stunde am osttor sein. untertänigst Eure M.*

Wie klug von mir, dachte Heinrich auch jetzt, als er sich vor dem Ankleidespiegel auf das Rendezvous mit ihr vorbereitete, daß ich den Rat des Chevaliers befolgt habe und sie einmal vergeblich auf mich warten ließ.

Der Eigentümer des dem Dom gegenüber liegenden Hauses war zuerst erschrocken, als Heinrich ihm sein Papier unter die Nase gehalten hatte, das ihn als Bediensteten des Herzogs auswies, dem jegliche Unterstützung gewährt werden müsse, doch danach gestattete er dem Gelehrten und dessen Assistenten – als solchen hatte Heinrich den Chevalier vorgestellt – gern, im Obergeschoß des Hauses ihr Fernrohr aufzustellen, durch das Heinrich das Domportal unentwegt beobachtete.

Und dann sah er sie, sah, daß Margarete in den Dom ging. Er sah sie eine halbe Stunde später aus dem Portal kommen, sah, wie sie sich umblickte und sich auf eine kleine Mauer setzte. Er behielt sie länger als zwei Stunden im Auge, hatte das Fernrohr auf sie gerichtet, während sie dort auf ihn wartete, und als sie aufstand und mit gesenktem Kopf langsam wegging, konnte ihn Danceny nur mit Mühe daran hindern, ihr nachzulaufen. Doch es hatte sich gelohnt!

Als er sie eine Woche später vor dem Dom traf, überzog sofort eine liebliche Röte ihr Gesicht, und nachdem sie ihm den Zettel zugesteckt hatte, wollte sie seine Hand kaum loslassen, während er sich dafür entschuldigte, daß sie wohl einmal vergeblich auf ihn gewartet hätte.

»Der Herzog hatte mir eine Audienz gewährt, die ich im Interesse der Universität wahrnehmen mußte«, sagte er, und sie nickte verständnisvoll.

»Ich habe den ganzen nächsten Sonntag für Euch Zeit«, flüsterte Margarete, während sie sich ängstlich danach umsah, ob sie beobachtet wurden. »Ich sag' Mutter, daß ich das Grab meiner Großeltern besuchen möchte.«

Danach hatte Heinrich drei Tage überlegt, wie er diesen Sonntag so gestalten könne, daß er zum schönsten Tag ihres Lebens würde, und auch dabei hatte ihn der Chevalier klug beraten.

In der Kleidung eines Landarbeiters sollte ihn Margarete nie wieder sehen, das hatte sich Heinrich schon geschworen, während er nach dem Heumachen mit Blasen an den Füßen zurück zum Gasthof gehumpelt war. Diesmal zog er seinen blauen Frack und die gelbe Weste an, und als sein Diener in das Ankleidezimmer trat, überlegte er einen Augenblick, ob er sich nicht doch die Perücke aufsetzen sollte.

»Eure Kutsche wartet unten, Herr«, sagte Fritz.

»Hat Er auch die richtige Kutsche bestellt?« fragte er, den Blick noch immer auf sein Spiegelbild gerichtet. »Keine aus Miesbach oder Wahlburg? Ich will kein Gerede.«

»Genau, wie Ihr es gewünscht habt, Herr!« versicherte ihm sein Diener. »Ein geschlossenes Coupé mit dichten Vorhängen. Die beste Kutsche, die ich in Feldbrünn finden konnte. Und ich habe den Kutscher wie befohlen im voraus reichlich entlohnt. Er wird Euch fahren, wohin immer Ihr wollt.«

Fritz blieb neben der Tür stehen, hoffte wohl, daß ihm sein Herr ein Geldstück zuwerfen würde, aber Heinrich nickte nur und verließ die Wohnung.

Die Domglocken dröhnten über der Stadt. Sonntäglich gekleidete Bürger gingen mit ihrer Familie gemächlich zum Hochamt. Margarete war so aufgeregt, daß ihr nicht auffiel, daß sogar in Wahlburg einige Frauen so mutig waren, einen mit Kunstblumen geschmückten Hut zu tragen und nicht mehr die Haube, das überkommene Zeichen des Ehestandes.

Der vornehme Herr ist mir noch immer gewogen, dachte sie, während sie zum Osttor lief. Seit sie sich von ihrer Mutter verabschiedet hatte, trübte nichts mehr ihre Freude.

Während der Frühmesse hatte sie in der St.-Jakobs-Kirche noch befürchtet, Agathe würde ihr nicht erlauben, nach Feldbrünn zu gehen, um auf die Gräber der Großeltern ein paar Blumen zu legen und für sie zu beten, aber sie hatte keine Einwände erhoben. Sie wußte, daß am Sonntag auf den Landstraßen viele Leute unterwegs waren und Margarete dort kaum etwas zustoßen konnte. Dennoch vergewisserte sich die Mutter, daß ihre Tochter den Rosenkranz in der Tasche hatte. Als sie das Haus verließ, hängte sie ihr noch ein geweihtes Skapuliermedaillon um, das auf wundertätige Weise den besonderen Schutz der Heiligen Maria bewirkte.

»Sei mir bitte nicht böse, daß du allein zum Kirchhof gehen mußt«, sagte sie. »Ich werde mich heute von der Feldarbeit erholen.«

Das könne sie gut verstehen, hatte Margarete geantwortet. Aber sie sei jung und kräftig, der Fußweg sei in den guten Lederschuhen nicht mehr als ein langer Spaziergang. Sie werde für die Mutter in der Kirche auch eine Kerze anzünden.

Jetzt hatte sie bereits das Osttor erreicht, und einer der Stadtsoldaten trat ihr entgegen. Wohin sie wolle, fragte er, und weshalb sie dem Hochamt fernbleibe.

»Ich war zur Frühmesse in St. Jakob und laufe jetzt zum Grab meiner Großeltern in Feldbrünn«, antwortete sie.

»Dann paß Sie auf der Landstraße gut auf«, sagte der Soldat. »Und sei Sie vor Einbruch der Dunkelheit zurück, wie es sich gehört.«

»Sehr wohl!« antwortete Margarete. Sie ging langsam durch das Stadttor, hielt nach Heinrich Ausschau, sah aber nur ein paar Kinder in Lumpen, die sich um jede Kastanie prügelten, die vom Baum fiel und vor ihren nackten Füßen zerplatzte. Man konnte Kastanien zwar nicht essen, aber sie waren gutes Brennmaterial.

Plötzlich stand Heinrich neben ihr. Sie erkannte ihn erst im letzten Augenblick, nachdem er den Hut abgenommen hatte.

»Folgt mir in gebührendem Abstand auf der Landstraße«, flüsterte er hastig. »Wenn man Euch fragt, was ich von Euch gewollt habe, so sagt, ich hätte Euch nach dem Weg gefragt.«

Er setzte wieder seinen Hut auf, entfernte sich, und als sie ihm nach einer Weile folgte, befürchtete sie schon, ihn aus den Augen verloren zu haben. Sie hörte Pferdehufe, das Knarren und Klappern einer Kutsche näher kommen, sprang schnell zur Seite, doch die Kutsche hielt neben ihr. Heinrich sprang auf die Straße, kam zu ihr gelaufen und ergriff sie an der Hand.

»Schnell!« rief er, während er sie zur Kutsche zog. »Hier braucht uns niemand zusammen zu sehen.«

Das zieme sich nicht, wollte sie sagen. Sie wollte sich von ihm lösen, wollte weglaufen, doch sie folgte ihm, ließ sich zur Kutsche führen, und als sie davor stehenblieb, um zum Einsteigen ihren langen Rock ein wenig zu raffen, umfaßte er sie mit beiden Händen an der Hüfte, hob sie hoch, setzte sie auf die weichgepolsterte Bank im Coupé und nahm neben ihr Platz.

»Nach Feldbrünn!« rief er dem Kutscher zu. »Er kann sich Zeit lassen. Ich bin nicht in Eile.«

Margaretes Herz schlug so schnell, daß sie befürchtete, die Adern müßten ihr platzen. Sie atmete so hastig, daß sie nur mit großer Mühe sprechen konnte.

»Das hättet ..., das hättet Ihr nicht tun müssen«, hauchte sie. Erstens seien Mietkutschen viel zu teuer, und zweitens ...

»Und zweitens solltet Ihr mir vertrauen«, sagte er, während

er ihr sanft über das Haar strich. »Ihr seid für mich der kostbarste Mensch auf der Welt! Vertraut mir! Ich bin um Euren guten Ruf nicht weniger besorgt als Ihr. Kennt Euch jemand in Feldbrünn?«

»Nicht, daß ich wüßte! Seit meine Großeltern gestorben sind ... Meine Großmutter hatte zwar eine Zugehfrau, aber die lebt bestimmt nicht mehr.«

»Wir werden auch für ihre Seele beten«, versicherte er, griff wieder nach ihrer Hand, und sie ließ ihn gewähren. Sie lauschte seiner Stimme, erinnerte sich an die Schlittenfahrt zur Großmutter, bei der sie zum letztenmal auf dem Schoß ihres Vaters gesessen hatte. Seither hatte sie sich nicht mehr so geborgen, so glücklich gefühlt wie jetzt. Als Heinrich vorsichtig die Vorhänge vor den Fenstern des Coupés zuzog, hatte sie die Augen längst geschlossen. Sie genoß das Schaukeln und Knarren der Kutsche, hörte die Pferde von Zeit zu Zeit wiehern, ließ sich küssen und wehrte sich nicht, als er ihr behutsam das Mieder öffnete und auch ihre Brüste mit Küssen bedeckte.

Doch dann spürte sie, wie Heinrich ihr seine Hand unter den Rock schob. Wie er nach ihrem Geschlecht tastete. Meine Unschuld, dachte sie erschrocken, meine Jungfräulichkeit! Der Kuß eines fremden Mannes, hörte sie die Stimme ihrer Mutter, ist wie der Biß einer giftigen Schlange. Etwas in ihr wollte sich wehren, ihn von sich stoßen, doch da küßte er sie wieder behutsam, zog sie auf seinen Schoß, redete ruhig auf sie ein, sprach immer wieder von Liebe, und sie gab sich ihm hin. Sie spürte einen leichten Schmerz, als er in sie eindrang. Sie stöhnte leise und ließ ihn gewähren. Sie bewegte sich wie er, und als er sich erschöpft von ihr löste, legte sie ihren Kopf an seine Brust.

12

Das Skapuliermedaillon

Sie lag noch schlafend in seinen Armen, träumte von ihrem Vater, und als sie geküßt wurde, schlang sie müde ihre Arme um seinen Hals. Dann erkannte sie Heinrich und war sofort hellwach.

Ich habe gesündigt, schoß es ihr durch den Kopf, sie schob hastig den Rock nach unten, schloß das Mieder und wollte aus der Kutsche springen, doch er griff nach ihrem Oberarm und hielt sie zurück.

»Du möchtest doch das Grab deiner Großeltern besuchen. Wir sind jetzt in Feldbrünn.«

Es dauerte eine Weile, bis sie ihre Gedanken geordnet hatte. Das sei jetzt unmöglich, sagte sie. Jeder würde ihr ansehen, was sie getan habe. Sie weinte leise, und er zog sie an sich, strich ihr über das Haar und küßte ihre geschlossenen Augen, nahm dann langsam einen kleinen Spiegel aus der Tasche und gab ihn ihr.

»Du bist schöner denn je. Ich liebe dich, Gretchen. Du hast mich glücklich gemacht, wie ich es noch nie war.«

Sie blickte in den Spiegel, wischte mit dem Taschentuch über das Gesicht, und als sie das Haar geordnet hatte, fand sie, daß sie aussah wie immer.

»Jetzt werdet Ihr gewiß schlecht von mir denken«, sagte sie. »Ich hätte Euch das nie erlauben dürfen.«

»Du süße kleine Frau«, sagte er. Am liebsten wäre er wieder über sie hergefallen und hätte sie zum zweitenmal genommen, doch er hielt sich zurück. »Ich kann nichts gegen meine Gefühle für dich ausrichten. Und wenn Gott alles unter der Sonne geschaffen hat, dann verdanken wir ihm auch die Liebe. Sie ist das einzige, was zählt.«

»Und warum sagt der Pfarrer immer, es ist eine Todsünde, wenn ein Mann und eine Frau ...« Sie suchte nach Worten und errötete. »Wenn ein Mann und eine Frau es tun, obwohl sie nicht verehelicht sind?«

Papperlapapp, hätte er am liebsten geantwortet, streichelte aber statt dessen behutsam ihre Wange. »Dann kennt euer geistlicher Herr die Heilige Schrift nicht gut genug! Weißt du, wen Jesus von allen Frauen am meisten geliebt hat?«

Sie sah ihn unsicher an. »Maria Magdalena?«

Heinrich nickte. »Er ließ sich von ihr und keiner anderen salben, und als er auferstanden war, hat er sich ihr zuerst gezeigt. Glaubst du, das hätte er getan, wenn er sie verachtet hätte? Er hat ihr alle Sünden vergeben, und sie war bestimmt eine viel schlimmere Sünderin als du.«

Das konnte sie ein wenig beruhigen. Heinrich half ihr, aus der Kutsche zu steigen, sagte dem Kutscher, er solle auf ihn warten. Heinrich wollte direkt zum Friedhof, aber als Margarete sagte, sie wolle zuvor noch in der Kirche beichten, hatte er nichts dagegen.

»Du tust recht, mein Engel! Ich werde deinem Beispiel folgen.« Er trat mit ihr in die menschenleere Kirche, sah Margarete niederknien und kniete auf der Männerseite nieder. Er sah sie in den Beichtstuhl eilen. Es kam ihm wie eine Ewigkeit vor, bis sie mit Tränen im Gesicht zurückkam. Wenn er sich erhob und in den Beichtstuhl ging, dann nur für sie. Er kniete nieder und gestand, gegen das sechste sowie gegen das neunte Gebot gesündigt zu haben. Der Geistliche erkundigte sich nach Einzelheiten. Heinrich behauptete, es sowohl mit einem

Huhn, einem Esel als auch einem Schaf getrieben zu haben, und verletzte schließlich noch das achte Gebot. Er gelobte, künftig nicht mehr zu sündigen.

Der Geistliche redete erregt von Todsünden, erlegte ihm als Buße ein Fastenjahr, fünf Jahre Keuschheit sowie eine Geldbuße von hundert Talern auf. Er solle unzählige Vaterunser und Ave Marias beten, wieviel genau es sein sollten, hatte Heinrich schon vergessen, als er wenig später an der Friedhofsmauer einem kleinen Jungen zwei Blumensträuße abnahm und mit ein paar Pfennigen bezahlte.

»Das Leben des Menschen ist kurz«, sagte Heinrich, nachdem sie einen Strauß Astern auf das Grab der Großeltern gelegt hatten. »Wir müssen für jede Stunde dankbar sein, die uns gegeben ist.«

Margarete schwieg zunächst, fragte dann: »Glaubt Ihr an die Auferstehung des Fleisches nach dem Tode und an ein ewiges Leben?«

»Davon bin ich überzeugt! Nichts in der Welt geht jemals verloren! Jeder Baum wird morsch und zerfällt wieder zu Erde, doch es dauert nicht lange, bis neues Leben aus ihr sprießt. Nichts in der Natur hört für immer und ewig auf. Was wir sterben nennen, ist nur eine große Verwandlung. Ein Atom, das sich heute im Blatt einer Pflanze befindet, war vor hunderttausend Jahren vielleicht in einem Tropfen Wasser oder in der Haut einer Kröte. Nichts in der Welt geht verloren! Es verwandelt sich nur, und alles ordnet sich immer wieder zu neuen Formen.«

Margarete hatte es längst aufgegeben, zu verstehen, was er ihr zu erklären versuchte. Sie lauschte nur seiner tiefen Stimme und genoß es, als er ihr von seinen Forschungen im Botanischen Garten erzählte, die ihn die ewigen Gesetze der Natur immer besser erkennen ließen.

Er liebt mich wirklich, dachte sie. Sonst würde er sich mit

einer so dummen Person wie mir überhaupt nicht unterhalten.

Auch in Feldbrünn waren am Nachmittag die Bürger im Sonntagsgewand unterwegs, und Margarete befürchtete auf der Hauptstraße zuerst, man würde ihr ansehen, daß sie mit Heinrich gesündigt hatte, und sie für eine liederliche Dirne halten. Aber ganz im Gegenteil!

Als ihnen ein Ehepaar entgegenkam, das mit seiner Tochter unterwegs war, die in Margaretes Alter sein mochte, glaubte sie Bewunderung und Neid in den Augen der jungen Frau wahrzunehmen, und Stolz machte sich in ihr breit, weil Heinrich sie und keine andere gewählt hatte.

So gingen sie durch die Stadt, blieben hin und wieder vor einem der kleinen Schaufenster stehen und gelangten endlich zu einem Gasthof, vor dessen Tür Heinrich fragte, ob sie Lust habe, etwas zu essen.

»Nichts lieber als das«, sagte sie. »Aber ich habe keinen Groschen in der Tasche.«

Er lachte kurz. Darum solle sie sich keine Gedanken machen. Der Herzog bezahle ihm seine Dienste großzügig.

Sie traten in den Speisesaal, wo sie der Oberkellner im Frack zu einem der weißgedeckten Tische führte. An allen Wänden des Speisesaals hingen große Spiegel, es kam Margarete vor, als wären Heinrich und sie in unendlich vielen Häusern gleichzeitig. Sie hob die Hand, sah sich in unzähligen Spiegelbildern die Hand heben und blieb stehen, bis Heinrich sie an die Hand nahm. Ein Glück, daß ich meine Lederschuhe angezogen habe, dachte sie. In meinen Holzpantinen hätte man mich hier bestimmt nicht hereingelassen.

Heinrich rückte ihr den Stuhl zurecht. Sie setzte sich wie er. Der Kellner reichte Heinrich eine in Leder gebundene Speisenkarte und hob überrascht die Augenbrauen, als er um eine zweite Karte für Margarete bat.

»Sehr wohl, der Herr!« sagte er mit einer tiefen Verbeugung. »Ganz, wie Ihr es wünscht«, fügte er hinzu, und Margarete vergaß jeden Gedanken an Sünde. Dieser Doktor liebt mich wirklich, dachte sie. Sonst wäre ihm kaum aufgefallen, daß ich schreiben und lesen kann. In der Kirche hatte sie noch bereut, daß sie sich ihm hingegeben hatte. Jetzt fühlte sie sich wieder sicher. Er liebt mich, dachte sie, weshalb sollte ich ihn nicht auch lieben?

Es dauerte nicht lange, da stand vor Heinrich eine Flasche Wein auf dem Tisch. Margarete hatte ein Glas Limonade bestellt, und als wenig später zwei Kellner gleichzeitig die silbernen Speisehauben von den Tellern mit Truthahnbrust mit grünen Bohnen und Dampfnudeln hoben, glaubte sie einen Augenblick, sie säße wieder mit ihrem Vater im *Blauen Schwan*.

Vorsichtig zog sie die weiße Serviette aus dem silbernen Ring und breitete sie auf ihrem Schoß aus. »Ich danke Euch für die Einladung.«

»Ich habe dir zu danken! Und ich möchte dich um etwas bitten. Sag doch bitte nicht mehr Ihr zu mir! Wenn sich zwei Menschen gefunden haben ... Wenn sich zwei Menschen so nahe sind wie wir, sollten sie du zueinander sagen. Meinst du nicht auch?«

Sie schnitt vom großen Stück Braten auf dem Teller ein kleines Stück Fleisch, schob es in den Mund und glaubte, es schmölze ihr sofort auf der Zunge. Ein solches Essen hatte sie im Leben noch nicht gegessen.

»Einverstanden. Aber dann darf ich dich auch um etwas bitten. Nenne mich bitte nicht Gretchen! Ich bin kein kleines Kind mehr.«

Sie kratzte verlegen an ihren Fingernägeln. Dann sagte sie: »Jetzt bin ich allerdings wohl auch keine tugendsame Jungfrau mehr und werde dir das Schmuckkästchen deiner Mutter zurückgeben müssen. Nehmt nur nicht an, daß ich es deswegen ..., daß ich es deswegen mit Euch ..., mit dir getan habe.«

»Das habe ich keinen Augenblick vermutet«, sagte er, und als sie weitersprach, hätte er sie am liebsten auf der Stelle geküßt.

»Wenn meine Mutter nicht so leicht wach würde, könnte ich nachts aus dem Haus schleichen oder dich in meine Kammer lassen. Aber sie steht morgens schon vor dem ersten Hahnenschrei auf, und wenn ich dann nicht in meinem Bett liege oder sie dich dort antreffen würde ... Ich würde vor Scham auf der Stelle tot umfallen. Ich weiß wirklich nicht, wann wir uns wiedertreffen können.«

Jetzt dauerte es eine Weile, bis er antwortete. »Wie wäre es, wenn wir ein Schlafmittel für sie besorgten? Ich kenne eine Kräuterfrau, die mir seit Jahren ein Elixier liefert. Ohne diese Tropfen würde ich meine Arbeit kaum schaffen.«

Margarete wurde wieder unruhig und legte die Gabel auf den Teller. »Sind solche Mittel nicht gefährlich?«

»Auf gar keinen Fall!« sagte Heinrich. Er sei nicht nur Doktor der Botanik, sondern auch ein Doktor der Medizin und habe sämtliche Heilmittel gründlich studiert. »Glaubst du etwa, die Mutter unseres Herzogs – Gott sei ihrer Seele gnädig – wäre ohne meine Kräutertropfen so alt geworden?«

Es sei sogar ausgesprochen ungesund, wenn ein Mensch nicht lange und tief genug schlafe. Was man dem Schlaf an Stunden stehle, das hole sich sein großer Bruder Tod.

Der Oberkellner trat an ihren Tisch. Er fragte, ob der Herr oder das Fräulein noch einen Wunsch hätten, und Heinrich bestellte für Margarete und sich heiße Schokolade.

»Wenn deine Medizin sogar der Herzogin geholfen hat«, sagte sie nachdenklich, »dann wird sie meiner Mutter wohl auch nicht schaden.« Sie blickte in einen der großen Wandspiegel, griff sich an den Hals und erschrak. »Mein Skapuliermedaillon ist weg! Ich muß es unterwegs verloren haben.«

Er hätte sie zum Trost am liebsten gestreichelt, doch der Oberkellner stand dienstbeflissen in der Nähe und ließ sie nicht aus den Augen. Deswegen werde die Welt gewiß nicht untergehen, sagte Heinrich. Wenn sie ihren Talisman verloren hätte, würde er ihr einen neuen kaufen.

Jetzt standen ihr die Tränen in den Augen, und vor Aufregung sprach sie wieder mit ihm wie mit einem vornehmen fremden Herrn. »Ihr versteht mich nicht! Das war kein gewöhnlicher Talisman, sondern ein vom Bischof geweihtes Bildnis der Heiligen Maria. Es sollte mich vor allem Bösen schützen«, jammerte sie. »Es gehört meiner Mutter. Sie wird mir nie verzeihen, daß ich es verloren habe. Wir müssen es wiederfinden.«

Margarete bestand darauf, sofort den Gasthof zu verlassen und den Weg zurückzugehen, den sie gegangen waren. Er lief neben ihr die Straße entlang, den Blick wie sie auf den Boden gerichtet. Er begleitete sie zurück zum Friedhof, wo sie am Grab ihrer Großeltern jedes Blatt umdrehte. Und als er vor der Kirche wartete, wo sie das Medaillon im Beichtstuhl suchte, fühlte er sich unbehaglich. In welche Lage habe ich mich gebracht, dachte er. Ich habe mich mit einem unvernünftigen Kind eingelassen. Der Teufel muß mich geritten haben.

Sie kam mit gesenktem Kopf aus der Kirche, bat ihn, sie sofort zur Kutsche zu begleiten. Sie lief jetzt so schnell, daß es ihm Mühe bereitete, an ihrer Seite zu bleiben. Ich muß diese unwürdige Situation so schnell wie möglich beenden, dachte er, als der Kutscher vom Bock stieg und ihr den Wagenschlag aufriß. Sie hob ihren langen Rock, stieg in die Kutsche, wo sie sich über das Sitzpolster beugte, jedes der Kissen in der Kutsche hochhob. Er hatte ihre schmalen Hüften dicht vor den Augen. Sein Verlangen nach ihr regte sich wieder, und er blickte zur Seite. Dieses junge Weib bringt mich nur in Schwierigkeiten, dachte er noch, während sie ihr Medaillon zwischen den Kissen suchte. Doch dann schrie sie freudig, zeigte ihm das Schmuckstück, und als sie ihn gebeten hatte, es ihr umzuhängen, fühlte er wieder ihre weiche Haut. Er nahm den feinen Geruch ihres Schweißes wahr, sah die Wölbung ihrer Brüste, und er schloß den Wagenschlag. Dann öffnete er sein Beinkleid, zog sie auf seinen Schoß und küßte ihr den Hals, und als er in sie eindrang, schlang sie seine Arme um ihn.

»Ich muß aber jetzt bald nach Hause«, sagte sie zwischen zwei Küssen. »Sonst sorgt sich meine Mutter um mich.«

Er holte seine Uhr aus der Tasche. »Wir fahren auf dem Rückweg nur noch bei meiner Kräuterfrau vorbei, und ich besorge dir die Schlaftropfen.« Er befahl dem Kutscher, auf der Landstraße in Richtung Wahlburg zu fahren und in einen schmalen Waldweg abzubiegen, sobald Heinrich dreimal mit der Faust an die Wand der Kutsche geklopft habe. Als es soweit war, bat er Margarete, in der Kutsche auf ihn zu warten. Er stieg aus. Sie sah ihn im Wald verschwinden, und als er nach einer Weile zurückkam, drückte er ihr ein kleines Fläschchen in die Hand. *Laudanum* las sie auf der Flasche, ein Wort, das sie noch nie gehört hatte, aber sie schämte sich, Heinrich zu fragen, was für Kräuter das seien. Sie hatte die Flasche kaum eingesteckt, da zog er Margarete wieder an sich, und sie ließ es geschehen.

Sie ordnete hastig ihre Kleidung, bat ihn um seinen Spiegel. Ihre Zöpfe waren zwar etwas zerzaust, aber das würde der Mutter kaum auffallen.

»Wann kann ich dich wiedersehen?« fragte Heinrich. Sie

überlegte. Sie müsse erst herausfinden, ob die Kräutertropfen ihre Mutter tatsächlich länger und tiefer schlafen ließen. Sie wolle das schon morgen ausprobieren, und wenn er wolle, solle er am Mittwoch zwei Stunden nach Sonnenuntergang in der Nähe des Schlupflochs in der Stadtmauer warten, vor dem sie sich zum Heumachen getroffen hatten.

»Um diese Zeit ist in unserer Straße niemand unterwegs. Aber warte nicht zu lange auf mich. Wenn meine Mutter nicht fest schläft, kann ich nicht kommen. Dann werde ich am Donnerstag zur zwölften Stunde im Dom sein und dir wieder einen Brief zustecken.«

Er zögerte kurz, löste seine kleine silberne Taschenuhr von der Kette und drückte sie ihr in die Hand. »Ein kleines Geschenk für dich! Ich werde am Mittwoch um zehn eine halbe Stunde auf dich warten.«

Sie betrachtete erschrocken die Uhr. Ein so wertvolles Geschenk könne sie nicht annehmen. Wenn Mutter die Uhr bei ihr fände …

»Das wird sie nicht, wenn du sie gut versteckst«, sagte er. »Und falls deine Mutter sie entdeckt, sagst du, du hättest sie gefunden und wolltest sie bei der Stadtwache abgeben.«

»Oder beim Pfarrer«, sagte Margarete. Sie küßte Heinrich noch einmal schnell, griff nach der kleinen Flasche und sprang aus der Kutsche. Sie lief ein paar Schritte, drehte sich um und winkte. Sie sah auch ihn winken. Dann eilte sie zum Osttor, wo sie zwei Stadtsoldaten anhielten. »Wo kommt Sie her, und wo will Sie hin?«

»Ich war in Feldbrünn und will nach Hause zu meiner Mutter«, sagte sie. Sie sah einen dritten Soldaten aus der Wache treten und erschrak, als sie Valentin erkannte. Sie ließ schnell die Uhr und das Fläschchen in der Tasche verschwinden.

»Wo bist du denn so spät noch gewesen?« fragte ihr Bruder.

»In Feldbrünn! Ich war am Grab unserer Großeltern. Ich habe ihnen Blumen gebracht und den Grabstein saubergemacht.«

»Das ist meine Schwester«, sagte Valentin zu den anderen Soldaten. »Die keuscheste Jungfer unserer Stadt. Wenn die anderen im Wirtshaus tanzen, sitzt sie zu Hause am Spinnrad.«

Die Männer betrachteten sie noch, da näherte sich ein mit Gemüse beladenes Fuhrwerk dem Stadttor. »Grüß unsere Mutter von mir«, sagte Valentin hastig. »Ich muß meine Pflicht tun!«

Er eilte in die Wache, kam mit einer langen Stange zurück, und als er im Gemüse herumzustochern begann, ging sie durch das Tor in die Stadt. Die Sonne war noch nicht untergegangen, doch es waren nicht mehr viele Leute unterwegs. Das war der schönste Tag meines Lebens, dachte sie. Sie erreichte den Domplatz, und als plötzlich alle Glocken läuteten, zuckte sie zusammen. Was habe ich getan? dachte sie. Ich habe meine Unschuld verloren und bin der Sünde verfallen. Sie wandte ihre Schritte unwillkürlich zum Domportal, wollte sich vor der Heiligen Jungfrau auf die Knie werfen, doch dann sah sie die schmutzigen, hungrigen Kinder, die vor dem Dom bettelten, und sie blieb stehen.

Wenn der allmächtige Herr wirklich alle Menschen liebt, dachte sie, wie kann er dann zulassen, daß so viele so jämmerlich leben müssen? Und sie setzte sich auf die kleine Mauer.

Sie versuchte, sich an alles zu erinnern, was sie heute erlebt hatte. Sie bemühte sich, ihr Gewissen so zu erforschen, wie es das Unterrichtsbuch für christliche Jungfrauen empfahl. Daß sie sich Heinrich hingegeben hatte, ohne mit ihm verheiratet zu sein, war eine Todsünde. Aber andererseits stand in der Heiligen Schrift, man solle seinen Nächsten lieben wie sich selbst. Mehr hatte sie nicht getan. Heinrich hatte sie glücklich gemacht, und sie hatte, das hoffte sie jedenfalls, dasselbe getan. War das nicht Liebe?

Eine käufliche Dirne bin ich nicht, dachte sie erleichtert. Sie hatte sich zwar von ihm zum Essen einladen lassen, aber das konnte keine Sünde sein. Sonst hätten ihre Eltern nie und nimmer erlaubt, daß im *Blauen Schwan* oft der Kaufmann Schwerdtlein die Rechnung bezahlte, wenn sie mit ihm und Marthe dort gegessen hatten.

Sie stand von der Mauer auf, schlenderte durch die Getreidegasse, wo sie bemerkte, daß ihre Lederschuhe nicht so schmutzig waren wie sonst, wenn sie zu Fuß nach Feldbrünn und zurück gelaufen war. Sie bückte sich, beschmierte das weiche Leder mit Erde und trat wenig später in die Wohnküche, wo ihre Mutter schon am Spinnrad saß. »Das hat aber lange gedauert heute«, sagte Agathe, ohne von ihrer Arbeit aufzublicken. »Ich wollte mir Sorgen machen.«

»Was soll mir schon passieren«, antwortete Margarete. »Auf dem Grab war so viel Unkraut …«

Sie ging in ihre Schlafkammer, versteckte die Uhr und das Fläschchen unter dem Bett, wusch sich die Hände, und als sie sich neben Agathe an das Spinnrad setzte, nahm sie sich vor, die Schlaftropfen zuerst selber zu probieren. Wenn die Tropfen ihr nicht schadeten, müßte ihre Mutter sie ebensogut vertragen.

Sie zitterte. Sie zitterte am ganzen Leibe, und die Kerze in ihren Händen zitterte so sehr, daß Wachs auf ihr Büßerhemd tropfte, während sie barfuß über die eiskalten Steinplatten durch die Kirche zum Altar ging. Sie sah ihren toten Vater im Leichenhemd in der ersten Reihe auf der Männerseite, neben ihm den Kaufmann Schwerdtlein, der noch immer aus seiner Stichwunde blutete. Sie hörte die Stimme ihres Vaters – nein, die Stimme des Pfarrers Hager, der in einer feuerroten Soutane auf der Kanzel stand und Lederschuhe auf sie warf, die ihm ein Ministrant reichte.

»Sie hat sich küssen lassen«, brüllte er. »Sage Sie, wo Sie sich hat küssen lassen.«

»An den Armen, am Hals und an den Brüsten«, sagte Margarete leise. Die Gemeinde stöhnte so laut auf, daß sich Margarete am liebsten die Ohren zugehalten hätte. Der Priester griff nach ihrem Schmuckkästchen, steinigte sie mit unzähligen Ohrringen, Halsketten und Armreifen. »Wie oft hat Sie ihn in Ihren Schoß gelassen und an welchem Ort? Hat Sie sich gewehrt, oder hat Sie dabei wohl gar noch Lust empfunden?«

»Ich habe mich nicht gewehrt, geistlicher Herr. Aber Lust habe ich nicht gespürt. Ich habe ein heiliges Medaillon um den Hals getragen. Aber es hat mich nicht geschützt.«

»Wie oft, habe ich Sie gefragt, und an welchem Ort!« schrie der Priester. »Beantworte Sie gefälligst meine Fragen.«

»Zweimal«, flüsterte sie. »In einer Kutsche.«

Ein Ministrant – nein, es war Matthias – trat zu ihr, riß ihr die Bußkerze aus der Hand, und sie warf sich vor dem Altar auf die Knie. Der Chor hatte schon den Bußgesang angestimmt, da trat der Diakon mit dem Weihwasserkessel zu ihr. Er bespritzte sie, dann schüttete er ihr den Inhalt des ganzen Kessels über den Kopf, und sie riß erschreckt die Augen auf.

»Na endlich«, hörte sie die Stimme ihrer Mutter. »So lange hast du ja noch nie geschlafen.«

Margarete war noch immer müde. Es hämmerte und dröhnte in ihrem Kopf. Sie sah, daß ihre Mutter die Wasserkanne neben das Bett stellte, und strich sich mit der Hand langsam über die Stirn. »Ich hatte einen schlechten Traum«, sagte sie langsam. »Vielleicht muß ich das nächste Mal mit der Postkutsche nach Feldbrünn fahren.«

Sie griff nach dem Handtuch, trocknete sich das Gesicht ab, nahm das Medaillon von ihrem Hals und gab es der Mutter zurück, die es küßte, bevor sie es sich wieder umhängte. Als Margarete ihr nasses Nachthemd auszog, wandte sich Agathe ab. Die Postkutsche sei viel zu teuer. Man müsse sich nur von Zeit zu Zeit eine kurze Rast gönnen, wenn man lange zu Fuß unterwegs sei.

Margarete zog sich schnell ihren Kittel an und ging langsam in die Wohnküche. Der Kopf schwirrte ihr noch immer. Die Mutter hatte schon gefrühstückt, ihre leere Schale stand auf dem Tisch, daneben eine zweite mit Milch und Brot. Margarete wollte sich an den Tisch setzen, aber ein Blick ihrer Mutter erinnerte sie an das Morgengebet. Sie fiel vor dem Kruzifix auf die Knie und faltete ihre Hände. Sechs Schlaftropfen sind zuviel, dachte sie. Man darf höchstens die Hälfte nehmen. Und meiner Mutter gebe ich sie am besten überhaupt nicht.

Ha«, rief Heinrich, attackierte, doch die Parade Dancenys kam sofort, die Spitze seines Degens, durch die kugelförmige Kappe abgestumpft, traf auf die Glocke an Heinrichs Waffe mit solcher Kraft, daß sie ihm fast aus der Hand geschleudert wurde. Sofort avancierte der Chevalier, verblüffte Heinrich mit einer schnellen Folge von Sekunden, bis der Gelehrte den Degen fallen ließ. Beide nahmen die Schutzmasken vom Gesicht. Danceny zog Heinrich die dickgepolsterte Weste aus, ohne die im Fechtsaal der Universität nicht gekämpft werden durfte, und nickte lächelnd.

»Nicht schlecht für einen Mann, der seine Stichwaffe lange Zeit ruhen ließ!«

Heinrich überlegte noch, ob Danceny mit dieser Bemerkung auf seine Unsicherheit im Umgang mit Frauen anspielen wollte, da redete der Franzose schon weiter, während er sich umdrehte, damit ihm der Gelehrte gleichfalls die Schutzweste abnehmen konnte.

»Aber jetzt spannt mich nicht länger auf die Folter. Wie ist Euer Treffen mit der Jungfer verlaufen?«

»Seit gestern ist sie keine mehr«, antwortete Heinrich. Sie sei völlig unerfahren, und gerade das erhöhe ihren Reiz. Sie habe sich ihm ohne zu zögern sofort hingegeben und ihn nach dem Mittagsmahl wieder so erregt, daß er ihr Verlangen zum zweitenmal habe stillen müssen.

»Dann paßt nur auf, daß sie nicht auch bald ein Kind stillen muß! Habt Ihr Euch wenigstens geschützt?«

Heinrich erschrak. »Selbstverständlich«, sagte er. Doch davon ganz abgesehen, er sei schließlich Mediziner und habe gelernt, wie man unerwünschte Folgen der Lust beseitigen könne.

»Gut für Euch«, antwortete der Chevalier, während die beiden Männer den Fechtsaal verließen. »Aber Ihr wollt das Weib doch nicht etwa wiedersehen?«

Das beabsichtige er durchaus, sagte Heinrich. Er habe sofort gespürt, daß Margarete sein Schicksal sei. Danceny zuckte mit den Schultern. »Nun«, sagte er nachdenklich, »das ist Eure Sache. Aber Ihr habt mir versprochen, mich durch Euren Botanischen Garten zu führen. Ich bin neugierig auf Eure Forschungen!«

»Nichts lieber als das«, sagte Heinrich, erleichtert, nicht mehr über Margarete sprechen zu müssen.

Im Arboretum hatten der Ahorn und die Platanen die Blätter schon abgeworfen. Die roten Früchte der Ebereschen leuchteten in der milden Sonne des frühen Herbstes so rot wie die Buchenblätter. Die beiden Männer gingen an Disteln vorbei, die ihre weißen Samenfäden dem Wind überließen, und auch der Gelehrte konnte sich nicht mehr zurückhalten. Er erzählte von seiner Absicht, einen Baum zu erschaffen, der während des ganzen Jahres gleichzeitig Blätter in sämtlichen Farben des Herbstes trüge. Es sei ihm bereits gelungen, den Zweig einer Ulme auf eine Buche zu pfropfen. Er wolle im Frühjahr noch den Ast einer Pappel mit beiden kopulieren, was vielleicht gelingen könne, wenn er den Ast ablaktiere, also nicht sofort gänzlich von der Mutterpflanze abschnitte. Danach gehe es nur noch darum, die Chemie der Blattfarbstoffe zu verändern.

Der Chevalier sah ihn verständnislos an. »Warum laßt Ihr die Natur nicht so, wie sie ist?«

»Das kann ich Euch erklären! Ich will erkennen, was die Welt in ihrem Innern zusammenhält.«

Danceny lächelte. »Das möchte ich auch! Ich betrachte sie und versuche, sie mit meinem Verstand zu durchdringen. Aber Ihr ... Weshalb müßt Ihr alles auseinandernehmen, um es nach Euren Vorstellungen neu zusammenzufügen? Ihr würdet das gewiß auch mit dem Menschen versuchen, wenn man es Euch erlaubte. Habt Ihr es schon einmal mit einer Taschenuhr probiert?«

»Natürlich nicht«, sagte der Gelehrte. »Ich bin kein Uhrmacher.« Er hatte zwar im Fechtsaal erwogen, den Franzosen zu bitten, ihm zwei Dutzend Kondome zu besorgen, aber jetzt war er so verärgert, daß er darauf verzichtete und auch die Einladung zu einem Schachabend höflich ablehnte. Im Winter sei er mit Vergnügen wieder dazu bereit, sagte er höflich. Die Herbsttage wolle er lieber noch für seine Forschungen nutzen.

Am Dienstag fütterte Margarete wie jeden Morgen zuerst die Hühner. Sie melkte die Ziegen, trug die Milch in die Speisekammer und sagte, sie wolle das schöne Wetter zum Heumachen nutzen. Agathe schüttelte lächelnd den Kopf. »Auf dich wartet heute eine Überraschung. Du kannst dich mit deinem Schatz treffen.«

Margarete merkte, daß ihr das Blut in den Kopf strömte. »Mit meinem Schatz?« fragte sie erschrocken.

Agathe nickte. »Matthias hat einen Tag freibekommen, seine Mutter hat heute Geburtstag. Wir sind zwar erst am Nachmittag zu Kaffee und Kuchen eingeladen, aber du wirst ihn bestimmt schon vorher sehen wollen.«

Agathe ging in ihre Schlafkammer, kam mit ihren Schuhen zurück und drückte sie Margarete in die Hände. »Lauf damit zum Meister Firle und bitte ihn, sie neu zu besohlen. Dann brauchst du nicht bis zum Nachmittag auf Matthias zu warten. Ihr habt euch bestimmt viel zu erzählen. Ich komme dann später zur Kaffeetafel. Und pflück im Garten ein paar Blumen für die Meisterin!«

»Wie du willst, Mutter!«

Agathe sah ihre Tochter erstaunt an. »Freust du dich nicht? Einen besseren Ehemann für dich hätten wir kaum finden können. Matthias liebt dich. Sonst würde er dich ohne Mitgift nicht wollen.«

»Du hast recht, Mutter«, antwortete Margarete. »Ich freue mich.« Sie legte Mutters Schuhe auf den Tisch, lief in ihre Schlafkammer, und während sie einen langen, weiten Rock, das hochgeschlossene Mieder und die Lederschuhe anzog, bemühte sie sich, ein Lied zu singen, damit ihr die Mutter glaubte, daß sie sich freue. Sie summte die Melodie noch leise, als sie in der Wohnküche die Schuhe vom Tisch nahm, küßte die Mutter flüchtig auf die Wange und verließ dann das Haus.

Aus dem Garten holte sie hastig ein paar Astern, ging dann ein Stück an der Stadtmauer entlang und dann langsam durch die Getreidegasse, so langsam, als schritte sie in einem Trauerzug. Sie erreichte den Domplatz, auf dem längst die Marktstände aufgebaut waren. Sie ging durch die Menschenmenge, vorbei an Bergen von Äpfeln, Birnen, Rüben, Zwiebeln und großen Kürbissen. Sie hörte die heiseren Stimmen von Bauern und Händlern, die laut die Preise ihrer Waren ausriefen, und als sie einen Fleischer sah, der in seiner blutigen Schürze ein Schaf am Strick hinter sich herzerrte, regte sich ihr Trotz. Ich werde Matthias auf keinen Fall heiraten, dachte sie. Ich liebe ihn nicht. Eher bringe ich mich um.

Ihr war auf einmal, als wäre eine schwere Last von ihren Schultern gefallen. Erst jetzt genoß sie die Blicke von Männern, die ihre Schönheit bewunderten. Sie wandte sich aber sofort ab und lief weg, sobald ein Mann mit ihr zu sprechen versuchte. Was auch immer geschehen mag, schwor sie sich, Matthias wird mich niemals besitzen. Ich gehöre einem anderen.

Sie spazierte noch in der Stadt herum, bis es vom Dom zwei Uhr schlug. So sehr sich alles in ihr dagegen sträubte, Matthias zu begegnen, sie wollte keinen Streit mit ihrer Mutter und ging langsam zum Südtor, wo der Schuhmacher seine kleine Werkstatt hatte.

Meister Firle saß in der Lederschürze über dem Kittel neben seinem Gesellen und zwei Lehrlingen am niedrigen Schustertisch. Er klopfte im hellen Licht der Glaskugel Speile in eine dicke Ledersohle. Als er aufblickte und Margarete erkannte, legte er den Hammer aus der Hand, stand auf, und sie hielt ihm Agathes Schuhe hin. »Meine Mutter bittet Euch, die Schuhe zu besohlen«, sagte sie. »Wenn ich nicht störe … Ich würde gern der Meisterin gratulieren.«

Der Schuster schmunzelte. »Und den Matthias willst du auch so schnell wie möglich sehen, stimmt's?«

Sie bemerkte, daß Firles Geselle, der gerade ein Stück Pechdraht vorbereitete, neugierig zu ihr herüberblickte. Sie überlegte noch, was sie dem Meister antworten konnte, da kam die Frau des Schuhmachers in die Werkstatt. »Dich schickt der Himmel«, sagte sie und nahm ihr die Astern ab. »Matthias wird gleich vom Bäcker zurückkommen, und das Essen ist immer noch nicht fertig. Hast du Lust, mir ein wenig bei der Arbeit zu helfen?«

»Nichts lieber als das«, antwortete Margarete erleichtert, und während sie der dicken Frau in die Küche folgte, hoffte sie, daß sie es auf diese Weise vermeiden könne, mit Matthias allein sein zu müssen. Ihr schauderte schon bei dem Gedanken, seine Hände zu spüren oder sich gar von ihm küssen zu lassen.

Vorige Woche kam Pfarrer Hager in unsere Werkstatt, um sich ein Paar Schuhe anmessen zu lassen«, sagte die Frau des Schusters. »Wir haben für ihn besonders feines Kalbsleder bestellen müssen. Unser Pfarrer hat vielleicht schmutzige Füße ... Die Werkstatt hat noch am nächsten Tag danach gestunken.«

Bäckermeister Kindhofer hielt ihr seine Tasse hin. Bei ihm verlange die Haushälterin des Pfarrers auch immer nur das beste Brot für Gottes Lohn. »Ich habe ihr vorgestern gesagt, daß der Müller das Geld für sein Mehl leider nicht erst im Jenseits von mir will.«

»Und, hat sie Euch bezahlt?« fragte der Schuster. Kindhofer nickte lachend. »Und ob sie das hat! Aber Ihr hättet ihr Gesicht sehen sollen. So böse hat mich noch nie jemand angeguckt.«

»Hoffentlich hat sie Euch nicht verhext«, sagte Agathe. »Vor bösen Blicken muß man sich in acht nehmen.«

»Ach was«, sagte der Bäcker. Er glaube nicht an Hexerei.

Margarete saß zwischen Matthias und ihrer Mutter mit am Tisch in der guten Stube hinter der Schusterwerkstatt. Das Stück Obsttorte vor sich hatte sie noch nicht angerührt. Neben Meister Firle saßen sein Geselle und die beiden Lehrlinge. Sie aßen schweigend ihren Kuchen und tranken Kaffee aus gerösteten Eicheln, den die Meisterin für sie gekocht hatte. Alle anderen bekamen richtigen Bohnenkaffee.

Margarete vermied es, Matthias auch nur anzusehen, doch als die Schwester der Meisterin, eine vielleicht vierzigjährige Frau mit kurzen grauen Haaren, sie bat, ihr eine Tasse Früchtetee zu kochen, konnte sie die Bitte nicht ablehnen.

Diese Frau tut so, als gehörte ich schon zur Familie, dachte sie verärgert, als sie in die Küche eilte. Wo der Kaffee und der Tee aufbewahrt wurden, hatte ihr die Meisterin schon gezeigt, nachdem sie ihr erklärt hatte, wie sie später die Suppe für den Gesellen und die Lehrlinge kochen solle.

An Erbsen und Rindertalg brauche sie nie zu sparen, aber am Fleisch solle sie geizen. Eine törichte Meistersfrau könne mit dem Kochlöffel mehr Geld aus dem Haus tragen, als der tüchtigste Meister mit der Schubkarre hereinbrächte.

So holte Margarete den Tee aus dem Schrank und schüttete ein wenig in die Teekanne. Sie hatte gerade den Kessel mit heißem Wasser vom Herd genommen, da kam Matthias in die Küche, nahm ihr den Kessel aus der Hand und umarmte sie. Das zieme sich nicht, sagte sie, während sie sich von ihm befreite. Noch sei sie nicht mit ihm verheiratet.

»Stell dich nicht so an!« sagte er ärgerlich. Er müsse schon im Morgengrauen wieder zurück zu seinem Meister, und sonst habe er sie auch immer küssen dürfen. »Liebst du mich nicht mehr?«

»Unsinn«, antwortete sie. »Du hast mich nicht immer küssen dürfen, sondern nur ein einziges Mal. Und danach hat mir der Pfarrer gesagt, eine Jungfer darf sich vor der Hochzeit auch von ihrem künftigen Ehemann nicht anfassen lassen. Sonst bekommt sie die Brautkrone nicht.«

»Genau deshalb liebe ich dich«, sagte Matthias und versuchte, sie wieder an sich zu ziehen. »Keine ist so züchtig wie du! Übrigens, Vater hat mit dem Altmeister gesprochen. Wenn wir Glück haben, erläßt mir die Innung ein Wanderjahr, und wir können schon in einem Jahr heiraten.«

»Wie schön für uns«, sagte sie. »Aber wer weiß, was bis dahin alles passiert. Vielleicht hast du dich dann längst in eine andere verliebt.«

»Nie und nimmer«, antwortete er. Das würden ihm die Eltern auch nie erlauben. Sie griff nach dem Kessel, goß heißes Wasser in die Teekanne und ging damit zurück in die gute Stube, stellte die Kanne auf den Tisch und setzte sich wieder neben ihre Mutter. Je länger sie den Gesprächen der anderen zuhörte, desto mehr langweilte sie sich.

Sie blickte zu Meister Firle hinüber. Sie sah die Meisterin neben ihm, die jedesmal nach der Kaffeekanne griff, sobald ihr Mann seine Tasse geleert hatte. Sie blickte zum Bäcker Kindhofer und seiner Frau hinüber, sah hinter ihnen das Kruzifix neben dem dunkelbraunen Wohnzimmerschrank. Sie sah, daß Meister Firle seiner Frau den Kuchenteller hinhielt, auf den die Meisterin sofort dienstbeflissen ein Stück Torte legte, und auf einmal kam es ihr so vor, als wäre sie schon die Meisterin und Matthias ihr Mann.

Sie erinnerte sich an die vielen Spiegel in dem vornehmen Gasthof, und ihr war, als sähe sie an unzähligen Tischen unzählige Schustermeister sitzen, die sich von ihrer Ehefrau bedienen ließen, obwohl es die Frau war, deren Geburtstag gefeiert wurde. Nein, dachte sie. So ein Leben will ich nicht.

»Du mußt mehr essen«, hörte sie die Stimme der Frau Firle. »Du willst doch später gesunde Kinder.«

»Gretchen hat heute gut zum Frühstück gegessen«, sagte Agathe und versetzte ihrer Tochter unter dem Tisch einen kurzen Stoß mit dem Knie. »Ich sorge schon dafür, daß Euer Sohn eine tüchtige Frau bekommt.«

Margarete nahm ein winziges Stück von ihrem Tortenstück, und als sie den Bissen herunterschluckte, wußte sie, daß sie später zum erstenmal drei Kräutertropfen in den Tee ihrer Mutter träufeln würde.

13

Der tiefe Schlaf

»So gut wie letzte Nacht habe ich schon lange nicht mehr geträumt«, sagte Agathe, als sie aus der Schlafkammer kam.

»Wie schön für dich, Mutter«, antwortete Margarete. Sie aß ihren Getreidebrei und freute sich schon jetzt auf Heinrich. Nachdem sie vorgestern zum erstenmal abends drei Kräutertropfen in den Tee ihrer Mutter gegeben hatte, war sie von Zeit zu Zeit in deren Kammer gegangen und hatte ihren tiefen Atemzügen gelauscht. In der vergangenen Nacht war sie sogar in Holzpantinen in der Wohnküche herumgelaufen, hatte die Stühle hin und her geschoben und mit den Tellern geklappert. Sogar dieser Lärm hatte Agathe nicht aufgeweckt, und über Kopfschmerzen klagte sie auch nicht.

Heinrich weiß, was er tut, dachte Margarete. Sie stellte sich vor, daß sie ihn in ihre Kammer lassen und die ganze Nacht in seinen Armen liegen würde.

Ihre Mutter sah sie erstaunt an und fragte, an was sie denke.

»An Matthias«, sagte sie schnell. »Vielleicht können wir schon in einem Jahr heiraten.«

Das habe ihr Meister Firle auch angedeutet, sagte Agathe. Sobald sein Sohn den Meisterbrief in der Tasche hätte, wolle er sich auf das Altenteil zurückziehen.

»Ich möchte heute wieder die Sense mitnehmen«, sagte

Margarete. »Dann kann ich mehr Heu machen und es noch diese Woche in den Schuppen bringen.«

»Warum nicht. Wenn die anderen Mädchen auch auf der Weide sind …«

Margarete holte die Sense aus dem Schuppen, band die Ziegen los und trieb sie zum Südtor, wo Bärbel und Lieschen schon mit ihren Tieren auf sie warteten.

»Ihr werdet mir nicht glauben, was gestern passiert ist«, sagte Bärbel. »Peters Eltern waren bei meinen Eltern, und sie sind sich einig geworden. Peter wird mich zu Ostern heiraten. Ihr seid natürlich beide zu meiner Hochzeit eingeladen.«

»Wie schön für dich«, sagte Margarete. »Meinen allerherzlichsten Glückwunsch.«

Jetzt müsse Bärbel besonders vorsichtig sein, riet ihr Lieschen. Wenn sie Peter vor der Trauung das Beilager erlaube, setze sie ihre Ehe aufs Spiel.

»Das brauchst du mir nicht zu sagen«, antwortete Bärbel. Sie sei schließlich nicht dumm. Margarete zuckte zusammen, als hätte jemand sie mit dem Tatzenstock geschlagen. War es dumm, daß ich mich Heinrich hingegeben habe? überlegte sie. Er hat noch nicht ein einziges Mal vom Heiraten gesprochen.

Die drei jungen Frauen trieben die Tiere am Rande der Straße entlang. Sie erreichten den Feldweg, der in die Berge führte. Margarete lauschte dem Gespräch ihrer Freundinnen. Bärbel erzählte, daß Peter schon auf der Suche nach einem Haus sei, das er von ihrer Mitgift bezahlen wolle.

Lieschen fragte, wie viele Kinder sich Peter wünsche, und als Bärbel sagte, das wollten sie beide dem Herrgott überlassen, spürte Margarete, wie sich ihr Herz verkrampfte.

Über Kinder spricht er auch nie mit mir, dachte sie. Sie erinnerte sich, wie fröhlich es sie jedesmal gemacht hatte, mit der kleinen Katharina zu spielen. Wenn ich Matthias heirate, könnte ich vielleicht schon bald wieder so ein kleines Mädel im Arm halten. Doch dann malte sie sich aus, wie er in der engen Werkstatt sitzen würde. Wie sie in der kleinen Küche für ihn und seine Gesellen die Suppe kochen würde, und als sie sich vorstellte, nachts neben ihm zu liegen und ihm ein Kind nach dem anderen zu gebären, graute ihr.

»Du mußt nicht traurig sein, weil ich heirate«, riß Bärbel sie aus ihren Gedanken. »Wenn du nur auch mal zum Tanz gehen würdest ... Du bist so schön, du bekommst bestimmt auch einen Mann.«

»Vielleicht habe ich längst einen«, sagte Margarete. Ihre Mutter und Meister Firle seien sich seit langem einig, daß Matthias und sie heiraten würden. »Sobald er den Meisterbrief hat, werde ich seine Meisterin!«

Bärbel blickte sie erstaunt an. »Weshalb hast du uns nichts davon erzählt?«

Margarete lächelte. »Man muß nicht gleich immer alles erzählen. Ich wollte damit warten, bis Matthias seine Wanderjahre hinter sich hat, aber jetzt wißt ihr Bescheid.«

Sie bemerkte, daß ihre Freundinnen beeindruckt waren, doch sie war froh, als sie die Weide ihrer Mutter erreichte und sich von ihnen verabschieden konnte. »Ich muß heute noch Gras mähen«, sagte sie zu Bärbel. »Wenn ich eine Pause mache, komme ich später vielleicht kurz zu euch hoch.«

Sie lief auf die Weide, legte ihre Sense ins Gras. Sie trieb die Ziegen unter die Kastanie, band sie dort fest, und als sie zu mähen anfing, nahm sie sich vor, mit Heinrich über das Heiraten zu sprechen.

So entschieden der Gelehrte bislang die Auffassung vertreten hatte, jegliche Wissenschaft müsse auf objektiven und nachprüfbaren Tatsachen beruhen, die subjektiven Empfindungen des Forschers und Lehrers seien unerheblich – Margaretes Liebe wühlte ihn auf, beglückte ihn und beflügelte ihn zu einer Kühnheit, die sogar die Studenten beeindruckte.

»Unsere Astrologen wollen die Mechanik der Gestirne erkennen«, dozierte er jetzt im Auditorium. »Die Botaniker erforschen die Gesetze der Vererbung. Die Chemiker suchen in ihren Retorten jene Kräfte, die Elemente zusammenfügen oder trennen, aber es gibt im Universum nur eine einzige wirksame Kraft, und das ist – die Liebe!«

Die Liebe allein sei es, die sogar die unbelebte Materie durchdringe. Nur sie sei es, die den männlichen Pol eines Magneten zum weiblichen hinzöge, und wenn man eine Säure mit einer Lauge durchmische und dabei eine neue Substanz entstehe, sei sie nichts als ein Produkt der Liebe.

»Wir lächeln zwar heute über die Bemühungen der Alchimisten, in Phiolen aus Sperma Homunkuli zu erzeugen«, sagte er. »Aber vermutlich sind sie nur gescheitert, weil sie den *lapis philosophorum* in der Materie gesucht haben. In Wahrheit haben schon die alten Griechen den Stein der Weisen gekannt. Es ist die Liebe!«

Er erklärte den Schülern Platons Vorstellung von den beiden Hälften des von eifersüchtigen Göttern getrennten Wesens, die einander ständig suchten, verschnitt diese Vorstellung mit Demokrit und würzte sie mit einem Hauch Epikur. Er verwies kurz auf Ovid, der die Gesetze der Liebe ähnlich erforscht habe wie Aristoteles jene der dramatischen Kunst.

»Ovid war der Bedeutendere von beiden«, schloß er seinen Vortrag. »Denn auch das Drama wäre ohne die Liebe und ihren Gegenpol, den Haß, unvorstellbar.«

Die Studiosi klopften beifällig auf die Pulte und verließen dann den Hörsaal. Heinrich hatte schon nach seinem Manuskript gegriffen, als ein Schüler zu ihm trat und ihn bat, eine Frage stellen zu dürfen. Aber gewiß doch, sagte Heinrich geschmeichelt, er sei für jede Frage dankbar.

Der Schüler sah ihn ernst an. »Ich habe Euch genau zugehört. Ihr habt nicht ein einziges Mal von Gott gesprochen ...«

Heinrich vermutete, daß der Bischof einen Spitzel in seine Vorlesung geschickt hatte, doch damit hatte er inzwischen umzugehen gelernt. »Dann hat Er mir zwar zugehört, aber nicht mitgedacht. Ich habe während der Vorlesung *nur* von Gott gesprochen, denn er allein ist die Liebe.«

»Dann verzeiht mir bitte meine dumme Frage«, sagte der Schüler und verließ ebenfalls den Hörsaal. Heinrich genoß einen Augenblick seinen Triumph, doch als er zum Botanischen Garten ging, regten sich seine Zweifel. Wenn die Liebe jene Kraft war, die ständig neues Leben entstehen lassen wollte – sollte sie auch Margarete und ihn zusammengeführt haben, um ihre Schönheit und seine Intelligenz in einem Kinde zu verschmelzen?

Er ging langsam an den Gartenlokalen vorbei, an deren Tischen die Studiosi beim Bier saßen. Die Natur tut alles nur für die Gattung und nichts allein für das Individuum, dachte er und wurde unruhig. So sehr er Margarete begehrte, bereits der Gedanke, mit einer Frau vor den Traualtar zu treten und danach Vater zu werden, mißfiel ihm. Nicht, daß er etwas gegen Kinder gehabt hätte! Er freute sich, wenn er sie auf der Straße spielen sah. Er verteilte neuerdings reichlich Almosen, sobald er bettelnden Kindern begegnete, aber eigene hatte er sich nie gewünscht.

Ich darf mein Leben nicht mit dem einer ungebildeten Frau verstricken, nahm er sich vor. Ich muß sie großzügig belohnen und so schnell wie möglich vergessen.

Doch als er im Botanischen Garten sah, daß der Zweig der Ulme, den er auf die Buche gepfropft hatte, immer noch in kräftigem Saft stand, legte sich seine Unruhe.

Auch wenn die Liebe jene Kraft ist, die alles durchdringt, überlegte er, der Mensch verfügt über den Geist, die Natur zu erkennen. Er vermag, sie nach seinen Vorstellungen zu gestalten und unerwünschten Entwicklungen entgegenzuwirken.

Heinrich bewunderte noch eine Weile seine Buchenulme, setzte sich dann auf eine der Gartenbänke, und als er daran dachte, daß Margarete die ganze Nacht in seinen Armen liegen würde, nahm er sich vor, jede Minute mit ihr zu genießen.

So saß er im Licht der noch immer wärmenden Herbstsonne, bis sich sein Hunger regte. Er ging zurück in seine Wohnung, wo Fritz schon den Tisch gedeckt hatte.

Der Gelehrte verzehrte ein vorzügliches Kalbsschnitzel mit Champignons in Sahnesoße, trank dazu einen guten italienischen Weißwein, und als er sich mit der Serviette den Mund abwischte, überlegte er, mit welchem kleinen Geschenk er Margarete erfreuen konnte. Er erwog, ob er einen Ring oder ein anderes Schmuckstück für sie kaufen sollte, doch dann stand er auf und ging zu seinem Bücherschrank. Er griff zuerst nach einem schmalen Band von Ovid, zögerte und stellte ihn wieder in den Bücherschrank zurück. Ovid erschien ihm ein wenig zu anzüglich für sie.

Über Epiktets *Kleines Handbüchlein der Moral und der Unterredungen* wird sie sich mehr freuen, dachte er. Sie würde das Buch zwar, davon war er überzeugt, auch in deutscher Sprache nicht verstehen, aber als Kompliment für ihre Intelligenz auffassen. Einige Leckereien mitzubringen, durfte er trotzdem nicht vergessen.

Er zog an der Schnur, die die Glocke in der Dienstbotenkammer ertönen ließ. Fritz kam zu ihm in den Salon. Er wollte das Geschirr abräumen, doch der Gelehrte winkte ihn zu sich. »Koche Er mir einen starken Kaffee, packe Er mir das Buch mit feinem Papier als Geschenk ein, und besorge Er mir dann ein Pferd. Ich habe auswärtige Geschäfte zu erledigen, und ich werde erst im Morgengrauen zurück sein.«

»Sehr wohl, der Herr«, sagte Fritz, und als er in die Küche

ging, überlegte Heinrich, welche Kleidung für sein nächtliches Abenteuer geeignet wäre. Sein Frack war dafür zu auffällig. Den Bauernkittel konnte er auch nicht anziehen. Es erschien ihm ratsam, sich mit seinem Degen zu gürten, denn es war den niedrigen Ständen nicht erlaubt, eine Waffe zu tragen. So nahm er seinen schwarzen Gehrock und ein dunkles Beinkleid aus dem Schrank, und während er sich umkleidete, konnte er sich ein selbstzufriedenes Lächeln nicht verkneifen. Er war ein stattlicher Mann, der weithin großes Ansehen genoß, und jetzt war es ihm auch noch gelungen, eine junge Frau zu erobern, deren Anmut die der Schönen Helena übertraf. Die Schöne Helena!

Heinrich erinnerte sich an die Kupferstiche im Kunstkabinett des Herzogs, stellte sich Margarete im kurzen weißen Chiton einer jungen Griechin vor, und schon das erregte ihn über alle Maßen. Ich muß sie so sehen, dachte er. Ich darf das Land der Griechen nicht nur mit der Seele suchen, und als er aus dem Haus eilte und auf das Pferd stieg, überlegte er, auf welche Weise er mit ihr seine Phantasien verwirklichen konnte.

Margaretes Freundinnen hatten sich längst von ihr verabschiedet, als sie die Ziegen losband, sich die Sense wieder über die Schulter legte und die Tiere talabwärts trieb. Ich muß mit Heinrich über unsere Zukunft reden, nahm sie sich vor. Wenn er mich wirklich liebt, wird er mich heiraten. In den Märchen, die ihr der Vater erzählt hatte, heirateten die Prinzen ja auch oft schöne, arme Frauen.

Inzwischen stand die Sonne so tief, daß es aussah, als würde sie jeden Moment an den Gipfel stoßen. Der größte Teil der Ernte war längst eingefahren. Nur auf einigen Feldern wuchs noch Grünkohl, der erst nach dem ersten Frost von den Feldern geholt wurde.

Wenn das Wetter gut bliebe, könnte sie morgen das Heu in

den Schuppen bringen. Und sie mußte Mutter daran erinnern, das Brennholz für den Winter zu kaufen.

In spätestens zwei Monaten würde der erste Schnee fallen, und als sie sich vorstellte, daß dann die beiden Betten wieder in der Wohnküche ständen und sie neben ihrer Mutter schlafen würde, erinnerte sie sich an ihren Vater.

Wenn ich ihn nicht so früh verloren hätte, wäre bestimmt alles anders gekommen. Sie zweifelte nicht daran, daß Gott sie für ihre Unkeuschheit bestrafen würde, aber sie hoffte, die Strafe würde milde ausfallen. Sie hatte zwar gesündigt, aber sie hatte es nur aus Liebe getan.

Es dauerte nicht lange, da hatte sie die Ziegen an der Wache vorbei durch das Stadttor getrieben. Sie führte sie in den Stall, melkte sie und ging dann mit der Milch ins Haus, wo ihre Mutter schon am Spinnrad saß.

»Ich habe heute den Rest der Weide gemäht«, sagte Margarete. »Hoffentlich regnet es morgen nicht. Dann kann ich das Heu schon einfahren.«

Ihre Mutter sah nicht von der Arbeit auf. »Wenn ich dich nicht hätte.« Margarete ging in ihre Kammer, wusch sich die Hände, und als sie kleine Uhr aus der Rocktasche nahm und unter ihrem Bett versteckte, erinnerte sie sich an den Gasthof, in dem sie mit Heinrich gespeist hatte. Wir fügen doch niemandem ein Leid zu, dachte sie, und ist nicht jeder auf der Suche nach seinem Glück?

»Was trödelst du denn so lange herum?« hörte sie die Stimme ihrer Mutter. Sie müsse das Garn morgen bei Herrn Hinterhuber abliefern, sonst gäbe er ihnen keine Arbeit mehr.

»Ich wasche mich nur, damit die Wolle nicht schmutzig wird«, rief Margarete. Als sie sich an ihr Spinnrad setzte, merkte sie, daß ihre Hände geschwollen waren und fast gefühllos, doch sie griff nach der Wolle, zog Fasern und verzwirbelte sie mit dem kurzen Faden am Spinnrad.

Ich werde Heinrich heute sagen, daß ich ihn liebe, aber nicht in Sünde leben möchte, nahm sie sich vor. Sie malte sich aus, wie es wäre, wenn er sie an seinem Arm zum Traualtar führen würde. Sie trüge stolz die Hochzeitskrone auf dem Kopf, ihre Mutter würde weinen, und Marthe mußte unbedingt ihre Trauzeugin sein. Vielleicht werden mein Bruder und Heinrich gute Freunde. Nur Matthias wird bestimmt sehr traurig sein, aber wenn er mich wirklich ein bißchen mag, wird er mir mein Glück gönnen.

So hing sie ihren Gedanken nach, bis ihre Mutter sagte, es sei Zeit für das Abendessen. Da stand Margarete auf, holte das Brot und den Käse aus der Speisekammer und trug beides zum Tisch. Sie ging zum Herd, warf Schlehenblätter in die Teekanne und goß heißes Wasser darüber. Sie blickte kurz zur Mutter, und als sie sah, daß sie noch immer am Spinnrad saß und ihr den Rücken zuwandte, holte Margarete schnell das Fläschchen aus der Rocktasche und träufelte drei Tropfen des Schlafmittels in den Tee für ihre Mutter.

»Ich muß morgen das Garn beim Hinterhuber abliefern«, sagte Agathe, als sie sich zu ihrer Tochter an den Tisch setzte. »Falls ich wieder so lange schlafe, mußt du mich wecken, sobald die Sonne aufgegangen ist.« Sie aß eine Scheibe Brot mit Käse und trank ihren Tee. Danach dauerte es nicht mehr lange, bis sie gähnte, zur Nacht betete und sich in ihre Schlafkammer zurückzog.

Inzwischen war es so dunkel, daß Margarete eine Talgkerze anzünden mußte, bevor sie die Teller und die Tassen säubern konnte. Sie brachte das Brot und den Käse in die Speisekammer, ging dann mit der Kerze in der Hand in ihre Kammer und holte die Taschenuhr unter ihrem Bett hervor. Nur noch eine Stunde, bis Heinrich sie wieder umarmen konnte.

Heute werde ich Heinrich einmal bewirten, dachte sie,

blies das Licht aus, und als sie das Haus verließ, bedauerte sie, daß sie ihm kein Glas Wein anbieten konnte. Aber das würde er verstehen. Sie versteckte die kleine Flasche Kräutertropfen hinter Katharinas Wiege, die jetzt verstaubt in einer Ecke des Schuppens stand, und lief dann zur Stadtmauer. Im Mondlicht kam ihr der Mauerzwinger zwar unheimlich vor, aber sie ängstigte sich nicht. Um diese Zeit schlief alles in Wahlburg.

Margarete hatte das Loch in der Mauer fast erreicht, da sah sie Heinrich auf sich zukommen und rannte ihm entgegen. Er stellte seine Arzttasche auf den Boden, zog sie an sich und küßte sie.

Weshalb er seine Arzttasche bei sich habe, fragte sie, als er sie freigab und sie wieder atmen konnte. Ob er noch bei einem Kranken gewesen sei.

Heinrich lachte leise. »Ich behandele schon lange keine Patienten mehr. Ich möchte dir nur etwas Schönes schenken.«

In der Wohnküche zündete Margarete das Talglicht wieder an. Sie überzeugte sich, daß ihre Mutter nach wie vor schlief, schloß die Tür der Schlafkammer wieder und stellte die Kerze auf den Tisch. »Ich bring' nur rasch etwas zu essen auf den Tisch«, sagte sie leise und ging zur Speisekammer. Sie habe sich den ganzen Tag darauf gefreut, mit ihm gemeinsam am Tisch zu sitzen wie Eheleute. »Möchtest du Früchtetee, oder soll ich dir lieber einen richtigen Tee kochen?«

Er sah sie gerührt an. Er hatte zwar im *Blauen Schwan*, wo er sein Pferd eingestellt hatte, vorzüglich gespeist, aber er mochte sie nicht enttäuschen. Einen Früchtetee hätte er schon lange nicht mehr getrunken, sagte er. Aber sie solle vorher seine Geschenke bekommen.

Heinrich befreite sich vom Degen und dem Gehrock, bückte sich nach seiner Tasche, stellte eine Flasche Wein auf den Tisch und überreichte ihr zuerst den Karton mit feinem Konfekt.

»So viel Geld mußt du für mich nicht ausgeben«, sagte sie, und als er ihr ein zweites kleines Päckchen in die Hand legte, entfernte sie behutsam das goldfarbige Papier, in das Fritz das kleine, dünne Buch eingepackt hatte, betrachtete es und schlug es so andächtig auf wie Pfarrer Hager sein Meßbuch.

»E-pik-te-tos«, las sie und blickte Heinrich unsicher an. »Was ist das? Ich habe das Wort noch nie gehört!«

»Epiktet war einer der weisesten Männer, die je auf unserer Erde gelebt haben. Ich liebe diesen Philosophen mehr als alle anderen.«

»Wenn du ihn liebst, werde ich ihn auch lieben«, sagte sie. Sie hätte Heinrich gern gefragt, was das Wort Philosoph bedeutete, doch sie wollte nicht, daß er sie für dumm hielt. So ging sie in ihre Schlafkammer und zeigte ihm den alten Almanach ihres Vaters. Dieses Buch lese sie am liebsten. Wenn Heinrich wolle, würde sie es ihm gern borgen. Sie kenne die meisten Geschichten auswendig.

»Das ist lieb von dir«, sagte er, nahm ihr das Buch ab, legte es in seine Tasche, und als er sie zu küssen begann und nach ihren Brüsten tastete, erwiderte sie seine Zärtlichkeiten so leidenschaftlich, daß es ihn beglückte und gleichzeitig erschreckte. Er hatte ihr kaum das Mieder aufgeschnürt, da nestelte sie hastig an den Knöpfen seines Hemdes, streifte es von seinen Schultern, faltete es ordentlich zusammen und legte es ebenso vorsichtig auf einen der Stühle wie Sekunden später ihren Rock. Dann griff sie nach der Konfektschachtel, blies das Licht aus und zog ihn in ihre Schlafkammer.

»Du bist der erste Mann, den ich in meine Kammer lasse«, flüsterte sie. »Und du wirst auch der letzte sein.«

Das Mondlicht fiel durch das kleine Fenster, und als er sah, wie sie sich nackt auf ihr schmales Bett legte, fiel ihm der kurze Chiton ein, den er in der Kostümkammer des Schlosses gefunden hatte, holte ihn aus seiner Arzttasche und bat Margarete, ihn anzuziehen. Er müsse unbedingt sehen, wie sie aussähe, wenn sie ein Griechin wäre.

Sie lachte. »Wie du willst! Für dich werde ich alles tun, was dich glücklich macht.« Sie schlüpfte in das kurze Gewand, stellte sich nahe ans Fenster, damit er ihre Schönheit im Mondlicht bewundern konnte, und jetzt zitterten seine Hände so sehr, daß er sich nur mit Mühe die Schnallenschuhe und die Kniehose ausziehen konnte.

Sie rückte zur Wand, um ihm Platz zu machen. Er legte sich neben sie, zog sie an sich, und als sie ein Fleisch wurden, schrie sie so laut vor Lust, daß er ihr den Mund zuhielt. »Ich liebe dich, Gretchen!« sagte er. »Ich liebe dich, wie ich noch nie eine Frau geliebt habe.« Sie legte ihren Kopf an seine Brust.

Der Herbst schien in diesem Jahr nicht aufzuhören. Das Heu war längst eingefahren. Das Brennholz für den Winter lag schon vor dem Haus, aber es war immer noch so warm, daß die Betten in den Schlafkammern bleiben konnten.

Margarete trieb die Ziegen noch jeden Tag auf die Weide, und damit Agathe nicht mißtrauisch wurde, beichtete sie jetzt wieder in der St.-Jakobs-Kirche bei Pfarrer Hager.

Seit er wußte, daß Matthias sie heiraten wolle, sobald er den Meisterbrief in der Tasche hätte, erinnerte er sie bei jeder Beichte, daß es eine Todsünde wäre, vor dem Empfang des heiligen Sakraments der Ehe dem Verlobten das Beilager zu gestatten, und sie schwor ihm, daß Matthias sie nicht einmal küssen dürfe.

Inzwischen war sie überzeugt, daß es das Glück auf der Welt tatsächlich gab. Jede Woche ließ sie Heinrich in ihre Kammer, sobald ihre Mutter schlief, und wenn er in der Morgendämmerung aus dem Haus schlich, begleitete sie ihn oft noch bis zur Stadtmauer.

»Wir müssen uns bald etwas einfallen lassen«, sagte sie eines Morgens zu ihm, als ein Herbststurm während der Nacht die letzten Blätter von den Bäumen gefegt hatte. »Sobald der erste Schnee fällt, stellen wir unsere Betten neben den Herd. Im Winter schlafe ich immer neben der Mutter.«

Er blieb stehen und küßte sie auf beide Augenlider. »Dann miete ich eine Kutsche, und wir übernachten in meiner Wohnung oder in einem Gasthof, wo uns keiner kennt!« Sie sei die Königin seines Herzens. Für sie würde er sogar alle Sterne vom Himmel holen, wenn das möglich wäre.

»Wie du willst, Heinrich«, antwortete sie leise. »Dann komme ich nächsten Mittwoch wieder hierher.« Sie zögerte kurz. »Du weißt ja, falls ich einmal nicht kommen kann, beichte ich einen Tag später zur Mittagsstunde im Dom.«

Sie wartete noch, bis er durch das enge Loch aus der Stadt schlüpfte, und als sie langsam nach Hause ging, sah sie, daß dunkle Wolken über den Himmel zogen. Es war so kühl, daß sie fröstelte, obwohl sie noch immer Heinrichs Küsse auf ihrer Haut zu spüren meinte.

Sie erreichte das Haus und hatte gerade die Hand auf die Türklinke gelegt, als sie hinter sich ein Geräusch hörte. Sie drehte sich um, und Marthe stand vor ihr.

»Ich wollte nur ...«, stammelte Margarete. »Ich wollte nur nachsehen, ob mein Bruder heute am Südtor Dienst hat.«

Marthe legte den Zeigefinger auf die Lippen. »Sei nicht so laut. Ich muß mit dir sprechen, bevor deine Mutter wach wird.«

Jetzt ist alles aus, dachte Margarete. Sie hat uns entdeckt. Sie folgte Marthe in ihr Haus und war überrascht, als die Nachbarin sofort einen Kessel mit Wasser füllte und auf den Herd stellte. »Hast du den vornehmen Herrn heute zum erstenmal in deine Kammer gelassen, oder triffst du dich schon länger mit ihm?«

»Ich weiß nicht, was Ihr wollt«, sagte Margarete. »Ich habe niemanden in meine Kammer gelassen. Bestimmt nicht.«

»Versuch nicht, mich anzulügen! Ich habe dich mit ihm aus dem Haus schlüpfen sehen. Aber wenn du mir nicht vertraust, kannst du gern wieder gehen! Von mir erfährt deine Mutter gewiß nichts. Ich bin deine Patin und will nur dein Bestes!«

Margarete schwieg, dann begann sie, zuerst zögernd, dann immer schneller, von Heinrich zu sprechen. Sie berichtete, wie er sie vor dem Dom angesprochen hatte und ihr gefolgt war. Sie erzählte vom Heumachen in den Bergen, und als sie Marthe die Fahrt in der Kutsche schilderte, unterbrach die Patin sie. »Und dort hat er dir deine Unschuld genommen. Hat er wenigstens Vorsorge getroffen?«

»Ich weiß nicht. Wie soll er das wohl getan haben?«

Jetzt sah Marthe sie besorgt an, und als sie weitersprach, blickte sie an ihr vorbei. Ob er über seinen Zipfel, über das Ding zwischen den Beinen der Männer, ein dünnes Gewand gezogen habe. Das sei zwar verboten, aber die meisten Adligen kümmerten sich nicht darum, obwohl diese Überzüge aus getrockneten Schafsdärmen sehr teuer seien.

Das ... wisse sie nicht, stotterte Margarete und fing an zu weinen. Sie sei viel zu aufgeregt gewesen, um darauf zu achten. Aber Heinrich sei doch ein Doktor der Medizin, und er liebe sie.

Marthe lachte bitter. »Habe ich mir's gedacht! Doktor hin, Doktor her, im entscheidenden Augenblick denkt jeder Mann nur an seine Lust!«

Sie ging zum Herd, prüfte, ob das Wasser im Kessel heiß genug war, und goß es in eine Schüssel, in die sie Seife schnitt. »Ich hoffe nur, daß er dich nicht schon geschwängert hat. Dann ist alle Mühe vergebens. Wenn du dich schon mit einem Mann einläßt, mußt du darauf achten, daß er sich vorsieht.

Und du mußt dich danach unbedingt gründlich innen waschen. Komm jetzt mit!«

Marthe nahm die Schüssel vom Tisch, ging mit Margarete in die Schlafkammer, und als sie ihr erklärte, was ein Kondom ist, und ihr zeigte, wie sich eine Frau gründlich waschen und auch innen reinigen konnte, schämte sich Margarete.

»Davon darfst du weder deiner Mutter etwas erzählen noch dem Pfarrer«, sagte Marthe. »Sogar Eheleute dürfen es nur miteinander treiben, damit die Frau ein Kind empfängt. Und etwas dagegen zu tun oder Lust dabei zu haben, ist für die Kirche eine Todsünde!«

Margarete sah ihre Patin unsicher an. »Warum macht uns der liebe Gott so viel angst?« fragte sie leise. »Weshalb müssen wir immer ein schlechtes Gewissen haben? Ist das die Strafe für unsere Sünden?«

»Ich weiß es nicht«, antwortete Marthe. »Manchmal glaube ich, wenn es Gott wirklich gibt, dann hat er sich von uns Menschen längst abgewandt.« Sie ging in die Speisekammer und drückte Margarete zwei Eier in die Hand. Falls ihre Mutter schon wach wäre, solle sie ihr sagen, sie wäre im Hühnerstall gewesen. Und sie solle künftig vorsichtiger sein. Am besten, sie ließe sich überhaupt nicht mehr mit Männern ein, bevor sie verheiratet wäre.

»Danke, Patin«, stammelte Margarete, und dann tat sie, was sie noch nie getan hatte. Sie griff nach Marthes Hand, küßte sie und eilte durch den Garten nach Hause, wo sie zuerst die Eier in die Speisekammer brachte und danach in die Schlafkammer ihrer Mutter ging.

»Zeit, aufzustehen«, rief sie. Sie ging ans Fenster, öffnete es. »Zeit, aufzustehen«, rief sie wieder, diesmal lauter. Sie sah Agathe mit offenem Mund im Bett liegen, und als sie sich immer noch nicht regte, faßte sie ihr an die Schulter, schüttelte sie erst behutsam, dann kräftiger. Sie griff nach ihrer Hand.

Sie fühlte sich so kalt an, daß Margarete erschrak und zurück zu Marthe rannte. Marthe saß am Tisch und frühstückte.

»Ich weiß nicht, was ich machen soll! Mutter wird nicht wach, und ihre Hand ist ganz kalt!«

Marthe stand sofort auf. »Dann muß ich wohl mal nach dem Rechten sehen.« Sie begleitete Margarete in die Schlafkammer ihrer Mutter, suchte nach Agathes Puls, schob vorsichtig eines ihrer Augenlider hoch und bekreuzigte sich. »Lauf zum Pfarrer und zum Doktor«, hörte Margarete die Nachbarin noch sagen, dann wurde ihr schwarz vor den Augen, und sie sank neben dem Bett zu Boden.

Sie müsse ihre Mutter wecken, sagte Margarete schlaftrunken. Die Augen noch immer geschlossen, richtete sie sich auf, und als sie zwei Hände spürte, die sie behutsam auf das Unterbett zurückdrückten, lächelte sie. Sie glaubte, es wären Heinrichs Hände. Sie wollte ihn umarmen, öffnete die Augen, sah Marthe und merkte, daß sie nicht in ihrem Bett lag. »Wo bin ich?« fragte sie, noch immer schlaftrunken. »Was ist passiert?«

»Du brauchst keine Angst zu haben«, sagte Marthe ruhig. »Ich habe dich gestern mit zu mir genommen. Du mußt jetzt aufstehen.«

»Was ist mit meiner Mutter?« fragte Margarete, stieg langsam aus dem Himmelbett in Marthes Schlafkammer, blickte sich verwirrt um. Sie überlegte, was geschehen war, doch sie konnte sich an nichts mehr erinnern. Sie wollte weinen, aber die Augen wurden ihr nicht mehr feucht.

Margarete goß Wasser in eine Schüssel und begann, sich zu waschen. Meiner Mutter ist etwas zugestoßen, dachte sie. Ich muß sofort zu ihr. Sie wollte sich anziehen und nach Hause gehen, als Marthe in die Kammer zurückkam. Sie brachte ihr ein langes schwarzes Kleid, schwarze Strümpfe, ihren Mantel und die Sonntagsschuhe. »In deiner Truhe habe ich außer dem Mantel nichts Schwarzes gefunden! Wenn du willst, kannst du das Kleid und die Strümpfe von mir anziehen, bis wir Trauerkleidung für dich gekauft haben.«

Margarete verstand nicht. Wie betäubt zog sie sich an. Dann nahm Marthe sie an die Hand wie ein Kind und führte sie durch den Garten nach Hause. Vor der Haustür lag ein Strohkreuz, mit einem großen Stein beschwert, damit es der Wind nicht wegtrug. Da wußte Margarete, daß ihre Mutter gestorben war.

»Unsere Tiere!« stammelte sie. »Ich muß die Tiere füttern.« Das sei nicht nötig, sagte die Nachbarin. Sie habe Valentin benachrichtigt, und der Hauptmann habe ihm zwei Wochen freigegeben, damit er sich um alles kümmern könne.

»Das macht jeder Hauptmann gern«, sagte Marthe. »Dann kann er sich den Sold für zwei Wochen in die eigene Tasche stecken.«

Margarete riß sich los und lief durch die Wohnküche zu ihrer Mutter, die, in ihrem Brautkleid, ihre Taufkerze in den Händen, aufgebahrt in ihrem Bett lag. Auf dem kleinen Nachtschränkchen brannten vier Kerzen. Über dem Bett hing das Kruzifix, und am Fußende des Bettes stand der Weihwasserkessel. Margarete besprengte ihre tote Mutter mit Weihwasser, lief in ihre Schlafkammer und holte den Rosenkranz, sank vor dem Bett ihrer Mutter auf die Knie und fing an zu beten. Sie betete, bis Valentin zu ihr kam in seiner Uniform und langen Stiefeln. Er strich ihr sanft über das Haar, und sie stand auf. »Was soll denn jetzt aus mir werden?« fragte sie leise. »Wenn Mutter nicht mehr bei uns ist.«

»Mach dir keine Sorgen«, sagte Valentin ruhig. »Ich habe schon gestern alles für dich geregelt.« Sie wollte gerade fragen, ob er sich um die Tiere gekümmert hatte, da brachte der Sargtischler mit zwei Gesellen die Totentruhe ins Haus. Margarete wurden die Knie weich. Sie ging in ihre Schlafkammer, zog den Mantel aus und legte sich, angezogen, wie sie war, auf ihr Bett. Sie hörte die Männer laut beten. Wenig später roch es nach Weihrauch, und dann dröhnten Hammerschläge durch das Haus, als der Sarg zugenagelt wurde.

Margarete lag in ihrem Bett, starrte mit offenen Augen zur Wand, bis vor dem Haus die Waisenkinder zu singen anfingen und Marthe in die Kammer kam. »Es ist soweit«, sagte sie leise. Margarete nickte, zog sich den Mantel an und folgte Marthe aus dem Haus.

Die Sargträger – Valentin, der Schuhmacher Firle, der Bäkker Kindhofer und der Gerichtsschreiber Scholz – warteten schon mit der Totentruhe auf der Schulter. Der Leichenzug setzte sich langsam in Bewegung. Drei Meßdiener, der erste mit dem großen Kruzifix, führten ihn an. Hinter ihnen ging Pfarrer Hager im Chorhemd mit dem Meßbuch in den Händen vor den Sargträgern, denen Margarete, Marthe, die Meisterinnen Firle und Kindhofer sowie fünf Nonnen folgten, die Margarete noch nie gesehen hatte.

Der Leichenzug bewegte sich an der Stadtmauer entlang zum Südtor und von dort aus zur Kirche. Die Waisenkinder sangen noch immer, und als Margarete auf dem Kirchhof das tiefe Loch neben dem Grab ihres Vaters sah und Pfarrer Hager zu predigen anfing, kam es ihr einen Augenblick so vor, als sei alles nur ein böser Traum.

14

Blut im Schnee

Zum großen Leichenschmaus wurde im Herzogtum erst am Ende des zweiten Seelenamtes eingeladen, doch für gewöhnlich versammelten sich die Angehörigen und engsten Freunde eines Verstorbenen nach dem Begräbnisgottesdienst in seinem Haus, um der Seele den Abschied von der gewohnten Umgebung zu erleichtern.

So saßen Margarete, Valentin und Marthe mit dem Gerichtsschreiber Scholz sowie den Eheleuten Firle und Kindhofer in Agathes Wohnküche bei Kaffee und Kuchen um den kleinen runden Tisch; die Eheleute Kindhofer und Firle auf Stühlen, die sie aus Marthes Haus geholt hatten.

»An was ist Eure Frau Mutter denn nun gestorben?« fragte Frau Firle Valentin. »Bei meiner Geburtstagsfeier hat sie doch noch nichts von einer Krankheit gewußt.«

Margarete glaubte einen Moment, sie könne kaum noch atmen, doch dann war ihr, als würde ihr eine schwere Last von den Schultern genommen.

»Der Doktor hat Herzschwäche auf den Totenschein geschrieben«, sagte Valentin. »Sie hatte wirklich kein leichtes Leben. Wenn der Herr meiner Mutter nicht so viel Stärke gegeben hätte, wäre sie schon viel früher von uns gegangen. Gott sei ihrer Seele gnädig.«

»Gott sei ihr gnädig«, sagten alle leise, bekreuzigten sich, und auch Margarete schlug das Kreuzzeichen. Obwohl das fahle Licht des Nachmittags noch durch das Fenster neben der Tür fiel, brannten überall im Haus Kerzen. Sogar auf das Fensterbrett hatte Marthe drei Lichter gestellt.

»Eure Mutter war eine gute Frau«, sagte der Schuster Firle zu Margarete, während er seine leere Tasse der Meisterin hinhielt. »Sie hat von früh bis spät geschafft und sich nie über ihr Schicksal beklagt! Ich hoffe, mit Euch hat mein Matthias auch soviel Glück.«

Darauf könne er sich verlassen, sagte Valentin. Er hätte in Wahlburg keine Bessere finden können. Sie werde Matthias gesunde Kinder schenken, und richtig zupacken könne sie auch.

»Was soll denn jetzt aus mir werden?« fragte Margarete wieder, und Valentin erklärte ihr, wie er sich ihre Zukunft vorstelle. Meister Firle habe zwar vorgeschlagen, sie schon jetzt bei sich aufzunehmen, doch damit sei er nicht einverstanden. Das gehöre sich vor der Hochzeit nicht.

»Bis zu deiner Heirat kannst du als Hausmagd beim Hinterhuber schaffen und leben! Die Stelle bei ihm wird zwar erst in zwei Monaten frei, aber bis dahin nimmt dich Marthe bei sich auf.« Das Haus und die Tiere wolle er verkaufen. Er werde nicht erlauben, daß eine ledige Frau wie sie allein lebe. Es würde sie ins Gerede bringen.

»Du bekommst natürlich deine Aussteuer und einen Teil des Geldes, das ich für die Tiere und das Haus kriege. Herr Scholz, dein Vormund, ist mit dieser Regelung voll und ganz einverstanden, und Meister Firle auch. Matthias soll keine Frau ohne Mitgift heiraten.«

Im Herd brannte das Feuer, und es war in der Wohnküche warm, aber Margarete fröstelte. »Wenn du es so willst«, sagte sie leise. »Dann wird es so geschehen.«

Danach blieb es eine Weile still, bis die Frau des Bäckers fragte, ob Matthias auch Agathes Spinnrad verkaufen wolle.

Sie habe zwar in der Backstube genug Arbeit, aber an den langen Winterabenden gebe es für sie wenig zu tun.

Darüber könne man sich gewiß schnell einig werden, sagte Valentin. Er verhandelte noch mit dem Bäckermeister über den Wert des Spinnrads, als sich Frau Firle an ihn wandte. »Den Hausrat solltet Ihr nicht verkaufen, sondern Margarete lassen! In einem, spätestens zwei Jahren wird Matthias unsere Werkstatt übernehmen. Er ist dagegen, daß die Lehrlinge bei uns auf dem Strohsack schlafen müssen, und will Betten für sie besorgen.«

Valentin sah den Schuhmachermeister mit fragendem Blick an, und Meister Firle schüttelte den Kopf. »Kümmert Euch nicht um das Geschwätz meiner Frau! Für die Lehrlinge sind Strohsäcke gut genug, und davon einmal ganz abgesehen ... Wann ich aufs Altenteil gehe, entscheide immer noch ich.«

»Du hast recht, Meister«, sagte Firles Frau hastig, und mit einem Mal stellte sich Margarete vor, sie wäre ein Vogel. Sie flöge durch die Wohnküche und sähe von oben auf die Frauen hinab. Sie sah die Frau des Schusters und die Frau des Bäkkers. Sie sah Marthe und sah sich, und als sie sich vorstellte, ihre Mutter säße noch mit am Tisch, regte sich in ihr ein Gefühl, das sie sich zuvor noch nie gestattet hatte: Sie wurde wütend.

Was haben wir Frauen doch für ein jämmerliches Leben, dachte sie. Die einzige, die tun und lassen kann, was sie will, ist Marthe, und auch das erst, seit ihr Mann nicht mehr lebt. Ich soll Dienstmagd werden! Ich soll Matthias heiraten, und keiner fragt mich, ob ich das alles will. Vormund, überlegte sie, was ist wohl ein Vormund? Weshalb muß auf einmal der Gerichtsschreiber mit allem einverstanden sein? Wozu brauchte ich einen Vormund? Ich habe doch einen eigenen Mund, mit dem ich sprechen kann. Dann dachte sie an Heinrich. Er wird mir helfen. Er wird nicht zulassen, daß ich

Dienstmagd werde und einen anderen heirate. Er hat gesagt, ich sei seine Königin. Er würde für mich sogar die Sterne vom Himmel holen.

»Ich werde die nächsten Tage hierbleiben«, riß Valentins Stimme sie aus ihren Gedanken. »Du kannst mir dabei helfen, den Haushalt aufzulösen und die Sachen zu verkaufen. Deine Aussteuertruhe können wir bis zu deiner Hochzeit bei Marthe in den Speicher stellen.«

»Wie du willst, Bruder«, sagte sie. »Wenn du es so wünschst, dann wird alles so geschehen.«

Als es draußen dunkel wurde, verabschiedeten sich die Gäste. Sobald auch Marthe nach Hause gegangen war, fragte Margarete ihren Bruder, weshalb er das Elternhaus verkaufen wolle. Er könne doch mit ihr darin wohnen. Die Stadtsoldaten dürften doch bei ihren Familien leben und bekämen dafür sogar Quartiergeld.

Das wäre gewiß möglich, sagte Valentin. Aber er habe sich nun einmal anders entschieden. Dabei solle es bleiben.

Am nächsten Morgen war Margaretes erster Gedanke, alles wäre, wie es immer war. Sie wusch sich, zog sich an, holte Milch aus der Speisekammer, goß sie in den Milchtopf und stellte ihn auf den Herd. Als sie die Haustür öffnete, blies ihr ein kalter Wind ins Gesicht. Über Nacht war der erste Schnee gefallen. Sie lief in ihre Kammer zurück, zog sich den Mantel an, lief in den Stall. Sie gab den Ziegen Heu und melkte sie. Sie ließ die Hühner in das Gatter und warf ihnen Getreide hin, und als sie in die Wohnküche zurückgelaufen war und die frische Milch in die Speisekammer trug, trat ihr Bruder, schon in Uniform, aus der Schlafkammer. Er kniete sich vor das Kruzifix, das wieder an der Wand hing, faltete die Hände, und Margarete kniete sich neben ihn, senkte wie er den Kopf und versuchte zu beten, obwohl es ihr sinnlos vorkam.

Meinem Vater haben seine Gebete genausowenig geholfen wie meiner Mutter, überlegte sie. Wie kann Gott gleichzeitig die unzähligen Gebete erhören, mit denen ihn jeden Tag unzählige Menschen um Vergebung ihrer Sünden, um seinen Schutz und seine Hilfe anflehen? Sie hielt das für unmöglich.

Es dauerte nicht lange, bis sich ihr Bruder erhob. Auch sie stand auf, nahm die heiße Milch vom Herd. Sie stellte den Milchtopf und die beiden Schalen auf den Tisch, holte Brot aus der Speisekammer, von dem Valentin sofort ein Stück abbrach. Sie goß Milch in beide Schalen, und als er sein Brot in die Milch tauchte, sagte er, Margarete müsse ihm helfen, Mutters Kleidung und ihre Schuhe in Ordnung zu bringen und zu verkaufen. Mit dem Geld, das sie für die Sachen bekämen, wolle er ihre Trauerkleidung bezahlen.

»Wie du willst, Valentin«, sagte sie, ging in die Kammer ihrer Mutter, klappte dort die Truhe auf und legte ein Kleidungsstück nach dem anderen auf das Bett, in dem ihr Bruder geschlafen hatte. Es war nicht viel, was die Mutter zu Lebzeiten besessen hatte. Drei Kleider, vier Röcke und vier Blusen. Drei Mieder, drei lange Nachthemden, zwei Strickjacken, vier Hauben, einen Mantel sowie einige Hals- und Schultertücher. Ihre Lederschuhe, die Meister Firle erst kürzlich besohlt hatte, sahen noch fast wie neu aus.

Während Margarete sich den Mantel anzog, steckte Valentin Agathes Sachen in zwei leere Kornsäcke. Er schnallte sich seinen Degen um, an dessen Griff er eine schwarze Trauerschleife gebunden hatte, legte Margarete den kleineren der beiden Säcke auf die Schulter, griff nach dem größeren, dann verließen beide das Haus. Sie gingen ein Stück an der Stadtmauer entlang, und als sie an der engen Öffnung im Gemäuer vorbeigingen, erschrak Margarete. Dort würde in drei Tagen Heinrich auf sie warten, und sie würde nicht kommen können. Valentin wurde bei jedem Geräusch im

Haus sofort wach. Und die Schlaftropfen würde sie nie wieder anrühren.

Ich werde einen Tag später im Dom beichten, nahm sie sich vor. Dann treffe ich Heinrich dort. Wenn er erfährt, daß ich zum Hinterhuber soll, wird er mir helfen. Am besten, er nimmt mich gleich mit. Inzwischen hatten sie die Getreidegasse erreicht, in der das Kopfsteinpflaster so glatt war, daß Margarete aufpassen mußte, damit sie nicht hinfiel. Das Schneegestöber wurde immer dichter. Auf dem Domplatz liefen Küchenmägde mit dem Einkaufskorb von einem Marktstand zum nächsten, und als Margarete daran dachte, daß sie in einem Vierteljahr zu ihnen gehören könnte, wurde ihr ganz flau.

Es wird nicht dazu kommen, versuchte sie sich zu beruhigen. Heinrich liebt mich. Er wird mich nicht im Stich lassen.

Sie gingen am Osttor vorbei in die Judengasse, wo die Geldwechsler und Trödler lebten, die der Herzog in seinem Fürstentum duldete, solange sie, ohne zu murren, doppelt so viele Steuern zu zahlen bereit waren wie die Christen. Margarete folgte ihrem Bruder in den engen Keller eines alten Mannes, der mit Altkleidern handelte. Valentin wurde sich mit dem Trödler schnell einig. Der Greis zahlte für Agathes Kleidung vierzehn und für die Schuhe acht Groschen. Valentin steckte das Geld ein und sagte, er suche noch ein Trauerkleid und schwarze Strümpfe für seine Schwester, aber viel könne er dafür nicht zahlen. Der Trödler nickte, sprach beiden sein Beileid aus und deutete auf einen großen Weidenkorb, aus dem sie sich heraussuchen solle, was immer ihr gefiele. Margarete fand schnell ein schwarzes Kleid, das ihr paßte, und gab es ihrem Bruder, ohne es anzuprobieren.

»Ihr seid heute meine ersten Kunden«, sagte der Trödler zu Margarete. »Ich lasse Euch das Kleid für zehn Groschen.«

»Drei Groschen sind genug«, sagte Valentin, und der Händler nickte ängstlich. »Einverstanden! Aber nur, weil Ihr bei den Stadtsoldaten dient.«

Valentin bezahlte, verließ mit seiner Schwester den düsteren Keller, und als sie über den Domplatz gingen, hatten Tagelöhner schon angefangen, den Schnee wegzuräumen. Margarete wunderte sich, daß ihr Bruder vor dem Marktstand eines Fleischers stehenblieb, und dann glaubte sie, ihren Ohren nicht zu trauen. »Kann Er drei Geißen und sieben Hühner gebrauchen?« fragte Valentin den Fleischer. »Ich schlachte selber und lasse sie Ihm zu einem günstigen Preis.«

Drei Tage später stand Margarete in ihrem ältesten Kittel im Schuppen und striegelte mit der Kardätsche das Fell der Ziegen. Danach griff sie nach der Bürste, bürstete das Fell erst gegen den Strich und schließlich in der Haarrichtung. Als das Fell der Tiere sauber glänzte, rief sie Valentin, hob bei jeder der Ziegen nach und nach ein Bein leicht an, damit er ihnen die Klauen beschneiden und mit der Raspel glätten konnte. Bereits gestern hatte er Margarete befohlen, die Tiere nicht mehr zu füttern, sondern ihnen nur Wasser hinzustellen. Sie meckerten hungrig, und als Valentin den Bock aus dem Schuppen führen wollte, stemmte er sich mit allen vieren dagegen, gab seinen Widerstand erst auf, als Margarete ihm einen leichten Klaps versetzte. Der Bock folgte ihr, lief ein kurzes Stück durch den Schnee, drehte sich um und wollte zurück in die Wärme, doch Valentin hatte schon nach dem schweren Holzstampfer gegriffen, den Agathe noch vor einem Monat in der Hand hatte, als sie Weißkohl im Sauerkrautfaß zusammenpreßte. Er schlug dem Ziegenbock mit Schwung vors Stirnbein. Das Tier sank in den Schnee. Margarete schrie und wollte weglaufen, doch sie vermochte es nicht. Sie hatte noch nie gesehen, wie ein Tier geschlachtet wurde. Sie blieb wie angewurzelt stehen. Sie sah ihren Bruder in den Schuppen laufen und einen langen, dicken Strick holen. Ein Ende band er um die Hinterbeine des Bocks, das andere warf er über einen dikken Ast des Apfelbaums und zog das Tier hoch.

»Halt hier nicht Maulaffen feil«, schrie er seine Schwester an. »Bring mir drei große Schüsseln aus der Speisekammer.«

Sie lief durch den verschneiten Garten, wollte ins Haus, und als sie den Misthaufen erreichte, wurde ihr so übel, daß sie sich übergeben mußte.

Sie wischte sich den Mund mit dem Ärmel ab, griff in der Speisekammer nach zwei großen Schüsseln, lief damit zurück in den Garten und stellte eine Schüssel unter den Ziegenbock. Sofort schlitzte Valentin ihm mit seinem Messer die Kehle auf, und das Blut schoß heraus. »Drei Schüsseln brauche ich«, brüllte er. »Kannst du nicht mehr hören?«

»Drei Schüsseln haben wir nicht,« sagte sie leise und konnte den Blick nicht von der ersten Schüssel lösen, die sich schnell mit Blut füllte.

Valentin sah sie mitleidig an: »Dann bring mir halt noch einen Eimer!« Wenn sie sich als Magd genauso ungeschickt anstelle, würde Hinterhuber sie spätestens nach einer Woche aus dem Haus jagen, schimpfte er. Sie solle ja nicht glauben, daß sie dann bis zur Heirat faul bei Marthe herumsitzen und mit ihr den ganzen Tag schwätzen könne.

Er eilte in den Schuppen, zerrte die zweite Ziege heraus, schlug ihr vor den Kopf, und während er ihr die Beine zusammenband und sie aufhängte, schimpfte er weiter. Wenn Hinterhuber Margarete nicht gebrauchen könne, müsse sie bis zur Hochzeit ins Kloster.

»Aber das Kostgeld mußt du dann aus deinem Erbteil bestreiten. Da bleibt für deine Mitgift nicht viel übrig.«

»Für was brauchst du nur so viel Geld?« fragte sie. »Weshalb müssen wir alles so schnell verkaufen?«

Valentin bückte sich nach einer Handvoll Schnee, reinigte damit sein Messer und schlitzte der Ziege die Kehle auf.

»Weil unser geistlicher Herr Geld will!« antwortete er dann. Pfarrer Hager habe Agathe schon vor zehn Jahren zum Notar geschleppt, um ihr Testament beurkunden zu lassen. Er müsse dreißig Seelenmessen für sie bezahlen. Von seinem Sold sei das nicht möglich.

Margarete wußte nicht, was sie darauf antworten sollte. Sie zuckte mit den Schultern, ging in den Schuppen, schüttete die Äpfel aus dem Eimer in die Apfelreuse, und als sie ihn nach draußen brachte, lief ihr die dritte Ziege meckernd hinterher.

Ihr war, als habe sich ein Faßreifen aus Eisen um ihr Herz gelegt. Aber viel mehr ängstigte sie, daß sie nicht mehr weinen konnte. Sobald Valentin alle drei Ziegen geschlachtet hatte, zog er ihnen das Fell ab. Margarete mußte ihm helfen, das Innere der Haut von Fleisch- und Fettresten zu befreien, die Felle mit Salz einzureiben und sie im Schuppen zum Trocknen aufzuhängen. Dann hielt sie die Hühner fest, als er ihnen mit der Axt den Kopf abschlug. Sie hatte die Tiere geliebt, aber sie weinte nicht.

Sie weinte nicht, als Meister Firle eines Abends ins Haus kam und sagte, er habe es sich anders überlegt. Es wäre unklug, sämtlichen Hausrat zu verkaufen. Valentin solle ihn zu Margaretes Mitgift schlagen. Firle könne ihn im Keller unter seiner Werkstatt einstellen, dort sei Platz genug.

Margarete weinte auch nicht, als Bärbel ihr Peter vorstellte: den Leutnant, der sie Ostern zum Traualtar führen wollte. Bärbels Eltern waren mitgekommen, besichtigten mit Bärbel und Peter das Haus wie den Schuppen und verhandelten danach lange in der Wohnküche mit Valentin.

»Für Euch werde ich einen besonders günstigen Preis machen«, versicherte Valentin immer wieder. Es sei ihm eine Ehre, daß ein Offizier der Stadtwache in seinem bescheidenen Elternhaus wohnen wolle, aber für nur hundertachtzig Taler könne er es beim besten Willen nicht hergeben.

Das müsse er sich überlegen, sagte Bärbels Vater. Doch das Heu im Schuppen wolle er auf alle Fälle kaufen. Er wolle es mit einem Gesellen abholen, sobald er wieder Futter für seine Tiere brauche.

Valentin nickte. »Laßt Euch nicht zu viel Zeit damit! Wenn alles ausgeräumt ist, schließe ich das Haus und den Schuppen ab, aber Ihr wißt ja, wo Ihr mich finden könnt. Bis auf weiteres bin ich zur Wache am Osttor eingeteilt.«

An diesem Abend lag Margarete noch lange wach. Sie stellte sich vor, wie Bärbel mit ihrem Peter in der großen Schlafkammer im Himmelbett liegen würde. Sie malte sich aus, daß Bärbel dort ihr erstes Kind zur Welt bringen würde, und dann dachte sie an ihre erste Nacht mit Heinrich. Sie sah sich wieder im kurzen weißen Kittel am Fenster stehen, erinnerte sich, wie sie in seinen Armen gelegen hatte, und sehnte sich nach ihm, wie sie sich bisher nur nach ihrem Vater gesehnt hatte. Sie überlegte, ob sie aufstehen, sich anziehen und zu ihm eilen sollte, doch abgesehen davon, daß ihr Bruder immer noch in Agathes Kammer übernachtete, sie wußte nicht, wie sie um diese Zeit nach Miesbach gelangen sollte, sie wußte ja nicht einmal, wo Heinrich dort wohnte.

Er liebt mich und wird sich nach mir auch sehnen, dachte sie. Er wird bestimmt im Wochenblättchen gelesen haben, daß meine Mutter gestorben ist. Es kann nicht mehr lange dauern, bis er mich zu sich holt. Mit diesen Gedanken schlief sie endlich ein, und als sie am nächsten Morgen aufwachte und den Wasserkessel auf den Herd stellte, sah sie, daß auf der Fensterscheibe über Nacht Eisblumen gewachsen waren.

Als sie an diesem Morgen Milch und Brot aus der Speisekammer holen wollte, sah sie, daß alle Regale leer waren. Er habe alles schon zu Marthe hinübergebracht, sagte ihr Bruder. Margarete könne mit Marthe frühstücken. Sie solle ihm vorher nur noch helfen, ihre Truhe mit der Aussteuer in Marthes Haus zu bringen. »Sobald du deinen Dienst bei Hinterhuber antrittst, nimmst du sie dorthin mit! Ich warte noch, bis Meister Firle den Hausrat abgeholt hat. Dann werden das Haus und der Schuppen abgeschlossen, und ich gehe zurück in die Garnison.« Das Kostgeld für zwei Monate habe er Marthe schon bezahlt.

»Wie du willst, Bruder«, sagte Margarete. Sie räumte in der Schlafkammer ihre Aussteuer aus der Kleidertruhe auf das Bett, trug mit Valentin zuerst die leere Truhe und danach ihre Kleidung, die Bettwäsche, Handtücher und die Leibwäsche durch den verschneiten Garten in Marthes Haus. Die Patin nahm den Milchtopf vom Herd, stellte den Brotkorb auf den Tisch, und als sie sagte, Margarete müsse etwas essen, sie wolle doch nicht krank werden, setzte sie sich zu ihr, griff nach einem kleinen Stück Brot und tauchte es in die warme Milch.

Dann hörte sie im Garten Valentin mit Meister Firle sprechen. Sie blickte aus dem Fenster. Es hatte wieder zu schneien angefangen. Sie sah, wie Firles Geselle und seine Lehrlinge den Tisch, die Stühle und den Herd aus dem Haus trugen, und dann, wie sie das große Himmelbett auf die Straße schleppten.

»Du liebst Matthias nicht, habe ich recht?« fragte Marthe unvermittelt.

Margarete wunderte sich. Konnte die Patin ihre Gedanken lesen? »Ich habe ihn recht lieb, aber heiraten möchte ich ihn nicht. Meine Mutter, Gott sei ihrer Seele gnädig, hat das alles hinter meinem Rücken eingefädelt. Mich hat niemand gefragt, ob ich ihn will.«

Marthe blickte sie nachdenklich an. »Meine Mutter hat Konrad auch für mich ausgesucht! Ein Kaufmann sei eine gute Partie, hat mein Vater gesagt, und da hab' ich ihn halt genommen. Du weißt ja, was dabei herausgekommen ist.«

»Und du hast ihn geheiratet, obwohl du ihn nie geliebt hast?« fragte Margarete überrascht.

Marthe lachte bitter. »Was blieb mir anderes übrig? Einen richtigen Beruf lernen darfst du als Frau nicht, und ein Leben lang als Magd arbeiten ... Na ja. Da nimmt man halt den erstbesten.«

»Ich werde Matthias nie und nimmer heiraten«, sagte Margarete. Mit einem Mal erinnerte sie sich an Heinrichs Buch, die kleine Uhr und das Fläschchen Schlaftropfen, die immer noch hinter Katharinas Wiege lagen. Sie wartete ab, bis Valentin wieder drüben im Haus war, eilte in den Schuppen, nahm die Sachen aus der Wiege, versteckte die Uhr und das Fläschchen zwischen der Bettwäsche in ihrer Aussteuertruhe, die jetzt in Marthes Schlafkammer stand. In dem Buch hatte sie noch nicht gelesen, und sie wußte auch nicht, ob sie es je versuchen würde. Ein Buch, das ein Gelehrter las, würde sie sicher nicht verstehen. Sie sah es lange an, dann schlug sie es auf. *Was in unserer Gewalt steht, ist von Natur frei. Es kann nicht gehindert und nicht gehemmt werden,* las sie. *Was nicht in unserer Gewalt steht, ist anfällig, abhängig, steht in fremder Hand und kann gehindert werden.* So ist es wohl, dachte sie. Sie überlegte, über was sie Gewalt hatte, aber ihr fiel nichts ein. Doch sie las weiter, setzte sich auf ihre Aussteuertruhe und las. Nach einer halben Stunde hatte sie schon eine ganze Seite gelesen, und als Marthe in die Schlafkammer kam und fragte, was sie lese, sagte Margarete stolz, der vornehme Herr habe ihr einen Katechismus aus Griechenland geschenkt.

Nachdem er zum erstenmal vergeblich eine Stunde vor der Öffnung in der Stadtmauer auf Margarete gewartet hatte, war der Gelehrte nur enttäuscht zurück in sein Zimmer im *Blauen Schwan* gegangen und hatte dort das Konfekt, das er für Margarete besorgt hatte, selber aufgegessen.

Wahrscheinlich hat ihre Mutter den Tee nicht getrunken, dachte er, und Margarete konnte deshalb nicht aus dem Haus.

Am nächsten Morgen ritt er schon im Morgengrauen nach Miesbach zurück. Er beendete seine Vorlesung nach zwei Stunden, ritt wieder nach Wahlburg, wartete dort wie vereinbart zur Mittagsstunde vor dem Dom auf sie, und er wartete erneut vergeblich. Seither war der alte Schwung aus seinen Vorlesungen gewichen. Er spulte sein Pensum lustlos ab, war fahrig und verwirrt, und einige Schüler machten sich schon wieder hinter seinem Rücken über ihn lustig.

Er kannte selbstverständlich das Theorem des genialen William von Ockham, der schon vor mehr als dreihundert Jahren postuliert hatte, daß von verschiedenen Vermutungen die einfachste gewöhnlich die richtige ist.

»Wenn ihr Hufe auf der Straße hört, müßt ihr immer an ein Pferd denken und nicht an ein Zebra«, hatte er seinen Schülern eingehämmert, aber damit kam er gegen seine innere Unruhe auch nicht an. Bald dachte er, Margaretes Mutter habe seine nächtlichen Besuche bei ihrer Tochter bemerkt und sie in einem Kloster einsperren lassen. Bald redete er sich ein, sie sei erkrankt, liege mit Fieber im Bett, sei wohl gar schon gestorben. Am schlimmsten aber war der Gedanke, sie liebe ihn nicht mehr, weil sie sich in einen Jüngeren, einen Mann aus dem Volk verliebt hatte. Wenn er sich vorstellte, sie läge in den Armen eines anderen, gäbe sich einem anderen so hin, wie sie sich ihm hingegeben hatte, mußte er gegen das Verlangen ankämpfen, sofort zu ihr zu reiten, vor ihr auf die

Knie zu fallen und bei ihrer Mutter um ihre Hand anzuhalten.

Zugegeben, er hatte nicht selten überlegt, wie er sich wohl am besten ebenso schnell wie schmerzlos von Margarete trennen konnte. Er hatte sich oft verstellen müssen, damit sie nicht bemerkte, für wie dumm er sie hielt. Doch schon nach drei Tagen hatte er sie jedesmal wieder begehrt, und inzwischen konnte er seinem Verlangen nach ihr kaum noch Herr werden.

Ich muß endlich wissen, was geschehen ist, beschloß er, nachdem er bald zwei Wochen in qualvoller Ungewißheit zugebracht hatte. Er erwog, seinen Diener zu Margaretes Nachbarin zu schicken und sie ausfragen zu lassen, aber das verbot sich. Wen er liebte, ging Fritz nichts an. Die Witwe Schwerdtlein allein zu besuchen, um sich nach Margarete zu erkundigen, wäre nicht minder unklug. Er hielt die Witwe für geschwätzig, und er wollte nicht ins Gerede kommen.

So sehr es ihm widerstrebte, Chevalier Danceny erneut um Rat und Hilfe zu bitten, es erschien ihm am klügsten. Er mußte endlich wissen, weshalb sich Margarete ihm entzog. Fritz hatte schon das Mittagsmahl für ihn vorbereitet, doch der Gelehrte hatte keinen Appetit. »Besorge Er mir ein tüchtiges Pferd«, sagte er. »Ich werde heute auswärts speisen.«

Chevalier Danceny hielt wenig davon, die Witwe Schwerdtlein aufzusuchen. »Ihr macht einen Fehler«, waren seine Worte. »Wenn ein Weib nichts von Euch wissen will, solltet Ihr Euch lieber ein anderes suchen.«

Er wolle aber keine andere, rief der Gelehrte aus. Margarete sei die einzige Frau, die ihn jemals glücklich gemacht habe. Er könne ohne sie nicht mehr leben.

»Das könnt Ihr sehr wohl«, sagte Danceny lächelnd. An der Liebe stürbe man bestenfalls in Romanen. Davon abgesehen, vor einem Mann, der ihr nachlaufe, verliere eine Frau jeglichen Respekt.

»Ich laufe ihr nicht nach«, erklärte Heinrich, während er in Dancenys Salon nervös ein Glas Wein nach dem anderen trank. »Ich möchte nur wissen, weshalb sie mich zweimal vergeblich warten ließ.«

»Um Euer Verlangen nach ihr zu steigern!« antwortete der Chevalier. So ungebildet die meisten Frauen auch seien, was die sogenannte Liebe angehe, sei jedes halbwegs schöne Weib dem mächtigsten Mann allemal überlegen. »Aber meinetwegen«, sagte er schließlich. Angesichts des schönen Winterwetters sei er einem kleinen Ausflug nach Wahlburg durchaus nicht abgeneigt. Heinrich solle später nur nie vergessen, daß er ihn gewarnt habe.

So saßen die beiden Männer wenig später im dicken Reisemantel in einem Mietschlitten, der, von zwei dampfenden Pferden gezogen, über die tiefverschneite Straße zwischen Feldbrünn und Wahlburg jagte. Vorbei an hohen Pappeln und gedrungenen Weiden, vorbei an Gehöften und Bauernhäusern mit niedrigen Dächern, die hin und wieder wie große Haufen schmutzigen Gerümpels aus der unberührten Schneedecke hervorragten. Der Himmel leuchtete in makellosem Blau. Die Schlittenglocken läuteten leise, und wenn der Kutscher mit der Peitsche knallte, zuckte Heinrich jedesmal zusammen.

Er sehe schon ein, daß Margarete nicht glauben dürfe, er wäre von ihr abhängig, sagte Heinrich kleinlaut. Doch er wolle den Dingen auf den Grund gehen. Ihr müsse irgend etwas zugestoßen sein.

Der Chevalier lächelte. Trotz allem Gerede der Pfaffen, jede kluge Frau wisse, daß sie nur über eine einzige Macht verfüge; sie könne sich hingeben oder die Hingabe verweigern.

»Ich mag mich irren«, sagte er, »doch vermute ich, daß sich das Weib Euch entzieht, damit Ihr es heiratet.«

»Das gedenke ich nicht zu tun!« antwortete Heinrich. Der Standesunterschied lasse es nicht zu.

Danceny nickte. »Ich weiß! Und deshalb wäre es am besten, Ihr würdet sie vergessen. Betrügt sie nicht länger um das einzige, was sie besitzt, um ihre Jugend und ihre Schönheit.«

»Das vermag ich nicht«, sagte Heinrich. »Meine Gefühle sind stärker. Sagt mir lieber, wie wir uns der Nachbarin nähern können, ohne daß sie Verdacht schöpft.«

»Nichts leichter als das«, erwiderte der Chevalier. »In unserem Herzogtum ist eine alte Witwe nicht mehr wert als Fliegendreck. Solche Frauen öffnen jedem das Herz, der auch nur ein Wort mit ihnen spricht.«

Als der Schlitten Wahlburg erreichte, befreiten sich Heinrich und Danceny von den dicken Decken, und der Chevalier befahl dem Kutscher, die Pferde zu versorgen und mit dem Gefährt vor dem Südtor zu warten, bis sie zurückkämen. Dann stapften die beiden Männer durch den tiefen Schnee an der Wache vorbei in die Stadt.

Wenn nur die Langeweile nicht gewesen wäre! Inzwischen lebte Margarete schon zwei Wochen mit Marthe zusammen. Sie begleitete ihre Patin zum Markt, ging mit ihr in die St.-Jakobs-Kirche und schlief neben ihr im Himmelbett, aber bei der Hausarbeit helfen ließ sich Marthe nicht.

»Du willst mir doch nicht das einzige wegnehmen, was ich zu tun habe«, hatte Marthe gesagt, als Margarete nach dem Eimer und der Bürste gegriffen hatte, um den Fußboden zu scheuern. »Du kannst wenigstens lesen, aber für mich ist ein Tag wie der andere. Manchmal frage ich mich, was für einen Sinn mein Leben noch hat.«

»Das darf man nicht denken«, antwortete Margarete.

»Sonst wird man verrückt.« Sie hatte die Patin überredet, sich ein Schreibheft zu kaufen, und seither brachte sie ihr das Schreiben und Lesen bei. Marthe wußte zwar noch nicht, was jeder Buchstabe bedeutet, aber sie konnte schon ihren eigenen Namen kritzeln.

So saßen die beiden Frauen über das Schreibheft gebeugt, als Margarete draußen im Garten das gedämpfte Knirschen von Schritten hörte. Sie blickte überrascht aus dem Fenster, sah zwei Männer, in dicke Mäntel gehüllt. Dann erkannte sie Heinrich. Sie schrie freudig auf, eilte in die Schlafkammer, kämmte sich hastig und tupfte sich zwei Tropfen aus Marthes Parfümfläschchen hinter die Ohren.

»Wir haben Geschäfte in der Stadt«, hörte sie die Stimme des Chevaliers aus dem Wohnzimmer. »Und wollten uns bei dieser Gelegenheit erkundigen, ob das Gericht den Tod Eures Herrn Gemahls wie gewollt beurkundet hat.«

»Das ist inzwischen geschehen«, hörte sie Marthe antworten. Margarete überlegte einen Augenblick, eilte zu ihrer Kleidertruhe, wollte sich umziehen, hatte schon nach Rock und Mieder gegriffen, legte aber beides in die Truhe zurück. Sie blieb im Trauerkleid, vertauschte nur ihre Holzpantinen mit den Sonntagsschuhen, ging zum Wohnzimmer, wollte auf Heinrich zustürzen und ihn umarmen, blieb jedoch plötzlich stehen. Der Geruch des Chevaliers, der Duft von Tabak, Leder, Holz und Gewürzen, ließ sie einhalten wie vor einer Mauer.

»Es betrübt mich, Euch in Trauer zu sehen, gnädiges Fräulein«, sagte der Gelehrte. »Ihr habt gewiß einen nahen Angehörigen verloren. Der Herr sei seiner Seele gnädig.«

»Meine Mutter«, sagte Margarete. Für einen Augenblick herrschte Totenstille im Raum. Dann sah Margarete Heinrich an: »Dürfte ich Euch einen Augenblick allein sprechen?«

»Aber gewiß«, sagte Heinrich. Sie müsse sich aber warm anziehen. Er wolle nicht, daß sie sich seinetwegen erkälte.

Margarete schlüpfte in ihren Umhang, verließ mit Heinrich das Haus, folgte ihm durch den Schnee zur Bank unter dem Apfelbaum. Er habe sich große Sorgen um sie gemacht, sagte der Gelehrte, während er mit seinem Degen den Schnee von der Bank wischte. Er habe schon angenommen, ihr wäre etwas zugestoßen.

»Ist mir wohl auch«, antwortete sie. »Meine Mutter ist tot. Mein Bruder wird das Haus verkaufen, und ich soll Dienstmagd bei einem Weber werden.«

Das werde er nie und nimmer erlauben, sagte Heinrich. Er verfüge am Hofe über gute Beziehungen und würde ihr eine bessere Stellung besorgen. Er kenne viele Gräfinnen, die ständig über ihre Kammerzofen klagten. Jede von ihnen wäre froh, Margarete in ihre Dienste nehmen zu können.

Als er das gesagt hatte, blickte sie ihn erstaunt an. »Du liebst mich also noch?«

»Wie kannst du nur zweifeln«, sagte er. »Ich verspreche dir, daß ich dich nie verlassen werde.«

»Dann küsse mich auf der Stelle«, bat sie leise, hob ihm ihr Gesicht entgegen, und als er sie küßte, fing es wieder an zu schneien. Margarete stand auf. Das Haus habe ihr Bruder leider schon abgeschlossen, sagte sie leise. Aber der Schuppen sei noch nicht ausgeräumt. Dort wären sie vor dem Schnee geschützt. Sie griff nach seiner Hand, zog ihn in den Schuppen, wo noch immer die Felle an der Wand hingen. Es stank so bestialisch, wie in jedem Ziegenstall. Margarete zog den Mantel aus und setzte sich ins Heu. »Komm rasch«, flüsterte sie. »Ich habe schon geglaubt, du hast mich vergessen.«

Er warf Mantel und Degen achtlos auf die Apfelreuse, legte sich neben Margarete, und sie schmiegte sich an ihn, küßte ihn und umklammerte ihn mit solcher Kraft, daß er kaum noch atmen konnte, als plötzlich eine harte, kalte Hand sie von ihm riß. Margarete schrie, als ihr Valentin einen Fußtritt versetzte, wimmerte und krümmte sich vor Schmerz. »Du verfluchte Hure«, brüllte er. »Wir sprechen uns noch!« Dann beugte er sich über den Gelehrten, der wie gelähmt im Heu lag. »Steht auf und nehmt Eure Waffe! Ich töte keinen Wehrlosen!«

»Ihr macht einen Fehler«, stammelte Heinrich. »Ich bin Professor und stehe unter dem besonderen Schutz unseres Herzogs.«

Valentin zog seinen Degen und ritzte mit der Spitze eine kleine Wunde in Heinrichs Wange. »Ihr habt meine Schwester entehrt. Steht auf und kämpft wie ein Mann! Sonst steche ich Euch ab wie einen räudigen Hund.«

Da rappelte sich der Gelehrte endlich aus dem Heu hoch, ging zur Apfelreuse, gürtete sich mit dem Degen, folgte Valentin aus dem Schuppen in den Garten. Sein Gegner wartete, die Waffe erhoben in der Grundstellung, als befände er sich auf dem Fechtboden und müßte salutieren.

Der Mann muß wahnsinnig sein, dachte Heinrich. Seit es Schußwaffen gab, trug der Adel seine Ehrenhändel inzwischen meistens mit der Pistole aus. Der Degen sollte nur noch die unteren Stände einschüchtern.

»So ... so nehmt doch Vernunft an!« stammelte Heinrich. »Ich liebe Eure Schwester und werde sie heiraten.«

»Sie ist einem anderen versprochen«, brüllte Valentin, stieß den Degen nach vorn und traf Heinrich an der linken Schulter. »Ihr seid verrückt!« schrie der Gelehrte. Er riß seinen Degen aus der Scheide, stieß nach Valentins Fuß, der Soldat sprang schnell zurück und lachte. Heinrich hatte die Spitze seiner Waffe noch nicht aus dem Schnee gezogen, als Valentin schon zur Riposte angesetzt hatte, und diesmal jaulte der Gelehrte vor Schmerz. Er betrachtete seine Hand, sah eine große Fleischwunde, aus der Blut in den Schnee tropfte, da leitete Valentin schon seine nächste Attacke ein, die auf Heinrichs

Unterleib zielte. Der Gelehrte schwitzte. Er zitterte vor Angst, aber er konnte mit Mühe und Not parieren. Der Arm wurde ihm immer schwerer. Er hatte sich schon zur Flucht entschlossen, da sah er, daß Chevalier Danceny aus Marthes Haus kam, sah, daß der Chevalier eine Pistole aus dem Gürtel zog, und als er sie hob und in die Luft feuerte, blickte sich Valentin überrascht um. In diesem Moment stieß Heinrich mit aller Kraft zu und traf Valentins Hauptschlagader. Der Soldat ließ die Waffe fallen, griff sich an die Brust und sank lautlos in den Schnee. Heinrich erschrak. Er wußte, was eine Verletzung der Aorta bedeutete. Der Mann war nicht mehr zu retten.

Erst jetzt bemerkte der Gelehrte, daß Margarete neben der Tür des Schuppens stand und den Kampf beobachtet hatte. Ihre Augen waren weit aufgerissen, ihr Mund zu einem stummen Schrei geöffnet. »Das habe ich nicht gewollt«, flüsterte Heinrich, doch sie lief an ihm vorbei, als sähe sie ihn nicht. Sie lief zu ihrem Bruder, griff nach seiner Hand und warf sich über ihn.

Als Marthe aus dem Haus kam, steckte Heinrich den Degen zurück in die Scheide und eilte zu Danceny, der seine Pistole in aller Ruhe in den Hosenbund schob.

»Ich habe mich wehren müssen«, rief Heinrich, während Danceny die Hand des Gelehrten mit seinem Taschentuch verband. »Notwehr ist jedermann erlaubt.«

»Mag schon sein«, antwortete Danceny und nahm seinen Dreispitz ab, als Marthe Margarete an den beiden Männern vorbei ins Haus führte. »Aber das würde man Euch nicht glauben! Der Mann war Soldat, und Ihr befindet Euch noch immer auf seinem Grund und Boden.«

»Margarete«, führte Danceny weiter aus, als belehre er einen Schüler, »Margarete wird nie und nimmer zugeben, daß sie sich mit Euch eingelassen hat. Aber daß die Schwerdtlein den Mund hält, ist keineswegs sicher. Fahrt zurück nach

Miesbach, laßt Euch beurlauben und macht Euch für eine Weile unsichtbar.« Er werde sich bemühen, versprach der Chevalier, jeglichen Verdacht von Heinrich abzulenken, aber falls das nicht gelänge, treffe ihn der Blutbann. Man würde ihn hinrichten.

»Das glaube ich nicht«, sagte der Gelehrte. Ludwig Karl sei ihm gewogen und werde ihn schützen. Danceny schüttelte den Kopf.

»Davor würde er sich hüten! Falls man Euch der Bluttat überführte, würde Euer Freispruch zu Unruhe in der Stadtwache führen. Seine Soldaten braucht der Herzog mehr als einen Professor!«

»Und was wird aus Euch?« fragte Heinrich. Chevalier Danceny knöpfte langsam den Mantel auf und nahm seine Uhr aus der Tasche. »In einer Stunde werde ich der Stadtwache melden, daß hier ein toter Soldat im Garten liegt. Wenn die Witwe Euch nicht verrät, wird Euch nichts geschehen. Andernfalls wird man Euch festnehmen, und Ihr verliert Euren Kopf.«

Ohne sich noch groß zu besinnen, rannte der Gelehrte zum Südtor, warf dem Kutscher auf dem Schlitten ein Goldstück in den Schoß und befahl, ihn so schnell wie möglich nach Miesbach zu bringen, wo er die Treppe zu seiner Wohnung hochstürzte, all sein Gold und Silber aus der Schatulle kramte und, zusammen mit seinen Diplomen und Urkunden, in einer Ledertasche verstaute. Er verfaßte zwei kurze Briefe, in denen er dem Herzog sowie dem Dekan der Universität mitteilte, seine Mutter wäre verstorben, und er müsse unverzüglich nach Frankfurt reisen. »Expediere Er diese Briefe und besorge Er mir ein Pferd«, befahl Heinrich seinem Diener. »Ich werde eine Zeitlang abwesend sein. Hüte Er hier alles sorgsam, bis Er weitere Anweisungen von mir bekommt.« Er gab Fritz zehn Taler und ging noch einmal durch die Wohnung. Vor seinem gutgefüllten Bücherschrank bemerkte er, daß es ihm schwerfiel, Abschied zu nehmen. Aber Danceny hatte recht – es war für den Augenblick das klügste. Er mußte abwarten, ob die Witwe schweigen würde. Kein Gut ist wertvoller als das eigene Leben, dachte er, griff nach seiner Ledertasche, eilte die Treppe hinunter, und als er aus dem Haus trat, wartete Fritz schon mit einem Schimmel auf ihn. Es war nicht weit bis zur nächsten Grenze.

Nachdem Heinrich dort den Soldaten am Schlagbaum seinen Schutzbrief vorgewiesen hatte, wünschte man ihm gute Reise, und er ritt weiter, ritt über das eingeschneite Land, und jetzt, wo er sich vor den Häschern Ludwig Karls sicher fühlte, erinnerte er sich daran, was ihm Margaretes Bruder im Schuppen zugerufen hatte: Sie, Margarete, war einem anderen versprochen.

Das hätte sie mir sagen müssen, dachte er. Wahrscheinlich hat sie nicht nur mit mir geschlafen, sondern auch noch mit ihm, und je länger er ritt, desto zorniger wurde er. So sind die Weiber, dachte er. Gefäße der Sünde, die jeden zugrunde richten, der ihren Reizen nicht widersteht. Wenn es Chevalier Danceny nicht gelang, die Witwe zum Schweigen zu bringen, würde er die Gunst eines anderen Herrschers gewinnen müssen, was nicht einfach wäre. Ich setze meine Existenz für ein Weib aufs Spiel, dachte er, das längst einem anderen versprochen ist, und als er durch ein Dorf ritt und dessen kleine Kirche sah, stieg er vom Pferd, trat in das Gotteshaus, fiel vor dem Altar auf die Knie und tat, was er seit einer Ewigkeit nicht mehr getan hatte: Er betete.

Großer Gott, betete er, ich habe gesündigt, und ich bereue meine Sünden. Bitte bestrafe mich nicht. Sorge mit deiner Allmacht dafür, daß ich in meine gemütliche Wohnung, zu meinen Schülern und meinen Forschungen zurückkehren darf. Ich will nie wieder sündigen.

Er verließ die Kirche, schwang sich wieder auf seinen Schimmel, und als sich die Nacht über Thüringen senkte, stellte er das Pferd in den Stall einer Herberge an der Hauptstraße ein und mietete beim Wirt eine Kammer. In diesem Gasthof, so vermutete er, würden auch andere Reisende übernachten, die aus dem Herzogtum Ludwig Karls kamen. Mit ihnen wollte er über den Tod des Soldaten sprechen und dabei unauffällig erkunden, ob man schon wisse, wer ihn umgebracht hatte.

15

Die Magd des Tuchwebers

Es war immer noch kalt in Wahlburg, aber die Volksseele kochte. In die Stadtmauer, so war im Wochenblättchen zu lesen gewesen, hatten Schmuggler ein Loch geschlagen, durch das sie nachts heimlich Waren in die Stadt hereingebracht und Geld herausgeschafft hatten.

Kein Wunder, daß seine Durchlaucht den Bürgern immer mehr Steuern abverlangen mußte! Dem Herzog, auch das stand im Wochenblättchen, war ein großer Teil der ihm zustehenden Einnahmen entgangen.

Einen Soldaten der Stadtwache, der den Verbrechern auf die Schliche gekommen war, hatten sie kurzerhand erstochen und seine Leiche in einem Garten nahe der Stadtmauer versteckt.

Herzog Ludwig Karl hatte diesen tapferen Soldaten posthum zum Oberleutnant befördert, ihm den großen Verdienstorden verliehen und ein Staatsbegräbnis angeordnet. Vor den Kirchen und Rathäusern hingen die Fahnen auf halbmast. Schon im Morgengrauen brachten vier Soldaten der Stadtwache die Schwester des tapferen Soldaten und ihre Patin im Schlitten zur Garnison. Beide Frauen beteten noch vor Valentins Sarg, als der Dompropst die Totentruhe mit Weihwasser besprengte. Es gefror sofort. Schließlich hoben sechs Offiziere den Sarg auf ihre Schulter, trugen ihn aus der Kaserne zum Exerzierplatz, schoben ihn dort auf einen schwarzverhüllten

Schlitten, vor den vier Rappen in schwarzer Schabracke gespannt waren. Als der Sarg auf dem Schlitten stand, setzte sich der Trauerkondukt in Bewegung. Zwölf Ministranten mit großen Kruzifixen und brennenden Kerzen führten ihn an. Ihnen folgten der Dompropst und andere Vertreter der Geistlichkeit, hinter denen Herzog Ludwig Karl in seiner Paradeuniform, geschützt von einer Kompanie der Palastwache, einherschritt.

Den Platz hinter dem Schlitten, den Soldaten der Stadtwache mit gezogenem Degen flankierten, hatte man Margarete und ihrer Patin zugewiesen; den einzigen Frauen im Leichenkondukt. Ihnen folgten Minister und Bürgermeister, Ratsherren und Richter in schwarzen Roben vor einem Spielmannszug, der einen Trauermarsch spielte, der Margarete so laut vorkam wie die Posaunen des Jüngsten Gerichts. Der Zug bewegte sich von der Garnison zum Osttor, ließ die kleinen Gassen mit ärmlichen Häusern nahe der Stadtmauer links liegen und zog durch die Hauptstraßen, wo vor den mehrstöckigen Gebäuden seit Stunden Menschen warteten, die wohlhabenden Bürger in dicke Pelze gehüllt, die Knechte, Mägde, Tagelöhner und Bettler in ihren verschlissenen dünnen Kitteln. Sobald sich der Trauerkondukt näherte, nahmen Männer den Hut ab, ließen den Zug vorbeiziehen und schlossen sich ihm an.

Die Glocken von allen Kirchen der Stadt läuteten. Längst wehten die Standarten und Fahnen, die Wimpel und Banner der Zünfte über dem Leichenzug, geschmückt mit den schwarzen Schleifen der Trauer. Es war nicht weit von der Kaserne zum Dom, aber Margarete kam es vor, als würde der Trauerzug niemals sein Ziel erreichen, als müsse sie laufen, ständig laufen, bis man auch sie tragen würde. Sie hatte ihre Sonntagsschuhe angezogen, deren Leder viel zu dünn war für das eiskalte Winterwetter, aber sie fror nicht. Sie setzte einen

Fuß vor den anderen, starrte ins Leere wie eine Schlafwandlerin. Als die Spitze des Trauerzugs den Domplatz erreichte, fing es wieder an zu schneien, aber sie bemerkte es nicht. Sie bemerkte auch nicht, daß Marthe neben ihr den Regenschirm öffnete und ihn über sie hielt. Sie betrat neben ihrer Patin das hohe Gewölbe des Doms, wunderte sich, daß plötzlich überall Kerzen flackerten, erreichte – sie wußte nicht wie – den Altar, doch dann begann die Orgel zu dröhnen, und sie zuckte erschrocken zusammen. Heinrich, dachte sie, wo ist Heinrich, doch da spürte sie Marthes Hand, ließ sich von ihr zu einer Betbank vor dem Altar führen, und als Marthe auf die Knie sank und sich bekreuzigte, folgte sie ihrem Beispiel. Noch immer donnerte die mächtige Orgel, gründelte in den Tiefen der Bässe und schraubte sich hinauf in die Höhen, fiel in schrille, spitze Töne, die nicht nur die Kirchenfenster erzittern ließen, sondern Margarete – sie erhob erstaunt den Kopf – an die Stimme ihrer Mutter erinnerte.

Die Schlaftropfen seien es, die sie getötet hätten, schien die Orgel zu pfeifen. Valentin sei ihretwegen ums Leben gekommen, schien sie zu zischen. Sie trage Heinrichs Hurenkind unter dem Herzen, keifte sie, doch Margarete – nein, sie fiel nicht in Ohnmacht, bat auch nicht Marthe um ihr Riechfläschchen, sondern sie blickte zur schmerzensreichen Mutter Gottes, und ihr war, als lächle Maria ihr zu: hilfreich und gütig, verständig, verzeihend und niemals strafend.

Was habe ich denn getan? fragte sie sich. Ich habe Heinrich geliebt, dachte sie und liebe ihn immer noch. Starben nicht dauernd Frauen, die viel jünger waren als Agathe? War es nicht Valentin gewesen, der als erster zur Waffe gegriffen hatte? Und wäre mein Kind nicht ein Kind der Liebe?

In diesem Moment verstummte die Orgel. Der Dompropst schritt, umgeben von Geistlichen und Ministranten, zum schwarzverhüllten Altar, betete und bekreuzigte sich, und als er schließlich zu predigen begann, mit lauter Stimme sagte, daß ganz Wahlburg um einen tapferen Stadtsoldaten trauere, der in treuer Erfüllung seiner Pflichten Opfer eines hinterhältigen Verbrechens geworden sei, wollte Margarete aufstehen und in alle Welt hinausschreien, daß alles ganz anders gewesen war, doch ein warnender Blick Marthes hielt sie davon ab.

Sie überlegte, wo die starke innere Kraft herrühren mochte, die sie plötzlich empfand, und erinnerte sich an das kleine Buch, das ihr Heinrich geschenkt hatte. *Was in unserer Gewalt steht, ist von Natur frei. Es kann nicht gehindert und nicht gehemmt werden,* dachte sie und begriff auf einmal, was in der Gewalt selbst des schwächsten Menschen steht: der eigene Verstand.

Margarete hatte Marthe vor dem Trauergottesdienst gebeten, diesmal nach der Beerdigung keine fremden Leute ins Haus zu bitten, doch als der Propst seine kurze Predigt an Valentins Grab beendet hatte, als Soldaten der Stadtwache ihre Vorderlader hoben und Salutschüsse abfeuerten, als die ersten Brocken gefrorener Erde auf den Sargdeckel polterten, kam erst der Gerichtsschreiber Scholz, ihr Vormund, zu ihr und drückte ihr die Hand, kamen Meister Firle mit seiner Frau und der Bäckermeister Kindhofer mit Frau und Tochter, und als auch noch Pfarrer Hager durch den Schnee stapfte, um Margarete salbungsvoll sein Beileid auszusprechen, blieb Marthe nichts anderes übrig, als die nächsten Vertrauten Margaretes zu einer Tasse Kaffee einzuladen.

So saßen sie also um den Tisch in Marthes Wohnküche. Meister Firle lobte Valentins Tapferkeit; Meister Kindhofer sagte, er wisse aus sicherer Quelle, daß Juden das Loch in die Stadtmauer gebrochen hätten, und er verstehe nicht, daß der Herzog sie nicht aus der Stadt jagen ließe; und Pfarrer Hager war davon überzeugt, daß Valentins Seele im Schoße des

Herrn längst gut aufgehoben sei. Allerdings habe er die Seelenämter für Agathe nicht mehr bezahlen können, und da Margarete seine Haupterbin sei, bitte er nun ihren Vormund, Valentins Schuld zu begleichen.

»Das wird geschehen«, versicherte der Gerichtsschreiber Scholz, aber zuvor müsse ein Nachlaßpfleger bestellt werden. Was Margaretes Vermögen betreffe, könne er danach mit Zustimmung des Obervormunds im Rathaus darüber verfügen.

»Diese Zustimmung werdet Ihr gewiß schnell bekommen«, sagte Pfarrer Hager, und danach gab es kein Halten mehr. Der Bäcker Kindhofer hatte kaum geäußert, daß er sich mit Valentin über den Preis des Hauses sowie des Weidelands geeinigt habe, da protestierte Meister Firle schon erregt.

»Mein Sohn wird Margarete heiraten«, sagte er ärgerlich. »Und ich werde nicht zulassen, daß er um den größten Teil ihrer Mitgift betrogen wird. Valentin hat ihm das Haus und das Land versprochen.«

»Das lügt Ihr«, schrie Bäcker Kindhofer und wandte sich Margarete zu. »Du warst doch dabei, als mir dein Bruder, Gott hab ihn selig, das Haus verkauft hat.«

Margarete fühlte sich längst wieder wie ein Vogel, der durch Marthes Haus flog und alles nur von oben sah, der hinabblickte auf andere Vögel, die aufgeregt zwitscherten und schimpften, die einander mit scharfem Schnabel hackten und sich um ein paar Getreidekörner stritten, die vom Karren eines Bauern gefallen waren.

»Nun sag doch endlich was«, hörte sie Bärbels Stimme. »Du warst doch dabei, als meine Eltern und Peter das Haus gekauft haben.« Bärbel faßte Margarete an die Schulter, schüttelte sie leicht, und da stürzte sie ab, saß wieder mit den anderen am Tisch und blickte verwirrt um sich. »Nun laßt sie doch endlich zur Ruhe kommen«, sagte Marthe, und Pfarrer Hager stimmte ihr zu. Gottes Wege seien so unergründlich, wie seine Gnade unermeßlich sei. Auch Margaretes Seele werde wieder ihren Frieden finden. Das sei immer so, sagte der Gerichtsschreiber Scholz. Die Zeit heile alle Wunden. Aus Rücksicht auf den Tod ihres Bruders sei der Weber Hinterhuber bereit, sie schon Ende des Monats den Dienst antreten zu lassen. Sie solle bis dahin ihre Sachen packen. Er wolle ihr helfen, sie zu Hinterhuber zu bringen. »Du weißt ja, daß du als Dienstmagd sein Haus ohne Erlaubnis nicht verlassen darfst«, sagte er. »Wenn du wegläufst, bringt dich die Polizei zum Hausvater zurück. Ich möchte keine Klagen hören! Ich erwarte von dir, daß du deine Pflichten gehorsam erfüllst.«

»Wenn Ihr es so wollt, Herr Vormund«, antwortete Margarete. »Dann wird es so geschehen.«

Wenige Wochen nach Valentins Tod stand der Gelehrte wieder im Hörsaal. Zwar mußte er in Trauerkleidung dozieren, nachdem er seine Abwesenheit mit dem Tode seiner Frau Mutter begründet hatte, aber es hätte schlimmer kommen können.

Nur auf seine Trauer führten es die Studiosi zurück, daß er, der noch kürzlich leidenschaftlich die Liebe als einzig bewegende Kraft gepriesen hatte, jetzt wieder lustlos am Manuskript klebte und vor der allgegenwärtigen Versuchung durch das Weib warnte, als wäre er der Heilige Antonius persönlich.

»Nichts beweist die Erbsünde schlüssiger«, ließ er sich vernehmen, »als die geschlechtliche Lust und die Stärke des männlichen Triebs. Sie hören durch die Taufe zwar auf, Schuld zu sein, aber sie verschwinden nie. Alles, was aus dem Beischlaf geboren wird, ist Sündenfleisch.« Nicht zufällig habe Maximus von Turin in seiner berühmten Predigt kurz und bündig erklärt, die Ursache allen Übels sei das Weib. Sie, die Studiosi als künftige Männer des Geistes, müßten sich vor dem anderen Geschlecht besonders hüten. Bereits ein unbedachtes Gespräch mit einer Frau könne sie ins Verderben stürzen.

»Amor spiritualis facile labitur in nudum carnalem amorem«, krächzte er, noch immer heiser nach den Wochen in der ungeheizten Herberge, in der er Unterschlupf gefunden hatte: Die geistliche Liebe verfällt leicht in die fleischliche. Sie gefährde die Keuschkeit des Priesters ebenso wie die Forschungen des Gelehrten. Sie bedrohe jeglichen Fortschritt der Menschheit.

»Ihr dürft keinen Augenblick vergessen, daß es einer Frau jederzeit möglich ist, Euch so in ihren Bann zu ziehen, daß Ihr alles andere darüber vergeßt«, beendete er schließlich seinen Vortrag, und die künftigen Männer des Geistes schlichen betreten aus dem Hörsaal.

Heinrich steckte das Manuskript in die Tasche seines Rocks, zog sich den Mantel an, folgte seinen Schülern aus der Universität und wandte sich jenem Ort zu, an dem er sich vor jeder Versuchung durch das Weib am sichersten fühlte.

Im Botanischen Garten lag zwar auf den Beeten, Büschen und Bäumen eine dicke Schneeschicht, aber unter dem Glasdach der Orangerie schoben die Gärtner Tag und Nacht Holz in ein großes Feuer, das den Pflanzen einen ewigwährenden Sommer vortäuschen sollte. Aber die Flora ließ sich nicht so leicht hinters Licht führen.

Die Apfelsinenbäume verfaulten, wenn man sie regelmäßig goß, und verdorrten sofort, wenn sie auch nur einen Tag nicht gegossen wurden. Die japanischen Zierkirschen hatten im Herbst ihre Blätter ebenso abgeworfen wie zuvor im Freien, und der Stechapfel blühte unter dem Dach der Orangerie schon gar nicht. Wenn Heinrich jetzt dennoch soviel Zeit wie möglich im Gewächshaus verbrachte, so nur wegen seiner Buchenulme, die er hierher umgepflanzt hatte und mit einem Elixier goß, das Griseldis nach seinen Angaben zubereitet hatte.

Zum erstenmal in seinem Leben verwelkte ein Zeugnis seines unermüdlichen Strebens, die Welt nach seinen Vorstellungen zu gestalten, nicht schon nach ein paar Tagen.

Wie er gehofft hatte, leuchtete ein Teil der Blätter seiner Schöpfung noch immer in den Herbstfarben der Ulme, das übrige Blattwerk dagegen in jenen der Buche, und noch war kein einziges Blatt abgefallen. Es wuchsen zwar keine zusätzlichen Blätter, ganz zu schweigen von neuen Knospen oder gar Trieben, aber die Blätter glänzten, als hätte man sie mit Wachs überzogen. Wenn er ein Blatt vorsichtig berührte, fühlte es sich an wie Pergament, was den Gelehrten über die Maßen beglückte.

Vielleicht habe ich nicht nur eine neue Spezies geschaffen, dachte er, sondern es ist mir sogar gelungen, den Tod zu besiegen. Zugegeben, wenn er sich nicht irrte und die Buchenulme tatsächlich unsterblich war, es wäre immer noch nur eine unsterbliche Pflanze, aber von ihr aus, davon war er überzeugt, wäre es zum unsterblichen Menschen nur noch ein kleiner Schritt.

Wie unerheblich war damit verglichen seine kleine Liebesaffäre, die ihn um ein Haar das Leben gekostet hatte!

Der Chevalier Danceny hatte ihm erzählt, daß er, Danceny, der Witwe Schwerdtlein dringend empfohlen habe, bei ihrem Verhör durch die Stadtsoldaten auszusagen, fremde Männer, wahrscheinlich Zigeuner, hätten Valentin erstochen. Seit Heinrich wußte, daß der Chevalier einem Offizier der Wache die Öffnung in der Stadtmauer gezeigt und ihren Verdacht geschickt auf Schmuggler gelenkt hatte, empfand er gegenüber dem Franzosen – nein, keine Dankbarkeit, die war ihm fremd, aber noch größeren Respekt. Nicht auszudenken, wenn man mich für diesen tragischen Todesfall zur Rechenschaft gezogen hätte, überlegte er. Dieses Weib hat mir nichts als Unglück gebracht.

Er schauderte bei dem Gedanken an die Herberge im verschlafenen Thüringen, die zu verlassen er erst gewagt hatte, nachdem ihm ein Kutscher aus dem Herzogtum berichtete, daß geldgierige Fremde dort einen Soldaten ermordet hatten. So sehr sich Heinrich nach Liebe sehnte – wenn damit Gefahren verbunden waren, konnte er gut und gern darauf verzichten.

Er betrachtete noch einmal zufrieden seine Buchenulme und ging dann nach Hause, wo Fritz ihm das Mittagsmahl auftischte. Der Hirschrücken framboise mundete dem Gelehrten vorzüglich. Nur der Rotwein war ein wenig zu kalt, aber deswegen mochte er seinen Diener nicht tadeln. Die Welt war nun einmal unvollkommen. Doch es gab Forscher, die das Zeug dazu hatten, sie zu vervollkommnen.

Für Margarete stand die Zeit des Umzugs an. Nachdem Marthe Margarete erzählt hatte, daß die Kammern der Dienstboten zumeist viel zu klein waren, als daß eine Magd ihre gesamte Aussteuer zum Hausvater mitnehmen konnte, waren die beiden Frauen zum Domplatz gegangen, hatten am Marktstand eines blinden Korbmachers einen Reisekorb aus Weidenruten gekauft, in den Margarete jetzt die wenigen Sachen packte, die sie zu Hinterhuber mitnehmen wollte. Zwei lange, weite Baumwollröcke, drei Paar Strümpfe, vier Handtücher und zwei weiße, hochgeschlossene Blusen hatte sie schon aus der Aussteuertruhe genommen und in den Korb gelegt.

Sie wollte eine Jacke aus der Truhe nehmen, und als sie das kleine Fläschchen mit den Schlaftropfen und die Taschenuhr zwischen den Bettlaken fand, erinnerte sie sich wieder an den Sonntag, an dem sie mit Heinrich in der Kutsche nach Feldbrünn gefahren war, und sein Versprechen bei ihrem letzten Beisammensein klang ihr wieder in den Ohren.

Er wird mich nie verlassen, dachte sie, während sie die Uhr in den Korb legte. Er liebt mich und wird mich heiraten. Daß sie ihn seit seinem Kampf gegen Valentin nicht mehr gesehen hatte, bereitete ihr wenig Sorgen. Er hielt sich nur zurück, weil er sie in ihrer Trauer nicht stören wollte. Oder er wollte abwarten, bis sich die erste Aufregung nach dem Tode ihres Bruders in der Stadt gelegt hätte. Das vermutete jedenfalls Marthe. »Sobald Heinrich erfährt, daß hier keiner weiß, wer Valentin getötet hat, wird er sich um dich kümmern«, sagte sie oft, wenn sie ihr Patenkind trösten wollte, und Margarete glaubte es ihr nur zu gern. Sie träumte jede Nacht, sie läge wieder in Heinrichs Armen. Margarete hatte immer noch das kleine Fläschchen in der Hand und überlegte, ob sie es mitnehmen sollte, wenn sie ihre Stellung bei Hinterhuber antrat, oder besser in der Aussteuertruhe ließe, als Marthe in die Schlafkammer kam, ihr das Fläschchen aus der Hand nahm und das Etikett las, was ihr noch immer schwerfiel. »Laudanum«, las sie halblaut, bevor sie Margarete fragte, was das sei und wofür sie es brauche.

»Das sind Kräutertropfen! Meine Mutter konnte schlecht schlafen«, antwortete Margarete und merkte, wie ihr das Blut in den Kopf stieg.

Marthe blickte sie nachdenklich an. »Davon hat sie mir nie etwas erzählt. Aber beim Hinterhuber wirst du bestimmt kein Schlafmittel brauchen«, sagte sie und steckte das Fläschchen in ihre Rocktasche. »Alle müssen um fünf in der Früh aufstehen, und vor zehn kommt abends keiner ins Bett. Da schläft man auch ohne Kräutertropfen.«

Dann nahm die Patin Margaretes Almanach, das Handbuch für christliche Jungfrauen und das schmale Buch, das ihr Heinrich geschenkt hatte, aus der Truhe und legte sie beiseite.

Bücher brauche sie auch nicht mitzunehmen. Abgesehen davon, daß eine Dienstmagd keine Zeit zum Lesen habe, kein

Mann sähe es gern, wenn eine Frau ihre Zeit damit vertrödele.

Aber Margarete werde ja nicht lange als Magd arbeiten müssen. Falls allerdings Heinrich *nicht* zurückkäme ... Nun, dann bliebe ihr immer noch, Matthias zu heiraten. Besser, als für einen Fremden zu schuften.

»Nie und nimmer! Eher bringe ich mich um«, rief Margarete so zornig, daß sich Marthe bekreuzigte. Das dürfe man nicht einmal denken, sagte sie, geschweige denn aussprechen. Kein Mensch habe das Recht, sich selbst zu töten, solange er anderen das Leben erleichtern könne.

»Wenn du das sagst, dann wird es wohl so sein«, antwortete Margarete unsicher. »Aber ich liebe Matthias nicht.« Sein Gesellenstück wolle sie nicht mitnehmen. Marthe solle die Schuhe verschenken oder in der Judengasse verkaufen. »Die Judengasse gibt es nicht mehr«, sagte Marthe. »Dort sind letzte Nacht alle Häuser abgebrannt.«

Im Februar wurde es noch kälter im Herzogtum. Die Vögel fielen tot vom Himmel. Die Ratten und Mäuse krochen aus ihren Löchern und suchten die Nähe des Herdes, vor dem die Menschen sie erschlugen. Nur die Klügsten und Schnellsten, die Erfahrensten und die Rücksichtslosesten überlebten diesen Winter, Mensch wie Tier.

Obwohl im Schloßpark und in den Wäldern nahe der Stadt Soldaten wachten, fällten Arme, die sich kein Brennholz kaufen konnten, in jeder Nacht immer mehr Bäume.

Die Fenster der Dienstbotenkammern im Hause Hinterhuber waren von einer dicken Eisschicht überzogen. In der Kanne gefror das Waschwasser und im Nachtgeschirr der Urin.

Vor zwei Monaten hatte Margarete den Dienst bei dem Tuchweber angetreten, und inzwischen war sie froh, daß in jeder der kleinen Kammern zwei Mägde auf einem Strohsack schlafen mußten, damit keiner der Knechte nachts zu ihnen schlich. So konnte sie sich nachts an Lieselotte wärmen. Diese Magd, mit der sie das Bett teilte, ahnte nicht, daß Margarete ein Kind erwartete. Sie hatte zwar einmal gefragt, wieso ihre Freundin dicker geworden sei, doch Margarete hatte gesagt, das wäre kein Wunder. So viel Kartoffeln wie hier habe sie noch nie gegessen. Ihre Mutter habe nur die Tiere manchmal damit gefüttert.

Wenn sie nachts von Heinrich träumte, dann lebte sie mit ihm in einem vornehmen Haus, kochte und hielt die Kleidung in Ordnung, und nachdem er morgens zur Universität gegangen war, spielte sie im Garten stundenlang mit ihrem kleinen Sohn.

Tagsüber hatte sie kaum Zeit, solchen Träumen nachzuhängen. Dafür gab es zu viel Arbeit. Sobald sie wach wurde, mußte sie hinunter in die Küche, mußte das Feuer im Herd anfachen und für heißes Wasser sorgen, mußte für den Meister, die Gesellen und die Lehrlinge das erste Frühstück bereiten. Sie durfte mit den anderen Mägden eine Schüssel Kartoffelsuppe essen, dann mußte sie die Werkstatt fegen, Schuhe putzen und Kleidung reinigen.

Inzwischen gingen die Vorräte des Tuchwebers langsam zur Neige. Die Hausfrau schickte Margarete daher manchmal mit Lieselotte zum Markt und ließ sie dort einkaufen, denn außer Margarete konnte keine Magd im Haus schreiben und lesen.

Dann lief sie in ihrem Wintermantel, ihr dickes Kopftuch vor Mund und Nase, die Füße in den Holzpantinen mit zwei Paar Socken notdürftig vor Schnee und Eis geschützt, mit Lieselotte von einem Marktstand zum anderen und feilschte mit den Bauern um den Preis von Grünkohl, Rüben, Möhren, Winteräpfeln und Eiern.

Hinter vielen Marktständen brannte jetzt in einem kleinen

eisernen Ofen ein Feuer, auf dem Maronen geröstet oder Äpfel gebraten wurden, doch solche Genüsse konnten sich die Mägde nicht leisten. Wenn sie Glück hatten, erlaubte man es ihnen, die Hände einen Augenblick am Feuer zu wärmen.

Während der ersten Wochen hatte sich Margarete noch möglichst oft in der Nähe des Domportals aufgehalten, wenn die Hausfrau sie zum Markt geschickt hatte. Jedesmal hatte sie gehofft, Heinrich dort zu treffen, hatte gehofft, mit ihm reden zu können, gehofft, ihm sagen zu können, daß sie ein Kind von ihm erwarte, doch Heinrich war nicht erschienen. Inzwischen hielt sie nicht mehr nach ihm Ausschau.

Als sie Marthe einmal zufällig auf dem Markt traf, erzählte sie ihr, Hinterhuber erlaube seinen Dienstboten nur einmal im Vierteljahr, ihre Angehörigen zu besuchen, doch sie solle sich keine Sorgen um sie machen. Sie habe genug zu essen, und einen Schlafplatz habe sie auch. Daß sie ein Kind erwarte, erzählte sie Marthe nicht; es hätte sie nur traurig gestimmt. Aber sie bat die Patin, Heinrich zu sagen, bei wem sie in Stellung sei, sobald er nach ihr fragen würde.

Der Schnee war kaum geschmolzen, da blühten Buschwindröschen und Schneeglöckchen, dann die Märzenbecher und Narzissen. Im Botanischen Garten blühten der Schwarze Holunder und die Heckenrosen. Im Arboretum standen alle Bäume wieder im Laub. Doch Professor Doktor Heinrich Meissner nahm von alle dem kaum etwas wahr. Er hielt seine Vorlesungen, aber sie mußten seinen Alumni immer verworrener erscheinen. Er las Diplom- und Doktorarbeiten, aber er entdeckte in ihnen keinen Sinn. Sobald es ihm seine Pflichten erlaubten, kümmerte er sich um seine Buchenulme, die ihm von Woche zu Woche unheimlicher wurde.

Während draußen im Arboretum die Buchen und Ulmen

längst mit kräftigen neuen hellgrünen Trieben den Frühsommer feierten, verharrte seine Schöpfung in ihrem immerwährenden Herbst. Gewiß, es beglückte ihn, daß die Pflanze noch nicht ein einziges ihrer bunten, wächsernen Blätter verloren hatte, doch er konnte machen, was er wollte, es wuchs kein neues Blatt. Von Blüten und Früchten ganz zu schweigen. Gleich, ob er den kleinen Baum mit seinem Elixier düngte, mit teurem Guano oder dem bewährten Ziegenmist aus dem Herzogtum, gleich, ob er ihn wässerte oder nicht wässerte, es wuchs kein neues Blatt.

Er beugte sich gerade über das rätselhafte Gewächs, als er Schritte im Gewächshaus hörte. Er richtete sich verärgert auf und erschrak, als Chevalier Danceny zu ihm trat. Er beabsichtige keinesfalls, einen Mann der Wissenschaft bei der Arbeit zu stören, begann der Chevalier mit einem spöttischen Lächeln, doch er halte es für notwendig, ihm einen kurzen Besuch abzustatten.

»Ihr seid mir jederzeit willkommen«, sagte Heinrich und blickte den Franzosen abwartend an. »Besteht Anlaß zur Sorge?«

»Durchaus nicht«, sagte der Chevalier und strich mit dem Zeigefinger über ein Blatt der Buchenulme. »Interessant! Aber weshalb pflanzt Ihr künstliche Bäume in Eure Orangerie?« Es sei ihm durchaus bekannt, daß auch im Herzogtum Frauen aus Stoff und buntem Papier Blumen herstellten, aber einen solchen Baum habe er noch nie gesehen.

»Das ist kein künstlicher Baum«, sagte Heinrich. Er glaube, er sei dem Geheimnis des Lebens auf die Spur gekommen, aber es sei noch viel zu früh, darüber zu reden.

»Dann solltet Ihr darüber schweigen«, sagte der Chevalier. Es liege ihm fern, sich ungebeten in fremde Angelegenheiten einzumischen, aber er habe soeben auf dem Marktplatz aus der Ferne Margarete gesehen. »Sie bemüht sich zwar, es zu verbergen, aber mich dünkt, Eure Dirne ißt seit geraumer Zeit für zwei.«

Heinrich war, als spüre er im warmen Gewächshaus einen kalten Hauch. Das sei kaum möglich, stammelte er. Margarete könne nicht schwanger sein, und wenn sie es wäre, dann keinesfalls von ihm. »Ich schwöre es Euch«, sagte er. »Ich habe ihre Kirche jedesmal vor dem Segen verlassen.«

»Das verhütet keine Schwangerschaft«, sagte der Franzose überrascht. »Sagtet Ihr nicht, Ihr wäret auch ein Doktor der Medizin?«

»Das bin ich gewiß«, sagte der Gelehrte und blickte den Chevalier unsicher an. »Aber falls mein Abenteuer tatsächlich nicht folgenlos geblieben sein sollte ... Wozu würdet Ihr mir raten?«

»Zuerst einmal zu einem Glas Wein«, antwortete Chevalier Danceny. Das Gewächshaus sei kaum der geeignete Ort, solche Angelegenheiten zu besprechen.

Euer Rotwein, dünkt mich, ist eine Spur zu warm«, sagte der Chevalier wenig später in Heinrichs Bibliothek. Er sehe sich leider außerstande, ihm zu raten. Wenn der Gelehrte Margarete heirate, würde man ihr die Kirchenbuße abverlangen, die ihm erspart bleibe, sofern er eine Geldbuße zahle. Ins Gefängnis werfen würde man ihn gewiß auch nicht, das würde der Herzog im Hinblick auf das Ansehen der Universität ...

»An eine Heirat ist überhaupt nicht zu denken«, unterbrach Heinrich den Chevalier. »Sie hat nicht nur mir beigelegen. Ihr Bruder hat gesagt, sie sei längst einem anderen versprochen.«

»Das glaube ich nicht«, sagte Danceny. Selbst wenn ihre Mutter sie einem anderen zugedacht haben sollte, Margarete hätte ihm vor der Heirat nie und nimmer ihre Gunst gewährt.

Wenn sie leichtfertig wäre, hätte sie sich Heinrich sehr viel schneller hingegeben, und er, Heinrich, hätte seiner, des Chevaliers, Unterstützung nicht bedurft.

»Und weshalb hat sie sich dann mit mir eingelassen?« fragte Heinrich.

»Weil sie sich in Euch verliebt hat und so töricht war, Euch zu vertrauen«, antwortete Danceny. »Hat sie Euch je um etwas gebeten? Hat sie Geschenke von Euch verlangt oder gar Geld? Mich dünkt, sie liebt Euch, wie sie noch nie zuvor geliebt hat. Sie hat Euch gegeben, was Ihr wolltet. Ihr dagegen habt immer nur genommen. Es gibt Frauen, deren Liebesfähigkeit grenzenlos ist. Man kann das allerdings auch für grenzenlose Dummheit halten.«

»Und wenn ich sie nicht heirate?« fragte der Gelehrte nervös. Chevalier Danceny zuckte mit den Schultern. »Dann wird man sie nach dem Namen des Vaters ihres Kindes fragen. Sie wird die Schwurhand heben müssen, und ...«

Heinrichs Gesicht wurde bleich. »Ihr meint, sie wird mich preisgeben?« fiel er Danceny ins Wort.

Der Franzose schüttelte den Kopf. Das nehme er nicht an. Sie würde ihn schützen, selbst wenn man sie der Tortur unterzöge. »Sie liebt Euch und wird sagen, sie hätte sich einem Unbekannten hingegeben. Man wird sie stäupen und mit ihrem Kind aus der Stadt jagen. Sie wäre die erste nicht. Eine Bettlerin oder Hure mehr in unserem Herzogtum.«

Der Gelehrte stellte das Weinglas auf den Tisch. »Ich kann sie trotzdem nicht heiraten! Ich habe mein Leben der Wissenschaft geweiht.«

»Dann hättet Ihr das Weib besser in Frieden gelassen«, sagte Danceny. »Aber das ist Eure Angelegenheit.« Er trank noch einen Schluck Wein, stand auf und verließ, eine Verbeugung andeutend, den Salon. Heinrich blieb noch einen Augenblick am Tisch sitzen und rief dann seinen Diener. »Erkundige Er sich unauffällig in Wahlburg, ob die Schwester des ermordeten Soldaten verlobt ist«, befahl er Fritz. »Ich hätte gern gewußt, mit welchem Mann.«

Dank ihrer weiten Röcke und der für sie viel zu großen hellblauen Arbeitskittel, in denen die Mägde des Tuchwebers arbeiteten, hatte noch niemand bemerkt, in welchen Umständen Margarete war. Marthe allerdings war erstaunt, als Margarete sie zum Osterfest besuchte, doch als Margarete ihr sagte, daß sie nach wie vor ihre Mondtage habe, glaubte ihr die Patin.

Margaretes Vormund hatte ihr Haus mit Zustimmung des Obervormunds an den Bäckermeister Kindhofer verkauft, der es wie versprochen der Mitgift seiner Tochter zugeschlagen hatte. Jetzt wohnten Bärbel und Peter darin. Sie hatten Weihnachten das Sakrament der Ehe empfangen, und auch Bärbel erwartete ihr erstes Kind.

Am meisten fürchtete Margarete, daß sie eines Tages während der Arbeit niederkommen und ihre Schande allen offenkundig würde, aber es geschah in der Nacht.

Sie lag mit Lieselotte auf dem Strohsack. Sie träumte, sie säße mit Heinrich in einem vornehmen Restaurant mit unzähligen Spiegeln, als sie die erste Wehe aus dem Schlaf riß.

Sie stand auf, zog sich in der finsteren Kammer Rock und Jacke an, schlich leise in den Flur und tastete sich an der Wand entlang zur Treppe, ging die Stufen hinunter und lief in die Küche, wo sie ein Talglicht anzündete.

Eine starke Wehe ließ sie zusammenzucken. Sie griff nach der brennenden Kerze und ging damit in den Keller, wo in der Waschküche Berge von Wäsche lagen, die nach Pfingsten gewaschen werden sollten. Sie zog den Rock aus, hockte sich auf einen Haufen Bettwäsche und biß die Zähne zusammen, als wieder eine Preßwehe durch ihren Leib lief. Sie hatte sich fest vorgenommen, nicht zu schreien, schaffte das auch zuerst, doch dann wurde der Schmerz plötzlich so groß, daß sie alle Vorsicht vergaß. Sie warf den Kopf in den Nacken, öffnete den Mund weit und schrie. Sie fühlte, daß alles um sie herum naß war. Sie richtete sich auf, und sie sah im flackernden Licht der Talgkerze, daß sie ein Mädchen geboren hatte. Sie legte es sich auf den Bauch, küßte es und streichelte es, schnitt mit einem Küchenmesser, das sie seit Wochen in der Rocktasche mit sich führte, die Nabelschnur durch. Ihr Kind schrie, und sie hob die Brust, lächelte, als es trank. Sobald das winzige Mädchen eingeschlafen war, legte sie es vorsichtig auf einen Berg Handtücher. Sie stand langsam auf, zog sich den Rock an und lief mit der Kerze in der Hand in die Werkstatt, tauchte dort den Finger in den Weihwasserkessel neben der Tür, ging in die Waschküche zurück, und zeichnete ein Kreuz auf die Stirn des friedlich schlafenden Säuglings. »Im Namen des Vaters, des Sohnes und des Heiligen Geistes«, flüsterte sie. »Ich taufe dich auf die Namen Marthe, Agathe und Katharina.« Sie kniete nieder, sprach leise das Vaterunser, küßte ihr Kind sanft auf die Stirn und drückte ihm ein weiches Handtuch auf Mund und Nase, bis es nicht mehr atmete.

Ihre Mutter hatte oft gesagt, daß getaufte Kinder nach dem Tode sofort zu Engeln wurden, und das wünschte sie ihrer Tochter; es war, so wußte sie, das Beste, was sie für ihr Kind tun konnte. Sie hüllte es in das Handtuch, trug es aus der Waschküche, wollte es zum Friedhof der St.-Jakobs-Kirche bringen und dort heimlich in geweihter Erde begraben, doch auf dem Domplatz traten ihr zwei Wachsoldaten entgegen. »Was ist Sie so früh schon auf den Beinen«, fragte einer der Soldaten. »Wo will Sie hin, und was trägt Sie da?«

»Ich habe mein Kind getötet«, antwortete Margarete. »Es ist ein Mädchen, und es hätte ohne Vater leben müssen. Ich habe es aus Liebe getan.«

16

Frei wie ein Vogel

Schmerzensreiche Mutter der Liebe und Barmherzigkeit, betete Margarete, ich habe geliebt und liebe immer noch. Falls du das für Sünde hältst, so strafe mich, wie du willst, aber schließe mich von deiner Gnade nicht aus.

Sie wußte längst nicht mehr, wie oft sie in ihrer Zelle die Mutter Gottes um einen gnädigen Tod angefleht hatte, wußte nicht mehr, wie viele Nächte sie im Halbschlaf auf dem Strohsack verbracht hatte, von Heinrich geträumt hatte und von ihrer kleinen Tochter.

Die Mühlen Gottes, hatte ihre Mutter immer gesagt, mahlen langsam. Jetzt wußte sie, daß die Mühlen der Jurisprudenz noch langsamer mahlten.

Nach der »Peinlichen Gerichtsordnung« Karls V. aus dem Jahr fünfzehnhundertzweiunddreißig, der *Carolina*, waren Blutgerichte zu einer gründlichen Untersuchung all jener Verbrechen verpflichtet, die mit der Todesstrafe geahndet wurden.

»Ich habe meine Tochter getauft und erstickt«, hatte Margarete gestanden, als man sie dem Blutrichter und den Schöffen vorführte. Sie wisse nicht, wer der Vater ihrer Tochter sei, und habe es ihr ersparen wollen, sich ihrer unehrlichen Geburt zu schämen. Sie habe auch nicht gewußt, wie sie ihr Kind und sich hätte ernähren können, denn ihre Stellung als Dienstmagd hätte sie verloren, sobald ihre Schande offenkundig geworden wäre. Sie hätte um das tägliche Brot betteln oder es durch Unzucht erwerben müssen. Beides habe sie nicht gewollt, da wolle sie lieber nicht länger leben.

Der Blutrichter in seiner roten Robe schien überrascht, weil Margarete das Verbrechen zugab, und erleichtert zugleich; eine geständige Mörderin brauchte er nicht foltern zu lassen.

»Dann gibt Sie also zu, vorsätzlich gehandelt zu haben«, sagte er zufrieden. »Aber weshalb kann Sie den Vater Ihrer Tochter nicht nennen? Ist Sie eine Hure?«

Das sei sie gewiß nicht, sagte Margarete und erzählte, was sie sich ausgedacht hatte.

»Meine Mutter hat Ziegen gehalten, die ich oft auf der Weide in den Bergen gehütet habe«, sagte sie dem Hohen Gericht. Im Herbst, als sie auf dieser Wiese das Gras gemäht habe, hätten drei Fremde sie überfallen und ihr Gewalt angetan.

»Und warum hat Sie dieses Verbrechen nicht angezeigt? Weshalb hat Sie es sogar ihrem künftigen Ehemann verschwiegen, und den Behörden nicht pflichtgemäß gemeldet, daß Sie ein Kind erwartet?« fragte der Richter.

»Ich habe mich geschämt«, antwortete sie leise, von der Geburt noch so geschwächt, daß sie sich nur mit Mühe hinter der Schranke im Gerichtssaal aufrecht halten konnte. »Ich wollte meine Mutter und meinen Bruder nicht in Schande bringen. Mein Bruder hat bei den Stadtsoldaten gedient. Ich habe die Heilige Jungfrau um Schutz gebeten und gehofft, sie würde mich erretten.«

»Versündige Sie sich nicht an der Mutter Gottes«, warnte ein Schöffe. »Lade Sie nicht noch mehr Schuld auf sich.« Der Richter forderte den Gerichtsdiener und die Büttel auf, Margarete in ihre Zelle zurückzubringen, und ordnete eine Voruntersuchung an, wie sie das Herzogtum seit Jahren nicht mehr erlebt hatte. Da wurden Leumundszeugen vorgeladen und befragt, mußten Marthe, Meister Firle, Meister Kindhofer und der Gerichtsschreiber Scholz ebenso den Zeugeneid schwören wie Bärbel und Lieselotte. Matthias wurde verhört und schwor, daß er mit Margarete keine Unzucht getrieben hatte. Soldaten, mit denen Valentin Dienst getan hatte, wurden vernommen und sagten aus, daß er stolz auf die Keuschheit seiner Schwester gewesen sei. Der Weber Hinterhuber schwor, daß noch nie eine bescheidenere und gehorsamere Dienstmagd in seinem Hause gearbeitet habe, und nur Pfarrer Hager verweigerte den Eid. Er verwies auf das Gebot des Herrn, nicht zu schwören, bestätigte aber Margaretes Aussage, daß sie oft gebeichtet und die heiligen Sakramente genommen habe.

Da war keiner, der Margaretes Fleiß nicht gepriesen hätte, und da war keiner, der nicht ihre Tugend beschworen hätte, und so wanderten nach der letzten Zeugenvernehmung der Blutrichter und die Schöffen über die staubige Landstraße und über den Feldweg, vorbei an Wiesen und Feldern, hinauf in die Berge, um jene Weide gewissenhaft in Augenschein zu nehmen, auf der Margarete die Ziegen gehütet hatte. Sowohl der Richter als auch die Schöffen hielten es für möglich, daß man Margarete dort Gewalt angetan haben konnte, denn weit und breit war kein Mensch zu sehen, den sie hätte zu Hilfe rufen können.

Danach mußte das Gericht Entlastungsgründe würdigen, und so gewährte es einem Notar Gehör, den der Gerichtsherr mit Margaretes Verteidigung beauftragt hatte.

Daß Kindesmord mit dem Tode bestraft werden müsse, sagte der Notar, stehe außerhalb jeden Zweifels. Es gäbe jedoch im vorliegenden Fall mildernde Umstände. Das Leumundszeugnis des Pfarrers und die Aussage der Mörderin, daß sie ihr Kind getauft habe, bevor sie es tötete, sprächen gegen die Vermutung, sie wäre eine Hexe. Da alles darauf hindeute, daß ihr das fremde Leben mit Gewalt aufgezwungen worden war, verdiene sie Gnade.

»Hohes Gericht«, schloß der Verteidiger sein Plädoyer. »Obschon in anderen Fürstentümern Kindesmörderinnen noch immer gepfählt, lebendig begraben oder ertränkt werden, stellt es Paragraph einhunderteinunddreißig der Gerichtsordnung auch anheim, bei mildernden Umständen eine Übeltäterin mit dem Schwert vom Leben zum Tode zu bringen. Ich bitte um dieses milde Urteil.«

Der Richter und die Schöffen zogen sich zur Beratung zurück, und da sie sich nicht einigen konnten, versandten sie die Akten an die nächstliegende Juristenfakultät, die in solchen Zweifelsfällen zu entscheiden hatte. Die Rechtsgelehrten der Universität Miesbach disputierten den Fall eine Woche lang, wurden sich gleichfalls nicht einig und leiteten die Akten dem Geheimen Konzil des Herzogs zu, das sich sehr schnell einig wurde. Seine Durchlaucht warf einen Taler in die Luft, der mit der Bildseite nach oben auf den Teppich fiel, was von zwei Geheimräten gewissenhaft protokolliert wurde. Der öffentliche Gerichtstag, an dem das Urteil auf dem Marktplatz vor dem Dom verlesen und zur Mittagsstunde öffentlich vollstreckt werden sollte, wurde auf den achten Juli festgesetzt. Es lautete auf Tod durch das Schwert.

Seit Jahren war im Herzogtum niemand mehr zum Tode verurteilt worden. Obwohl die Richter und Schöffen durch ihren Amtseid ebenso zur Verschwiegenheit verpflichtet waren wie die Gerichtsschreiber, der Kerkermeister und alle Gefängnisaufseher, mußte einer der Männer, vielleicht beim Bier, mit seinem Wissen geprahlt haben. Danach verbreitete sich das Gerücht von dem Todesurteil schneller als vor sechzig Jahren die Schwarze Pest.

Eine Hexe habe ihr Kind dem Satan geopfert, raunten sich

die alten Frauen auf dem Markt zu. Eine Jungfer habe sich leichtfertig ihrem Verlobten hingegeben und aus Scham den Beweis ihrer Sünde aus der Welt schaffen wollen, erzählten einander die Mägde schaudernd am Brunnen. Das Böse laue-re überall, schärften die Mütter ihren Töchtern ein und lie-ßen sie nicht mehr aus den Augen, geschweige denn aus der Stadt.

Solange eine voreheliche Geburt Schande und Elend nach sich ziehe, werde es immer wieder Frauen geben, die aus Verzweiflung ihr Kind umbrächten, wußten aufgeklärte Freigeister, doch sie fanden kein Gehör.

Es konnte nicht ausbleiben, daß auch Professor Doktor Heinrich Meissner von der Untat und dem Todesurteil erfuhr. Doch seine ungeteilte Aufmerksamkeit galt inzwischen nur noch seinem neuesten botanischen Versuch. Er hatte sich vorgenommen, Kartoffeln in der Größe von Kürbissen zu züchten, und in einen kleinen Kürbis waren bereits fünf Kartoffelkeime implantiert. Wenn ihm dieses Vorhaben gelänge, davon war er überzeugt, würden seine Riesenkartoffeln bald so berühmt sein wie jetzt schon die Zwiebeln aus dem Herzogtum, und dem Herzog würde gar nichts anderes übrigbleiben, als ihn in den Adelsstand zu erheben.

Daß seine Buchenulme schon seit Wochen auf dem Komposthaufen verfaulte, störte ihn wenig; letztlich war für ihn auch ein mißlungener Versuch ein Wegweiser, denn er zeigte, wie die Welt nicht beschaffen war.

Im Kerker kniete Margarete und wußte, daß sie ihr Leben verwirkt hatte, doch sie hatte schon so viele geliebte Menschen sterben sehen, daß sie der Tod nicht mehr ängstigte.

Viel mehr fürchtete sie, daß man sie gefesselt durch die Stadt zur Hinrichtungsstätte geleiten würde, bevor sie der Henker vor allen Leuten am Galgen hochzöge, mit dem Halseisen erwürgte oder in einem Teich ertränkte, um den Boden des Herzogtums nicht mit ihrem Blut zu verunreinigen.

»Heilige Mutter Gottes«, bat sie, den Blick auf das winzige vergitterte Fenster ihrer Zelle geheftet, »ich weiß, daß ich sterben muß, aber gewähre mir deine Gnade. Erspare mir einen unwürdigen Tod«, hatte sie gerade geflüstert, als sie hörte, daß der schwere Riegel an der Tür zurückgeschoben wurde.

Es ist soweit, dachte sie erschrocken, doch dann, als der Kerkermeister Marthe in ihre Zelle führte, stieß sie einen Freudenschrei aus. Margarete rannte auf sie zu, umarmte sie und küßte sie, obwohl der Kerkermeister noch immer mit der Laterne in einer Hand und dem Schlüsselbund in der anderen an der Tür der Gefängniszelle stand.

»Bitte«, sagte Marthe zu ihm. »Laßt mich nur einen Augenblick unter vier Augen mit meinem Patenkind reden.«

Das könne er nicht, antwortete der Kerkermeister. Nur die nächsten Angehörigen dürften einen Delinquenten vor dem Gerichtstag noch einmal besuchen. Er riskiere ohnehin Kopf und Kragen, weil er sie zu ihr gelassen habe. Marthe holte Margaretes Ohrringe, die sie immer noch für sie aufbewahrte, aus der Rocktasche und hielt sie ihm hin. »Nur einen Augenblick«, bat sie. »Dann schenke ich Euch auch noch diese Juwelen.«

Das sei streng verboten, sagte der Kerkermeister mit einem Zögern in der Stimme, dann griff er geschwind nach den Ohrringen und verließ die Zelle.

»Weshalb hast du mir verschwiegen, daß du schwanger warst?« fragte Marthe. Sie hätte Mittel und Wege gewußt, ihr die Schmach zu ersparen. Margarete senkte beschämt den Kopf. Sie habe Heinrichs Kind kein Leid zufügen wollen.

Marthe zog sie wieder an sich, umarmte sie, und dann, Margarete konnte ihr Glück kaum fassen, spürte sie das Fläschchen mit den Schlaftropfen in ihrer Hand.

Da hörten sie schon wieder die Tür aufgehen. Marthe umarmte Margarete noch einmal, dann führte der Kerkermeister die alte Frau schweigend aus der Zelle und stieß den schweren Riegel wieder vor die Tür. Margarete lauschte den Schritten draußen auf dem Gang, und als sie verklungen waren, öffnete sie das Fläschchen, trank es leer und warf es in den Eimer, auf dem sie sonst ihre Notdurft verrichtete.

Sie fiel noch einmal auf die Knie, dankte der Heiligen Jungfrau für ihre Gnade, legte sich dann lächelnd auf ihren Strohsack und blickte zu dem kleinen vergitterten Fenster, durch das schwach das Mondlicht fiel. Es dauerte nicht lange, bis das Opiat zu wirken begann. Sie wurde schläfrig und schloß die Augen. Doch plötzlich, sie überlegte angestrengt, wie er in ihre Zelle gelangt sein mochte, sah sie Heinrich an ihr Lager treten. Gretchen, glaubte sie seine vertraute Stimme zu hören, ich mußte dich lange warten lassen, aber jetzt kann uns nichts mehr auf der Welt trennen.

»Du kommst zu spät«, flüsterte sie auf ihrem Strohsack. »Ich habe unser Kind getötet und würde dir nur Schande bringen. Kümmere dich nicht um mich und rette dich. Dein Leben ist wichtiger als das meinige.«

Ich liebe dich und werde unser Kind ebenso lieben, hörte sie ihn sagen. Der Herzog erlaubt mir, dich zu heiraten, und alles wird gut.

Sie lächelte glücklich und sah sich im Brautkleid mit der Hochzeitskrone neben ihrem Vater und ihrer Mutter in einer Kutsche sitzen, sie hörte alle Glocken läuten, hörte die Orgel, ging neben ihrem Vater durch den Mittelgang des Doms, und als sie sich einmal kurz umdrehte, sah sie, daß Katharina und ein anderes kleines Mädchen, das sie nie zuvor gesehen hatte, die lange Schleppe ihres weißen Brautkleides trugen.

Wahrscheinlich die kleine Christine, dachte sie, erkannte in der ersten Reihe auf der Männerseite Valentin in seiner Uniform und wollte zu ihm eilen, doch da nahm Heinrich ihren Arm und führte sie zum Traualtar, vor dem Pfarrer Hager stand, der laut zu singen begann. Margarete blickte sich im Dom um und entdeckte Bärbel und Lieschen, die ihre Brautjungfern waren, sie sah Marthe neben Agathe sitzen, sah Matthias traurig neben Meister Firle und bat ihn, ihr zu verzeihen.

»Es hätte uns beide ins Unglück gebracht, wenn ich dich geheiratet hätte«, flüsterte sie und stand auf einmal wieder neben Heinrich vor dem Traualtar, sank wie er auf die Knie. Sie ließ Pfarrer Hager das heilige Sakrament der Ehe spenden, hörte den Chor, hörte die Orgel, roch den Weihrauch, und sah die Kerzen auf dem Altar, deren Flammen immer größer wurden, dann merkte sie, daß sie ein kleiner Vogel war, und sie flog durch das vergitterte Fenster aus ihrer Zelle, flog hoch zum wolkenlosen Himmel, umkreiste die Kuppel des Doms, flog über die Stadtmauer und stieg dann weiter auf in ein immer heller werdendes Licht.

Wie ist es möglich, daß sich in meinem Kerker eine zum Tode verurteilte Delinquentin ihrer Hinrichtung entzieht?« fragte drei Tage später Herzog Ludwig Karl verärgert beim Kartenspiel den Chevalier Danceny.

»Indem sie vorher stirbt«, antwortete der Franzose gelassen, während er sich sein Glas fester ins Auge klemmte. »Ihren vorzeitigen Tod zu verhindern, steht nicht in Eurer Gewalt.«

Randnotizen zu Goethes Margarete, ihrem Leben, ihrer Zeit

Die Gretchentragödie in Johann Wolfgang von Goethes »Faust« ist mit wenigen Worten schnell erzählt: Eine schlichte, schulisch ungebildete junge katholische Kleinbürgerin wird von einem bessergestellten Bildungsbürger verführt, geschwängert und ihrem Schicksal überlassen. Erst nachdem sie wegen der Tötung des von ihm gezeugten Kindes zum Tode verurteilt wurde, versucht er, sie aus dem Kerker zu befreien, doch sie will mit ihm nichts mehr zu tun haben.

Ich weiß nicht, in wie vielen mehr oder weniger gelungenen Inszenierungen ich Margaretes Geschichte auf der Bühne erlebt habe. Ich weiß aber, daß mich irgendwann die Wut packte. Bei allem Respekt, Herr Goethe! Weshalb wird dieser verblendete Egozentriker im »Faust II« auch noch erlöst?

Das unerfahrene junge Mädel, von Fausts Wohlstand und seinen wohlgesetzten Worten gleichermaßen fasziniert, ist so mutig, sich über alle religiösen und gesellschaftlichen Zwänge hinwegzusetzen und ihren Gefühlen zu folgen. Sie liebt ihn und vertraut ihm bedingungslos.

Der männliche Held Ihres Dramas dagegen hätte wissen müssen, in welches Elend er seine von seinem klugen Gerede hingerissene junge Geliebte bringt. Oder sind etwa beide nur Opfer von gesellschaftlichen Zwängen?

Ich möchte diese wohl bedeutendste Frauenfigur der deutschen Hochliteratur besser verstehen. Dabei geht es mir nicht darum, Goethe zu widerlegen. Das wenige, was Goethe sie über ihre Kindheit und Jugend (in Vers 3109 ff.) erzählen läßt, glaube ich ihm wie ihr.

In Goethes Drama, dessen Zentralfigur nun einmal Faust ist, wird es nur summarisch berichtet. Wie mögen sie denn ausgesehen haben, der tote Vater, die bigotte Mutter, die kleine Schwester? In welchen Verhältnissen ist Margarete aufgewachsen? Ihre Vorgeschichte erscheint mir wesentlich für ihre Zerstörung; nicht nur die sozialen Verhältnisse zu ihrer Zeit. Fing ihr Leben erst richtig an, als sie Faust begegnete? War sie zuvor ein Nichts?

Sucht Margarete in Faust ihren Vater, den sie zu früh verlor? Weshalb läßt sich dieses Mädel so schnell verführen? Braucht es dafür nicht mehr als ein paar Juwelen?

Den Handlungsort der Gretchentragödie vermittelt Goethe durch wenige Hinweise. Sie lebt in einer Stadt – im Dorf gäbe es keinen Mauerzwinger (V. 3586 ff.). Der Dom (V. 3776 ff.) ist – wie Margaretes Beichte – nur in einer katholischen Stadt vorstellbar. Diese Stadt kann ich mir – zumindest nach der Reformation – nicht im Herzogtum Sachsen-Weimar vorstellen.

Der fiktive Herzog Ludwig Karl im vorliegenden Roman ist nicht als satirisches Porträt des Herzogs Karl August intendiert. Ludwig Karl soll für die deutschen Duodezfürsten stehen, deren Willkür die Untertanen zur Zeit des Absolutismus ausgeliefert waren.

Zahlreiche Hinweise sprechen für die Annahme, der Fall der in Frankfurt am Main 1771 hingerichteten Susanna Margaretha Brandt sei Goethe bekannt gewesen. Es dürfte nicht die einzige Quelle sein, die ihn zur Gestaltung seiner Kindestöterin angeregt hat. Otto von Boenigk hat in seiner 1914 in Greifswald veröffentlichten Arbeit »Das Urbild von Goethes Gretchen« Material über Maria Flint vorgelegt, die 1765 in Stralsund wegen Kindesmord zum Tode verurteilt wurde. Sie wurde vom Erzeuger ihres Kindes mit Gewalt aus dem Kerker befreit. Dabei wurde ein Soldat der Wache getötet. Maria Flint kehrte schon einen Monat später freiwillig in ihr Gefängnis zurück und wurde vom Scharfrichter geköpft.

Es ist nicht zu übersehen, daß die Kindesmörderin auch andere Autoren des »Sturm und Drang« interessierte. Heinrich Leopold Wagner brachte sie in seinem Trauerspiel »Die Kindesmörderin« 1776 auf die Bühne, in Reinhold Lenz' Dramen »Der Hofmeister« und »Die Soldaten« begegnet sie uns auch. Über Wagners Drama ärgerte sich Goethe so, daß er in »Dichtung und Wahrheit« ausdrücklich darauf hinweist, Wagner habe ihm den Stoff weggeschnappt. War es Goethes späte Rache, daß Fausts Famulus ausgerechnet Wagner heißt?

Ach, dieser Mephisto! Er wirkt entschieden intelligenter als der verblasene, regelmäßig von Gott und der Welt dozierende Gelehrte mit seinen Männerphantasien. Mephisto ist – neben Marthe Schwerdtlein – die einzige Figur, die für Margarete Mitgefühl empfindet (V. 3303, V. 4398 ff.).

So sehr ich Mephisto mag, für den Gretchenroman kann ich ihn nicht brauchen. In einem deutschen Fürstentum des 18. Jahrhunderts vermag ich mir einen solchen Freigeist nicht vorzustellen. Doch der weltfremde Stubenhocker Faust fände sich in der Welt außerhalb seiner Studierstube allein kaum zurecht. Er braucht einen Gefährten, der ihm hilft. Ich lerne von Friedrich dem Großen und importiere ihn aus Frankreich. Ich leihe mir von Choderlos de Laclos seinen Chevalier Danceny, der inzwischen auf Malta klüger geworden ist.

»Nach Golde drängt, am Golde hängt doch alles. Ach, wir Armen!« Mit welchen Münzen könnten Margarete und ihre Mutter auf dem Markt bezahlt haben? Da gab es im Heiligen Römischen Reich Deutscher Nation Dukaten, Pistolen, Louisdor und Friedrichsdor, Gulden, Kreuzer, Groschen, Taler und Pfennige. Papiergeld, war noch nicht erfunden.

Im Roman wird mit Talern bezahlt. Es erleichtert es, die wirtschaftlichen Verhältnisse der Protagonisten nachzuvollziehen. Die Deutsche Bank und die Staatliche Münzsammlung München haben den Kammerspielen München 1977/78 geholfen, die Kaufkraft alter Münzen zu ermitteln. Dabei kam man zu dem Ergebnis, daß ein Taler (= 24 Groschen) 1767 etwa DM 60 im Jahre 1977 entsprach, während ein Groschen (= 12 Pfennige) etwa soviel wert war wie 1977 DM 2,50. Im Hinblick auf die seit den achtziger Jahren in der Bundesrepublik Deutschland vollzogene Geldentwertung dürften die damaligen DM-Beträge in etwa heutigen Euro-Beträgen entsprechen. Hilfreich erscheint mir auch ein Blick auf Löhne und Preise.

Ein Kutscher erhielt in der ersten Hälfte des 18. Jh. etwa 12 bis 16 Taler Lohn im Jahr, ein Handlanger zwischen 12 und 15 Groschen täglich. Ein Pfund Butter kostete 1753 4 bis 5 Groschen, ein Pfund Tee zwischen 1 Taler und 3 Talern sowie ein Pfund Rindfleisch 2½ Groschen.

Verdanken wir es der Schauspielerin Elisabeth Flickenschildt in der Inszenierung von Peter Gorski (1960), daß wir in der Marthe Schwerdtlein immer nur die geldgierige Kupplerin sehen, die Margarete und Faust zusammenführt? Im 18. Jahrhundert gehörte eine von ihrem Mann verlassene oder verwitwete Frau meistens zu den Ärmsten der Armen. Sie mußte, sofern es ihr nicht gelang, wenigstens ihre Mitgift vor den Kindern zu retten, als Tagelöhnerin den Lebensunterhalt verdienen, oder aber sie war auf die Armenpflege angewiesen, für die allein die Kirchen zuständig waren.

Mich rühren die vergeblichen Bemühungen der alten Frau, Mephisto für sich zu gewinnen. Ich bewundere den Mut, mit dem sie Margarete in Schutz zu nehmen versucht (V. 3764), als Valentin, Margaretes eigener Bruder, sie, Margarete, vor allen Leuten zur Hure erklärt. Ich mache sie zu Margaretes Verbündeter. Und muß sich eine so stolze und schamhafte Frau wie unser Gretchen öffentlich hinrichten lassen, um die Schaulust der Massen zu befriedigen? Ich gönne dem Pöbel dieses Spektakel nicht. Wie man friedlich einschläft, hat Margarete am Beispiel ihrer Mutter lernen können. Laudanum, die damals zugängliche Opiumtinktur, die ihr Heinrich übergibt und die sie für Schlaftropfen hält, erspart ihr das Schafott.

Die hygienischen Verhältnisse waren in der frühen Neuzeit nicht viel besser als im Mittelalter: Es gab kein Leitungswasser, keine Kanalisation, keine Insektizide, man lebte in direkter Nähe zu Haustieren und Vieh auch in den Städten, Latrinen und Donnerbalken waren das WC. Das Trinkwasser aus den Brunnen war vielfach eine trübe, faulig riechende Brühe. Die Nachtgeschirre wurden morgens von den Hausmägden in die Flüsse entleert. Louis Pasteur, der französische Bakteriologe, wurde erst 1822 geboren.

Die Kindestötung – war das ein rein städtisches Phänomen? Gewiß war auch für den Dorfpfarrer der Geschlechtsverkehr außerhalb der Ehe eine Sünde, die mit peinlicher öffentlicher Kirchenbuße, Verweigerung der Brautkrone und ähnlichem geahndet wurde, doch eine Magd hatte weniger Gründe, ein außereheliches Kind zu töten. Es war Knechten und Mägden zu Zeiten der Leibeigenschaft durchaus nicht gestattet, zu heiraten, wann und wen sie wollten, aber der Feudalherr sah im außerehelichen Kind der Magd die Arbeitskraft der Zukunft.

Abgesehen davon, daß solche Kinder vielfach vom Bauern oder Grundherrn gezeugt waren – in der bäuerlichen Landwirtschaft konnte die schwangere Magd ihren Lebensunterhalt gewöhnlich ebenso erwerben wie die junge Mutter.

In den Städten dagegen, wo das Dienstpersonal noch Anfang des 20. Jahrhunderts in elenden Verhältnissen seinen Lebensunterhalt verdiente, bedeutete eine außereheliche Geburt für die Mutter – neben der sozialen Ausgrenzung – in der Regel Arbeitslosigkeit, Prostitution oder Bettelei.

Vielfach wurden noch im 18. Jahrhundert nichtverheiratete Mütter bestraft und aus der Stadt verwiesen. Es erstaunt, wie vielen Frauen es gelang, ihre Schwangerschaft trotz sozialer Kontrolle und Meldepflicht bis zur Niederkunft zu verheimlichen. »Die meisten leugneten eine Schwangerschaft hartnäckig, wenn sie auf ihren dikken Leib angesprochen wurden. Bei sehr jungen Frauen herrschte als Bewältigungstechnik der Versuch vor, das Problem beiseite zu schieben, verbunden mit der Hoffnung, daß sich irgendwie von selbst eine Lösung ergeben werde, vielleicht durch eine Fehl- oder Totgeburt bis hin zum Extremfall der vollständigen Schwangerschaftsverdrängung« (Eva Lacour, Typologie von Gewalt).

Wie steht es um die Erotik? Wenn sie Verfeinerung ist und Raffinesse, ist sie ein Luxus. Waren die Erotomanen unter den deutschen Fürsten Feinschmecker oder nur Vielfraße? Die pralle Sinnlichkeit des Mittelalters mit seinen Bädern, Bordellen und seiner sexuellen Freizügigkeit hörte mit dem Import der Syphilis, den Pestepidemien und dem Dreißigjährigen Krieg in unseren Breiten auf. Sexualität gewiß. Aber Erotik? Ich kann sie mir nur in Fausts Kopf vorstellen.

Noch um neunzehnhundertfünfzig schämten sich hierzulande oft sogar Eheleute voreinander. Sie kleideten sich in Nachthemden. Das elektrische Licht war kaum erfunden, da löschte man es schon aus, wenn Männer ihre sexuelle Befriedigung suchten und Frauen ihre eheliche Pflicht erfüllten. Erotik? Vielleicht bei wenigen Mätressen an den Höfen des Adels, denen es der Luxus ermöglichte, das Handwerk der Hure zum Kunstwerk zu verfeinern.

Ach, diese Diskrepanz zwischen dem Werk des Humanisten Goethe und seinem Beamtentum! In Sigrid Damms bewunderungswürdiger Recherche »Christiane und Goethe« heißt es, daß Goethes Votum entscheidend dafür war, daß 1783 Anna Katharina Höhn, eine ledige Mutter, die ihr Kind getötet hatte, hingerichtet wurde. Entschuldigt der Zeitgeist Goethes Verdikt? Der Weimarer Publizist Christoph Bode hielt diese Strafe für »Staatsmord« und verließ nach der Hinrichtung die Stadt.

Je länger ich mich mit der Kulturgeschichte des 18. Jh. beschäftige, desto größer wird meine Achtung vor dem Mut dieser jungen Frau. Sie riskierte nicht nur, nach Entdeckung ihrer außerehelichen Beziehung zu einer Gefängnisstrafe verurteilt und des Landes verwiesen zu werden. Erst um 1830 bestellten Priester verheiratete Eltern, deren Kind zu schnell nach der Hochzeit geboren wurde, nur noch auf das Pfarramt, um ihnen eine Geldbuße abzuverlangen. Goethe läßt sein Lieschen (V. 3545) noch vom »vollen Programm« einer öffentlichen Kirchenbuße berichten – daß sich Männer davon ebenso freikaufen konnten wie von der Landesverweisung, verschweigt er. Nicht ohne Grund! Dank seiner hohen Stellung in Weimar konnte er

Christiane Vulpius und sich vor der weltlichen Obrigkeit schützen, die den Beischlaf, selbst von Verlobten, noch 1771 mit einer vierzehntägigen Gefängnisstrafe ahndete. Um die geistliche Obrigkeit kümmerte sich Goethe wenig. Daß er sich mit der Philosophie der Stoa auseinandergesetzt hat und »Epiktet mit vieler Teilnahme studierte«, bekennt er in »Dichtung und Wahrheit«. Die deutsche Aufklärung des 18. Jahrhunderts hat nicht wenige stoische Vorstellungen aufgegriffen. Ich gebe meiner Margarete Epiktet in die Hand, damit sie der erdrückenden Übermacht des Klerus wenigstens irgend etwas entgegensetzen kann. Die schlichte Sprache dieses freigelassenen Sklaven hätte sie durchaus verstanden. Dumm ist sie nicht – auch wenn manche ihre unbedingte Liebesfähigkeit für Dummheit halten mögen.

Einige Quellen

Adorno, Theodor W., *Noten zur Literatur*, Frankfurt/M., 1981
Ariès, Philippe, *Geschichte der Kindheit*, München, 1975
ders., *Geschichte des privaten Lebens*, Frankfurt/M., 1985
ders., *Studien zur Geschichte des Todes im Abendland,* München, 1976
Beuys, Barbara, *Familienleben in Deutschland,* Reinbek, 1980
Böhmer, Otto A., *Der junge Herr Goethe,* München, 1999
Boenigk, Otto von, *Das Urbild von Goethes Gretchen*, Greifswald, 1914
Braudel, Fernand, *Der Alltag*, München, 1985
Damm, Sigrid, *Christiane und Goethe*, Frankfurt/M., 1998
Friedell, Egon, *Kulturgeschichte der Neuzeit*, München, 1989
Frischauer, Paul, *Weltgeschichte der Erotik*, München, 1968
Goethe, Johann Wolfgang von, *Faust. Texte/Kommentare*, hg. von Albrecht Schöne, Frankfurt/M., 1999
Grimm, Hermann, *Das Jahrhundert Goethes*, Stuttgart, 1948
Habermas, Rebekka/Homman, Tanja (Hg.), *Das Frankfurter Gretchen*, München, 1999
Hartmann, Horst, *Faustgestalt – Faustsage- Faustdichtung*, Berlin, 1985
Hartmann, Peter C., *Kulturgeschichte d. Heiligen Römischen Reiches 1648 bis 1806*, Wien, 2001
Herm, Gerhard, *Deutschlands Herz, Düsseldorf*, 1992
Hof, Ulrich im, *Das Europa der Aufklärung*, München, 1993
Hufton, Olwen, *Frauenleben*, Frankfurt/M., 1998
Jens, Tilman, *Goethe und seine Opfer*, Düsseldorf, 1999

Kindermann, Heinz, *Das Goethebild des 20. Jahrhunderts*, Darmstadt, 1966
Menge, Wolfgang, *So lebten sie alle Tage*, Berlin, 1984
Metken, Sigrid, *Die letzte Reise*, München, 1984
Müller, Heidi, *Dienstbare Geister*, Berlin, 1981
o. Autor, *Jesus und die Jungfrau. Vollständiges Unterrichts- und Gebetbuch für christliche Jungfrauen aller Stände*, Regensburg, 1864
Praschl-Bichler, Gabriele, *Alltag im Barock*, Graz, 1995
Radler, Rüdiger, *Goethes Faust anders gesehen*, Paderborn, 1995
Schultz, Uwe (Hrsg.), *Mit dem Zehnten fing es an*, München, 1986
Tornius, Valerian, *Leipzig im Leben Goethes*, Leipzig, 1965
Völker, Klaus, *Faust. Ein deutscher Mann*, Berlin, 1991
Weber, Paul, *Der Schuhmacher*, Stuttgart, 1988
Weber-Kellermann, Ingeborg, *Die Kindheit*, Frankfurt/M., 1972
dies., *Frauenleben*, München, 1983
dies., *Der Kinder neue Kleider*, Frankfurt/M., 1985
dies., *Die deutsche Familie*, Frankfurt/M., 1974